バルセロナの侍

天野修治
AMANO Shuji

サグラダ・ファミリアの秘密

The Secrets of the Sagrada Familia

文芸社

はじめに

スペインはバルセロナに日本人探偵がいることを、耳にした人もいるだろう。ヨーロッパでは彼を「バルセロナの侍」と呼んで、数々の陰惨な事件とともに記憶に留めている人も多い。

彼は嫌がるだろうが、彼の一番近くで事件を目の当たりにしてきた私は、このへんで、それらの奇怪な出来事の一部でも記録しておこうと思う。

謎に満ちた彼の探偵としての「侍」ぶりも、この際、世間に知らしめておきたい。

もっとも彼が私の執筆を寛容をもって見てくれるかどうか、だが。

《目次》

5 人類への警告 255

1　サムライ参上

黒ずくめの男

あっと思った。

その瞬間に、この男はバック転で逃れたが、危うく鼻先を切られるところだった。

突然刃物が飛んできて驚いたが、それが手裏剣だと分かった時は、むしろ呆《あき》れてしまった。

何しろ今は二十一世紀で、しかもここは地中海のほとりに位置するヨーロッパの都市バルセロナなのである。


この男の名前は佐分利《さぶり》健《けん》。だが彼を知る者は、彼を「サムライ」と呼ぶ。この男の素性は追々触れていくことにして、とにかく今サムライの身に襲い掛かったことに戻ろう。

彼の鼻先をかすめた手裏剣は林の木の幹に突き刺さり、黒く鈍い光を放っていた。

サムライは身を屈《かが》めながら慎重に辺りを窺《うかが》った。


東の空はようやく白々と明けてきた。彼は早朝のトレーニング中にこの奇妙な事件に巻き込まれたのだ。すんでのところで命拾いしたサムライは、全身の五感を研ぎ澄ませた。

そのまま身じろぎひとつせず、長い沈黙を遣《や》り過ごした。

何分ぐらい経《た》ったであろうか、朝もやの林の中で幽《かす》かに葉の擦《す》れる音を、サムライは聞き逃さなかった。その方向に振り向き際に、彼の手から礫《つぶて》が矢のように放たれていた。礫は古木の枝に当たりめり込んだ……。

と、その時、短い呻《うめ》き声が漏れた。同時にその枝は古木から離れ落下した。枝と見えたのは黒ずくめの男の脚で、落下しながら一瞬その全身を垣間《かいま》見せたが、ふわりと身を翻し湿った土を蹴ったかと思うと、ゴム毬《まり》のように跳ね上がり、枝から枝へ跳び、つむじ風を残して消え去った。

サムライは深追いしなかった。

予兆

この出来事が後の奇怪な事件と関わってくるとは、私もサムライも思ってもみなかったのだが……。

さて、バルセロナで探偵をやっているこの男と私の関係だが、バルセロナの大学院で共に日本学を研究していた仲間だった。その頃から優秀だった彼は、そのまま研究を続けていればすぐにでも教授になったのだろうが、江戸期の犯罪を探求しているうちに、どういうわけか探偵事務所を立ち上げてしまった。その気まぐれに私も付き合わされた、ということである。

「バルセロナの侍」こと佐分利健は現在三十二歳、バルセロナに探偵事務所を開設して七年。その類い稀《まれ》な身体能力と時に神懸かりかとさえ思える直観力で幾多の怪事件解決に関わってきた。私、高梨は、事務所開設当初からこれらの事件と彼、サムライを誰よりも身近に見てきた。

というより、共に命を危険に晒《さら》されてきた、と言ったほうがいいだろう。

我々が関わってきた幾つかの事件の中でも、最も陰惨な事件の一つが、冒頭に紹介した「手裏剣」事件が端緒となった世にも奇怪な事件である。

この事件は当時のスペイン、いやヨーロッパ中を震え上がらせ、今でも人々はその暗澹《あんたん》たる犯罪を思い出すたびに恐怖の面持ちで口に上せるのである。

それは、あの手裏剣がサムライの鼻先をかすめた出来事から二週間後のことだった。

2　サグラダ・ファミリアの秘密

八頭龍《おろち》

バルセロナの街なかに聳《そび》え立つ、巨大な八頭龍《おろち》を思わせる建物がある。スペインの天才建築家アントニ・ガウディの最高傑作と謳《うた》われているサグラダ・ファミリア(Sagrada Familia／聖家族教会)である。着工からすでに一三〇年以上経つが、現在もなお工事が続けられている。

この奇怪な生き物のような教会は完成すれば十八の頭になるという。現在は八つの頭が天に向かって突き抜けている。

そのうち誕生の門の四つの頭、即ち四本の尖塔《せんとう》部分を、秋も深まった十一月二十三日、ようやく暁光が雲間から差し始めた早朝、向かいのマンションの屋上から、右から一本ずつ順番に双眼鏡で覗《のぞ》いていた少年がいた。

一本目、二本目、そして三本目の尖塔に少年の双眼鏡の焦点が移った時、その尖塔の先の部分に何か奇妙な物体がぶら下がっているのに気付いた。

双眼鏡の焦点をそのボール状の物体に合わせて見ると、それは左右にゆっくりと振り子のように揺れていた。

ちょうど雲間からオレンジ色の暁光がそれを照らすと、少年は獣じみた叫び声を上げた。

微笑《ほほえ》む首

少年は、明け方の光がゆっくりとバルセロナの街を照らし出す光景が好きだった。

この二〇〇万都市の喧騒《けんそう》が夜の帳《とばり》を降ろして深い眠りに入り、やがて暁光が差し込み、また快活な一日の始まりを告げようとする早朝のこの時間が、一番好きな瞬間であった。

が、今しがた少年が双眼鏡の中で見た光景は、ようやく深い眠りから目覚めようとするこの美しい街に、歴史上かつて無かった戦慄と恐怖を与えた。

少年が、まだ覚め切れぬ夢の世界に揺蕩《たゆた》う曙《あけぼの》の静寂を切り裂くような叫び声を上げた先には、サグラダ・ファミリアの尖塔があり、その先端部分に、ボール状のものがぶら下がっていた。それは、紛れもなく人の生首だった。

髪を頭の上のほうに束ねて、それにロープを結わえ尖塔の先端部分に引っ掛けられていた。風に揺られ左右に振れながら、その首は何かに耐えながら微《かす》かに笑っていたように見えた。

喉の半分ぐらいから切り取られ、夥《おびただ》しい赤黒い血を垂れ流していた。

ジェラード警部

バルセロナ警察のジェラード警部は、尖塔に吊《つ》るされた生首をじっと見つめたあと、顔を顰《しか》めながら「人間のすることか……」と呟《つぶや》いた。

彼は「モソス」と呼ばれるカタルーニャ州の自治州警察でも古株の名物警部である。巨漢を斜め後ろに捩《よ》じり、スペインの鬼才画家ダリそっくりの髭《ひげ》を撫《な》でながら、「ところで、サムライ、君はなんでこんなに早くこの事件を嗅ぎ付けたんだね?」と佐分利に話しかけた。

サムライは、寝起きに慌ててやって来たものだから、ひどい寝癖の髪を押さえ付けながら「今回はこいつのお蔭で」と横にいる私に目を遣った。

私はサムライと一緒にバルセロナの大学院で日本学を研究していたが、サムライは江戸犯罪、私は日本古代建築とそれぞれの興味にのめり込んで行くうちに、彼は探偵、私は建築家を生業《なりわい》とするようになった。

この陰惨な事件が起こったサグラダ・ファミリアで主任石工《いしく》をやっている日本人、加納《かのう》公彦《きみひこ》は私の日本での大学時代の悪友である。

今回は、加納が第一発見者ということで、警察への連絡と同時に私を電話で叩《たた》き起こしてくれた、というわけである。私がサムライの探偵事務所に関わっていることをすぐに思い出してくれたようだ。

黒手帳

その生首は女のものだった。恐怖で吊り上がった眉の下で諦めたような半開きの眼、濃すぎた口紅を悔いるような固く喰《く》いしばった唇、それらのパーツの間で幾分上向き加減の鼻が、唯一生前の彼女の愛らしさを訴えていた。

鑑識に回される前に、サムライは念入りに女の生首を見て、

「素晴らしい金髪だけれど、ここ一週間は手入れができていないね」

と、ロープに結わえられた頭髪の根元の黒髪を指差した。

陽《ひ》もすっかり上がっていて、もう生首の細部にわたって鮮明に見える。

「それに、左の頬と顎の下の傷は、比較的古いものだ」

そう言ってサムライは手早く携帯でアングルを変えながら写真を数枚撮った。

そして、愛用の黒手帳に何やら細かくメモを取ったかと思うと、

「引き揚げようぜ」

と私の袖を引っ張った。

そしてこの事件の第一発見者であるサグラダ・ファミリアの主任石工、加納公彦に目配せして、

「のちほど私から電話を」

と、親指と小指を立てた左手の拳《こぶし》を耳に当てるような仕草をした。

悲劇の序章

加納公彦はガウディの心を伝える彫刻家として、ヨーロッパ人以外で初めてサグラダ・ファミリアの主任石工となった。

……神が時間を作り、悪魔が時計を作った……

ガウディの時空を超えた芸術観を最も具現化できる石工として、ガウディの信奉者たちは、この極東から裸一貫で来た若者に自分たちの夢を託した。

「ガウディを見つめるだけでは何も見えてこない。ガウディは生涯をかけて何を見ようとしていたのか、その視線の先をガウディと共に見つめることで、サグラダ・ファミリアのあるべき本当の姿が見えてくる……」

加納がかつて、私にぽつりと言った言葉だ。

加納は地元やヨーロッパのベテラン石工たちに推挙されて若くして主任石工になったが、もちろん、この極東からやって来た才能ある若造に対する嫉妬ややっかみがなかったとは言えない。

彼の登場は、サグラダ・ファミリアの長い歴史の中でその伝統の精神を忠実に引き継ぐ救世主として、ガウディ信奉者や古株の石工たちから大きな期待をかけられた。事実、加納も初めのうちは彼らの期待に沿った仕事をしていたが、徐々に彼の彫刻は作風を変えていった。

ガウディが見つめていた先にある夢を、この若き主任石工は己の才能と合体させるように、周囲の期待を見事に裏切っていった。サグラダ・ファミリアの伝統的な彫刻とは一線を画するかに見える現代的な作風に変化していったのである。

ここから、思いもかけない悲劇の序章が始まっていた。

転落死

ガウディがサグラダ・ファミリアに残した彫刻のうち、「ガウディ・コード」と呼ばれる謎めいたものがいくつかある。その中でも「嬰児《えいじ》殺しの兵士とその足元に縋《すが》り付く母親の像」については、ガウディの創作意図を巡って、数々の論争が繰り返されてきた。

それは、ガウディの意志を継ぐ者は誰か、真のガウディの後継者は誰なのか、という激しい論争にも複雑な背景を形成していった。

そうしたさ中に、今から五十五年前の十一月の寒い夜、一人の若い石工がサグラダ・ファミリアの「生誕の門」の上から転落して死亡した。

当時の新聞には小さく事故死として報道されたが、内部関係者の間では様々な憶測が飛び交っていた。


ガウディの後継者争いに巻き込まれて苦悩の末、投身自殺した……あるいは、この若い石工の彫刻の才能を恐れた仲間の石工がサグラダ・ファミリアの上から突き落とした……というような噂《うわさ》が彼の死後数年は人々の口に上るようになっていた。

いや、実は彼は……落下した夜「嬰児殺し」の彫刻に密《ひそ》かに手を加えようとして、夜な夜な這《は》い回ると噂のあった彫刻たち、人面魚や人面トカゲの悪魔たちに尖塔まで追い詰められて落下した……という噂までまことしやかに囁《ささや》かれた。

生首の主

「で、その五十五年前の石工の死と今回の事件は何か関係がありそうなのか？」

私はサムライに水を向けてみた。

佐分利と私は事件現場から早々に引き揚げて、既に彼の探偵事務所にいた。もう午前八時を回っていた。

自分で作った朝食……蜂蜜をたっぷり入れた特製のミルクセーキを一息で飲んでから深い溜《た》め息をつくと、彼は渋い顔をしてようやく答えた。

「今のところ確証はないが、俺の頭の中では太い線で結ばれているよ」

「生首の彼女はジェラード警部によると」

と私はメモ帳を開きながら、さらに水を向けようとすると、この探偵は、

「アンヘラ・マルティネス、二十八歳。カタルーニャ芸術大学を卒業後すぐにサグラダ・ファミリア財団の秘書になり、その真面目な勤務ぶりを買われてこの秋から〈ガウディの遺志を継ぐ会〉の役員に抜擢《ばってき》された」

とテーブルに置いてある黒手帳を捲りながら、さらに一気に、抑揚のない歌でも歌うように続けて読み上げた。

佐分利のメモによると、晒し首にされたアンヘラは、その真面目さがかえってアダにもなった。彼女はガウディの遺志を新しい解釈で引き継ごうとするグループ〔ガウディ未来の会〕の一員でもあった。

この〔未来の会〕は、サグラダ・ファミリア教会の完成プランに彼女の芸術観を半ば強引に挟み込んで、ガウディの作風を忠実に後世に伝えようとするグループ〔ガウディを伝える会〕のメンバーたちには強い反感と警戒心を植え付けてしまった。

「そこでだ」

サムライは窓際にゆっくり歩きながら、

「お前の言う五十五年前の石工の死との関係だが……」

転落死と晒し首

「お前の友人の日本人石工、加納公彦さんね。彼が私の携帯の留守電に入れてくれていたメッセージでわかったんだけど、五十五年前にサグラダ・ファミリアから転落死したセルヒオ・マルティネス氏は、今回の晒し首の被害者、アンヘラ・マルティネスさんの祖父ということだ。まあ、加納さんの立場もあるだろうし、ガウディの創作意図を巡った対立もあるだろうし、本当は警察でなく、私のような探偵に秘密裏に真相を解明してほしい、というのが、正直なところだろう」

佐分利は探偵事務所の窓から外を見遣ったまま、軽く吐息をついて、それきり黙った。こういう時に彼が見せる針のような細い眼には、私にさえ気取られまいとする用心深さがあった。彼の探偵としての集中力が極限まで高められた証拠である。

忍び寄る危険

「加納も危ないな」

私は「サムライ」と呼ばれるこの男、佐分利の集中力が外界をシャットアウトする前に、一番気になる問題に入った。

私の多少上擦《うわず》った言葉に佐分利は窓から外を見つめたまま、

「そう、加納さんは今ではガウディ継承で革新派の筆頭と見られているからね」

と呟くように言ってから、ポケットから煙草を一本取り出して口にくわえた。

そして、ゆっくりとソファに座りながら、またその煙草をポケットに戻して話を続けた。

「殺害されたアンヘラさんは、革新派のグループ〔ガウディ未来の会〕の中でもこれから五年先を見越したサグラダ・ファミリア継続建築のプラン作成に大きな影響力を持っていたんだ。サグラダ財団理事長の娘さん、ということもあってね」

佐分利は、口を挟もうとした私に、右の掌を軽く上げて、

「加納さんは、アンヘラさんと彼女を警戒するグループ〔ガウディを伝える会〕の長老たちとの間を取り持とうとしていたようだが、それが却って、彼女に反発する人たちに加納さんが警戒されることにもなったようなんだ。だから……」

と言いかけて、彼の目がひときわ鋭い針のようになった。

不安

「だから、ひょっとすると」

私はすかさず口を挟んだ。

「加納が俺を通じてお前に捜査を依頼したのも、あいつ自身の身に危険を感じたからに違いない」

「そうさ、な」

佐分利は、こんなときいつも言う口癖を、何か思いつめたように吐き出して、私の顔をじっと見つめたまま一気に言った。

「まず、加納さんの警護にビクトルをつけた。彼ならガタイもでかいし押しもきく。日本

語も大丈夫だしね。次に、サグラダ・ファミリアの工事現場に三か所隠しカメラをつけるようにジェラード警部を通じて頼んでおいた。それから、もう、ある人物に目をつけていてジョルディにその身辺を探らせている」

彼には珍しく、これから起こるかもしれないことに不安を隠さなかった。

「あら、さすがサムライね。初動が早い」

いつの間にか、事務所に入ってきていたのは、私と同様、探偵としての佐分利に協力しているマリアだ。彼女は、

「ドアが開いていたわよ。不用心ね。私のように外見は金髪、青い目でも日本語の分かるスペイン人がいるってこと忘れちゃだめよ」

と悪戯《いたずら》っぽく微笑んだ。

「むさ苦しい男ばかりじゃ、事件もこじれる、ってこと。私にいい考えがあるの」

私と佐分利は顔を見合わせた。

女探偵

マリアは、ここ佐分利探偵事務所の大家の娘だ。スウェーデン人の母親がこのピソ（ス

ペインの集合住宅）の経営をやっていて、母一人子一人の彼女たちはこの事務所の上に住んでいる。事務所設立当時は彼女はまだ中学生だったが、今はバルセロナ大学で日本学を学んでいる。

「せっかくの申し出だが、マリア、この事件はとても危険なんだ」

と私は機先を制するつもりで彼女に片目をつぶって見せた。

すると彼女は、間髪を入れず、

「ケン、サムライさん、私にも手伝わせて。悪いけど今の話、全部聞いちゃった」

と佐分利にその青い瞳を投げかけた。

「そうさ、な」

佐分利は、さっきまでの難しい顔つきを緩めて、

「じつは、マリアにも役割を考えているんだ」

と言ったものだ。私は不安を隠しきれず、思わず佐分利の顔を覗き込んだ。

二度目の手裏剣

スペイン、いやヨーロッパ中を戦慄させたサグラダ・ファミリアの晒し首事件は、ジェラード警部率いる警察側の懸命の捜査にもかかわらす、目立った解明の進展のないまま、

まる一週間が過ぎようとしていた。そして、まさにその夜、佐分利の身辺にただならぬ出来事が起こった。

佐分利は住居兼探偵事務所の向かいに剣道道場を開いているのだが、夜も十時を過ぎ、彼がいつものように道場の戸締りを確認して、事務所に戻ろうとした時のことであった。

背後からもの凄《すご》い殺気を感じ、とっさに地面に伏せた。閉めた道場のドアに鈍い音がして何かが突き刺さった。地面に伏せたまま顔を横ざまに僅かに上げた彼の目に映ったのは、あの手裏剣だった。

月明かりに黒光りした十字状の刃物が、つい最近自分を襲った、あの手裏剣だとすぐ分かった。彼は地面に這ったまま素早く身構え、左脇と地面の隙間から後ろを覗くと、黒い影が事務所の前を走り抜けて事務所裏の雑木林へ通じる小道へ消えて行くのが見えた。

雑木林の対決

佐分利は剣道の練習着のまま、とっさに竹刀《しない》を握り、黒ずくめの男を追った。彼の早朝のトレーニングの場である雑木林に、その男が逃げ込んだからである。あそこなら月明かりで充分動ける。勝手知った自分の雑木林だ。

暗闇を走りながら、三週間ほど前に自分を攻撃してきた黒ずくめの男を思い出していた。同一人物か、そうでなくともその一味に違いない。今さっき彼をかすめたものが手裏剣だとすぐに思ったのは、あの時、あの黒ずくめの男をみすみす逃してしまったことが彼の中で引っ掛かっていた証拠だ。

雑木林に入ると、すでに佐分利は懐の礫《つぶて》を右手で握っていた。竹刀は左手一本でも自在に操れる。雑木林は月明かりと事務所の明かりが漏れていて、身体能力に恵まれた彼が動くのに問題はなかった。

だが、これは黒ずくめの男にとっても同じことが言える。佐分利は息を止め、枯れ葉を踏まぬように木の根元から根元へと足を忍ばせながら、木々の上に目を遣った。前回襲撃された際、黒ずくめの男が枝になっていたのを覚えていたのだ。あの男が息を潜めても、並外れた直観力を持つ佐分利には、気配はすぐに分かる……。

サムライは右手の礫《つぶて》を、その朽ちかけた〝枝〟の真ん中に音も立てずに放《はな》った。

サムライの礫《つぶて》

サムライの投げた礫《つぶて》は、その〝枝〟を真ん中からしならせた。その瞬間、むむ、という微かな呻《うめ》き声を彼は聞き逃さなかった。続けざまに放たれた次の礫は、……〝幹〟の瘤《こぶ》に鈍い音を立てて命中した。

ぐらりと落下しそうになったが、かろうじて本物の枝に左手の先を引っかけた黒ずくめの男は、ほとんど同時に右手から黒光りするものを放った。唸《うな》り声を上げて顔を襲ってくるそれを、サムライは左手の竹刀で叩き落とした。またも手裏剣だった。

雑木林の暗闇にも目が慣れ、黒ずくめの姿が月明かりにうっすらと浮かび上がった。顔もすっぽりと頭巾で覆ったその男は、そのまま枝に掛けた左手一本で反動を付けて、一回転しながら奥の木に飛び移った。なんて奴《やつ》だ。サムライは呆れながらも、礫の手ごたえを感じていた。素早く奥の木へ走り、黒ずくめを追い詰めた。明らかに右膝を庇《かば》う動きに、黒ずくめの焦りさえ窺われた。

今回は逃がさない。その木を見上げたサムライは懐から二つの礫を取り出し、それを同時に放った。尋常の人間が投げつけた礫ではない。サムライの並外れた集中力が、驚くべき身体能力と相俟《あいま》って、彼の右腕を振らせたのだ。そこから放たれた二つの礫は生き物のようにしなり、夜のどす黒い空気を震わせながら、黒ずくめの男の両方の膝に突き刺さった。むむ、という短く低い声が聞こえた。

背中の刀身

間髪を入れず、サムライは右手を伸ばし、ひらりと跳んだ。そのまま太い枝に手を掛けエビ反りになったかと思うと、次の瞬間、黒ずくめの男のすぐ前の枝に飛び移った。男は中央の幹の股に体を支えていたが、とっさに背中の刀身を抜こうとして右手で柄《つか》に手を掛けた。が、竹刀が唸るのが早かった。サムライの左手から撃ち込まれた竹刀の先が、肩越しに上げた黒ずくめの右肘を痛打した。男は動揺を隠せず、ちらと下に目を遣って、すっと姿を消した。

木の根元に跳び下りた男は、たまらず、うう、と呻き声を上げて膝を抱えた。先ほどサムライの放った両膝への礫が効いていたのだ。男は、覆面の顔を僅かに上げ、樹上のサムライの姿を確認すると、懐から何かを摑《つか》み投げつけた。それは、よけたサムライの足元で、ポムッ、と鈍く破裂し、一面に煙幕を張った。

ようやく暗闇に目が慣れていたサムライだったが、霧状の煙が男の姿を隠し、目にも刺激物が入り込んできた。彼は針のように眼を細め、下の黒ずくめの男を指してムササビのように跳び掛かった。竹刀はすでに右手に持ち替えていた。

左手でバランスを取りながら右手の竹刀を振りかぶって跳び掛かったサムライは、跳んだ瞬間に舌打ちをした。果たして、彼は虚《むな》しく落ち葉溜まりの上に着地した。木の下に蹲《うずくま》っていたはずの黒ずくめの男は、すでにサムライの背後の暗闇に消えていた。

晒し首と黒ずくめの男

翌朝、探偵事務所を訪れた私に、昨夜の雑木林での出来事を、佐分利は渋い顔をして話してくれた。ポーカーフェイスの彼には珍しく、その表情には悔しさがありありと見て取れた。無理もない、自分の勝手知った雑木林で二度も捕り逃してしまったのだから。しかも、どうやら二度とも同じ人物らしい。

アームチェアに沈むように座り、エスプレッソの小さなカップを左の掌にのせて、右手の人差し指でカップの取っ手を押さえたまま、佐分利は急に目を針のように細くして黙った。こういう時の彼は、集中力が極限まで高められている。

やがて、ゆっくり目を開き、その濃いコーヒーを飲み干すと、おもむろにこう言った。

「なるほど……」

「その黒ずくめの男に何か心当たりがあるのか」

私はすかさず彼の思考の回路に誘い水を注入した。すると彼は、ついさっきまでの苛立《いらだ》ちが嘘《うそ》のように話し出した。

「例のサグラダ・ファミリアの晒し首、あの首の切り口を覚えているか。あれほどの淀《よど》みのない切り口は、斧《おの》やナタでは出来ない。日本刀で一振り、それも余程の腕でなければ、ああはならない」

サグラダの勢力争い

「そうすると、黒ずくめの男はサグラダの晒し首事件と関わりがあると……」

私は佐分利の前の黒光りした大きなデスクに腰を掛けながら、彼の顔を見つめた。窓のカーテン越しに西日が差し、この探偵の頬をオレンジ色に染めている。

佐分利はポケットから煙草を一本抜き取り、そばにあったブックマッチを引き寄せ、大事そうに火を点《つ》けた。そして、煙たそうに眼を細めて紫煙を燻《くゆ》らすと、再び口を開いた。

「サグラダの事件の背後には、前にも話したとおり、サグラダ内部の勢力争いが絡んでいる。晒し首となったアンヘラさんが所属していた〔ガウディ未来の会〕にはアンヘラさんの父であるサグラダ財団理事長がバックについていたが、サグラダ・ファミリアの実権を左右するのは理事長ではなく寧ろ役員団だ。その役員団のすべてが〔未来の会〕に警戒心を抱く〔ガウディを伝える会〕の主要メンバーだ。

そして、〔伝える会〕には以前から黒い噂が絶えなかった。五十五年前にサグラダ・ファミリアから転落死したアンヘラさんの祖父、すなわち現財団理事長の父に当たるセルヒオ・マルティネス氏は、実は〔伝える会〕の前身のグループに殺された、という話も伝えられている。それから、私を二度も襲撃してきた黒ずくめの男は、どうやら〔伝える会〕に関係ある、と睨《にら》んでいる。俺はある人物と間違われて襲われたんだと思う。ある人物とは……」

佐分利はその左手の煙草の灰を落とし、しばらく間をおいてから、右手の親指と人差し指で拳銃をつくり、その銃口を私に向けて言った。

「お前だよ。高梨」

サムライは歌舞伎役者の大見得のように、その眼をギョロリと剝《む》いた。

人違い襲撃

「俺と？」

私は佐分利の顔をまじまじと見た。

「そうさ、な」

いつもの口調で言うと、彼は思わせ振りにニヤリとして言葉を続けた。

「お前の学生時代の悪友、サグラダの主任石工の加納公彦さんね。彼がアンヘラさんと彼女に反発する〔ガウディを伝える会〕の長老たちとの仲を取り持とうとしていたことが、逆に変なふうに取られて、長老たちから白い眼で見られるようになった。

それどころか、加納さんの身辺に何やら不穏な動きが何度かあったらしい。これは晒し首事件後、私が密かに加納さんの警護に付けたビクトルからの報告なんだけどね」

佐分利は短くなった煙草を灰皿に押し込めると、アームチェアに寄り掛かって天井を向くようにして話を続けた。

「つまり、手っ取り早く言うと、黒ずくめの男は加納さんへの警告の意味を込めて、加納さんと親しいお前を襲うつもりで、人違いで俺を襲った、というわけさ。加納さんの友人であるお前が例の晒し首事件の犯人捜しをしている、との情報を得て黒ずくめがお前を抹殺しようとしているらしい。これもビクトルからの連絡で分かったことだ。お前のお蔭で、俺は二度も命を落とすところだったんだからね」

こう言って私を再びギョロリと睨んで見せた佐分利は、今度は下を向いて、いかにも愉快そうにカッカと笑った。

名刀

「ま、そういうわけで、お前も身辺には注意したほうがいい」

佐分利は顎を撫でながら私を上目づかいで見据えて言った。

「ところで、ゴシック地区にある忍術道場ね。あそこにマリアを通わせているんだ。彼女は父親の道場で小さい時から忍術を知っているから、すんなりと入り込めたよ。本気でやれば、あそこの道場では誰も彼女にかなわないだろうね」

「彼女の役割ってのは、それだったのか」

いつものことだが、私は佐分利の行動の素早さに舌を巻いた。

「まあね。彼女は、あれでなかなか演技派だよ。すっかり道場の内部に溶け込んで、いろいろ情報を仕入れてくれている。日本刀の真剣の使い手とかね」

そう言うと彼は、奥の小部屋に入り、すぐに、年季の入った紫色の細長い袋を持ち出して来た。それをデスクの上に載せると、袋の中から大事そうに抜き出したものは、日本刀の真剣だった。

「親父から受け継いだ名刀だよ。ここでは美術品として届けてあるけれど、ときどきこれで素振りをやってるんだ」

狂気と悪魔の握手

その刀身は八十センチほどある見事な太刀《たち》で、刀剣について素人の私が見ても、その刃先の深い輝きや反り具合も絶妙のように思える。佐分利はさらに柄《つか》を外して茎《なかご》を見せた。そこには「出羽国住人大慶庄司直胤」と銘が刻まれ、その下にシンプルな花押《かおう》があった。さらに裏を見ると、文化十四年仲春とある。

サムライは幾分得意げに、

「江戸後期の名工の作品で、今だと三〇〇万円は下らないだろうね。確かに、こんなものを夜中に眺めていたら邪悪な何かが理性を葬ってしまいそうになるかも……」

佐分利はニヤリと私を見ると、茎《なかご》を柄に仕舞い、改めて抜き身の刀身を窓から差してくる木漏れ日にかざして言った。

「これはあの名刀、備前長船景光《びぜんおさふねかげみつ》に倣ったものらしい。よく詰んだ小板目鍛えに、地の部分が薄らと雲か霞《かすみ》がかかったように見える。つまり名刀によく言われる特徴、地沸微塵《じにえみじん》に厚くつき乱れ映りが鮮やかに立つ、というわけだ。ま、良い刀だと思う」

刀剣にも博識ぶりを垣間見せて私を煙に巻いたかと思うと、真顔に戻り、日本刀を袋に仕舞いながら続けた。

「バルセロナ市に登録されている美術骨董《こっとう》品のリストを手に入れたんだが、私の他に三人が日本刀所持を申告している。これもすでにジェラード警部を通してルミノール反応を調べてもらったんだけど、いずれもシロだった。血を吸った刀ではなかった。

そうなると考えられるのは、マフィアかその道のプロだ。頭部をあんなふうな切り口で胴体と切り離せるのは、相当な日本刀の使い手が躊躇《ちゅうちょ》せずに、ひと太刀で振り抜いた場合だけだ。

憎悪に満ちた狂気が冷酷な悪魔の心と握手しなければできない仕業だよ」

懼《おそ》れ

この日から三日後、サグラダ・ファミリアの主任石工、加納公彦に懼《おそ》れていたことが起きた。

加納はその日、どうしても仕上げておきたい彫刻があった。

サグラダ・ファミリア「生誕の門」の中央に十五体の像を彫る仕事が、極東から来たこの若い石工に委ねられた。

この彫刻が完成すれば、すなわち、生前のガウディ自身が建設を始めた「生誕の門」そのものの完成も成就することになる。言わば、ガウディの遺志を継ぐ者として認められた証しでもある。

これらの像は、「聖家族の像」のすぐ上に配置され、キリスト生誕を祝って歌を歌う九人の子供たちと楽器を演奏する六人の天使である。そのうちの「ハープを奏でる天使像」が、最後の仕上げに入っていた。というよりも、もうすでに出来上がったも同然で、あとはハープを奏でる指先とそれを見つめる眼に命と魂を吹き込むだけだった。

加納は、天使像の眼の仕上げに掛かりながら、ガウディと同時代のカタルーニャの詩人ジョアン・マラガールの詩を思い出していた。

《生誕の門は建築ではない

イエス降誕の喜びを永遠のもののように謳い上げた詩である石の塊から生まれでた建築の詩である》……

「石の塊。建築の詩……」

と幾度か呟いていた加納にようやく会心の笑みが浮かんだのは、西の空も茜色《あかねいろ》に染まった頃だった。同僚たちは、すでに誰も残っていなかった。

「さて」

と加納が立ち上がり、満足げな顔で改めて完成した天使像を見つめていたその時だった。ガタンと上のほうから嫌な音がした。

殺意の落下

それがガランとした高い天井に響くのとほとんど同時に、

「クイダード（危ない）！」

と聖堂内部に、スペイン語の途轍《とてつ》もない大声が響き渡った。

加納は思わず両手で頭を覆い、転がるように壁際に身を寄せた。次の瞬間、二メートルはあるかと思われる鉄骨が凄《すさ》まじい音を立てて加納の足元に跳ね落ちた。

ビクトルが必死の形相で加納に駆け寄ってきた。

このガタイの良いスペイン人は、佐分利が密かに加納の護衛に付けていた男だ。

「大丈夫ですか？」

ビクトルは悲痛な表情で加納を抱き起こして叫んだ。

「大丈夫だ。ありがとう……」

と加納は、足元に転がっている、今しがた自分を潰すところだった鉄骨をまじまじと見た。こんなものがまともに当たったら即死だったろう。そして、幾つもの足場が組み上げられた天井を見上げた。

……危ないところだった……

しばらく鉄骨が落下してきた辺りを見上げていた加納は、思い出したように頬を膨らませてゆっくりと息を吐いた。

この日のビクトルは他の石工や作業員が帰ってからも、密かに加納の身辺に目配りしていた。ちょうど生誕の門の希望の扉から聖堂内部に入って、加納の様子を窺っていたところに、あのガタンという天井に響く音を聞いたのだ。加納がどこも痛めていないことを確かめてから、ビクトルは内ポケットから携帯を取り出し、佐分利に電話した。

「サムライ、加納さんが殺されそうになった」

やっぱりお前だったたか

「もう来ているよ。ビクトル」

携帯を通した佐分利の声が、まるですぐ傍《そば》から聞こえてくる響きで、ビクトルは思わず周りを見渡した。すると聖堂内部への入り口である「希望の扉」が開いていて、そこにサムライが携帯を手に仁王立ちしていた。探偵事務所に出入りするジョルディも一緒だった。

　二人はすぐに駆け寄って来て、まだショックでしゃがみこんで茫然《ぼうぜん》としている加納を見つめた。

「大丈夫ですか。加納さん」

　佐分利は加納の顔を覗き込むようにして言った。

　加納はまだこわばった顔のまま、佐分利に右手を少し上げて人差し指と親指でＯＫの丸をつくって見せ、小さく頷《うなず》いた。

「ジョルディの知らせを受けて急いで駆け込んできたが、間に合わなかった。幸い加納さんは無事だったけど……」

　ここまで話して、佐分利は急に口を閉じた。そして目を針のように細め、黙って唇に人差し指を当てた。一瞬、四人の息遣いまでも消えた。佐分利は顔を能面のようにしたまま動かさず、右手の親指を立て、天井を指した。

　聖堂内は作業場として使われていて、天井近くには幾つか足場が組まれている。四人は無言のまま、息を潜めて耳と目を研ぎ澄ませた。すると佐分利がちらっと足場付近に目を遣り、顔を動かさず野太い声を聖堂内に響かせた。それは決して声高ではないが、鳥肌の立つような威圧感があった。

「ペドロ。ペドロ・フェルナンデス・ナカモト。やっぱりお前だったか」

天才剣士

　すると、鉄骨が落ちて来た傍に組まれている足場の最上部、その薄暗い天井付近の淀んだ空気が微かに揺れた。その空気の淀みに顔を上げて、佐分利は続けた。その声は高い天井にエコーのように響き渡った。

「あのサグラダ・ファミリアの晒し首の件と俺への襲撃の件を線で結んだ時、ピンと来たよ。お前以外の人物を考えることは難しい、ってことをね。六年前の天才剣士の成れの果てがこれか。

　弱冠十六歳で特別に参加を許された全欧剣道選手権の準決勝で、相手の喉を突いて殺してしまった。そして、同世代の誰もお前の相手でなくなった時、俺のところに道場破りに来た。あのときは運よく俺が勝ったが、あれからお前は日本に行って武者修行を積んだらしいな」


　ここまで言って、佐分利はニヤリと笑った。すでに夕闇が迫って薄暗くなっていた聖堂内だが、その笑みには微妙な緊張感が含まれていた。佐分利はジョルディが持ってきた竹刀袋《しないぶくろ》から二本の竹刀を抜き出した。それを一本ずつ両手に持ち、仁王立ちになって声を上げた。

「さあ、その修行の成果を見せてくれないか。あの時、お前は少年だった。今度こそ本当の勝負をしよう。俺が負けたら、潔くこの事件から手を引こう。その代わり、お前が負けたら真の剣士らしく、罪を償うんだ」

その声が聖堂内に響き終わり、しばらくの沈黙がその場の空気に耐えがたい緊張を走らせた。その張り詰めた空気をあざ笑うかのごとく、下の四人が見上げる足場付近から鉄管を伝って音もなく猫のようにスルスルと降りてきた男。全身黒ずくめの、あの男だ。佐分利からほとんど五メートルもない所に、この男は陽炎《かげろう》のように立っていた。

「ふふ。せっかくの提案だから、ありがたく受けさせて戴くよ」

こう言うと、男はおもむろに覆面に手をかけ、それをゆっくりと剝いだ。覆面の下からは蒼白《そうはく》とも見える能面のような顔が現れた。

勝負

佐分利はその男に正対し、ゆっくりと歩み寄った。男との距離が三メートルほどに縮まったとき、左手に持っていた竹刀を上に放り投げた。竹刀はきれいな弧を描いて男の頭上で回転した。男は顔を佐分利に向けたまま、ちらと上方に目を遣り、右の掌を僅かに広げて落ちてくる竹刀の柄《つか》を摑んだ。

と、その瞬間、男の身体がツツと一メートルほど佐分利に向かって移動した。男の上半身は竹刀を受け取ったときのまま何のブレもなかったので、まるで男の背景だけが後ろに移動したかに見えた。しかし、佐分利もほとんど同時に素早く後退りし、三メートルの二人の間合いは変わらなかった。

すると男はだらりと下げていた竹刀の先を佐分利の鼻先に向けた。佐分利は依然として竹刀の先を下げたまま、男の口元の辺りを視《み》ていた。対峙《たいじ》した二人の影が天井窓から漏れる薄い陽《ひ》で長く尾を引いている。そのまま壊れた絡繰《からく》り人形のように動かなくなってから、どのくらい経ったであろうか。

一筋の汗が男の頰から首筋に伝ったとき、その口元が微かに綻《ほころ》ぶと、男は再び一気に間合いを詰めて、次の瞬間、飛鳥のように舞い上がった。舞い降りながら竹刀を振り下ろそうとしたが、そこに佐分利の姿はなかった。当然後退りしているはずの佐分利は、逆に厳しく間合いを詰めていたのだ。

ふわりと舞い降りた男は、とっさに右足を軸に気配を感じた後ろを振り向きざまに、竹刀の先を左下から斜めに切り上げた。その時初めて聖堂内に響き渡る叫び声を発した。それは鶴の求愛の叫び声に似ていたが、聞くものの心を凍り付かせるものだった。その叫び声が低い呻き声に変わったのは一瞬のことだった。

男の竹刀は乾いた音を響かせて叩き落とされていた。次の瞬間、男の顔が歪んだ。佐分利の上段からの渾身《こんしん》の一振りが男の竹刀を叩き落とし、そのまま返しの一太刀で男の右手首を切り飛ばさんばかりに撥《は》ね上げたのだ。

二天一流

「勝負あったな」

佐分利は呟くように男に言った。男は無言のまま左手で右手首を押さえていた。叩き落とした竹刀を佐分利が拾おうとしたその瞬間、男が右手を肩越しに背中に廻《まわ》した。男の背中には真剣の太刀が括《くく》られていた。

「サムライ、気をつけて！」

聖堂内に悲鳴のような女の叫び声が響いた。その叫び声よりも先に佐分利は動いていた。凄まじい殺気を感じた佐分利は、その驚くべき動物的勘と身体能力で右足を軸に男の左側から数メートル横っ飛びしていた。そして、二刀流のように二本の竹刀をハの字に構えて男に正対した。

叫び声の主はマリアだった。私とマリアはさっきから聖堂入り口の門の陰で様子を窺っていたのだ。私はジョルディからの連絡で探偵事務所にいたマリアを連れてここに駆けつけて来ていたが、すでに佐分利と男の勝負が始まっていて、その緊迫した空気に聖堂内に入るに入れなかった。今、二人の対決が再び始まろうとする不気味な沈黙の中、私とマリアはジョルディたちのいる所まで一気に駆け寄った。

真剣を抜いた男の眼を見据えたまま、佐分利は二刀流中段の構えで間合いを取っていった。ハの字に構えた二本の竹刀は、次第に両の剣先が交わり十字の構えに移っていく。その十字の剣先を男の薄墨を引いたような表情のない眼に合わせた。男は、真剣の太刀を右手にだらりと提げたまま、じりじりと後退りしていく。その表情には不敵な笑みを浮かべているが、佐分利の二刀流が男に戸惑いを与えてもいるようだ。

佐分利は日本を出ることが決まった時、父から宮本武蔵が開いた二天一流を教わった。二刀流を心得ていれば逆に一刀で戦う意味が分かってくる、という父の言葉を覚えている。利き腕でない左手一本でも戦える技術はその時に習得した。読まれまいと細めた男の眼の動きに、微かな戸惑いが生じたのを佐分利は見逃さなかった。スススッと滑るように男との間合いを詰めると同時に、右を上段に構えた。

その動きに男がアッと思った瞬間、佐分利の右手から竹刀が矢のように放たれた。男は眼前に飛んできた竹刀をすんでのところで逆袈裟《けさ》切りで払い上げた。その一振りが男の体勢に隙を生んだ。すかさず佐分利は怒濤《どとう》の勢いで男との間合いを一気に詰めると、左手の竹刀の剣先が男の右眼を目掛けて呻《うな》りを上げた。

真剣勝負

とっさに男は逆袈裟切りで振り上げた右肘で、佐分利の竹刀の剣先を払って右に体《たい》をかわした。佐分利の剣先は辛うじて男の右眼から外れて頬骨をかすめたが、勢い余った佐分利の体勢は男の返す一太刀に無防備にも見えた……。

「健！」

マリアの悲鳴が聖堂に鳴り響いた。男に対してほとんど横向きになった佐分利健はしかし、予想もしなかった動きを見せた。なんと左手の竹刀も放し、丸腰になって男の右脇腹に組み付いたのである。

まったく想定外の佐分利の動きに、組み付かれた男は「ウッ」と鈍い声を発して足掻《あが》いたが、堪《たま》らず冷たい聖堂の床に左手を突き、真剣を持つ右手も佐分利の頭に右脇を突き上げられ動きが封じられていた。

その隙を逃さず、佐分利は組み付いた腕を解いて左足で強く床面を蹴った。ふわりと舞った佐分利は男の後方数メートルに降り立つと、腰を落とし素手の両手を構えた。すでに男は立ち上がり、佐分利に正対して右手の真剣を中段に構えていた。

聖堂に再び緊迫感が漂い始めたその時、

「健！」

マリアが鋭く叫び、佐分利に向けて何かを放った。佐分利は男に正対したまま、視界に入って来たそれを右手で掴み取った。刀剣だった。

佐分利が危機に瀕《ひん》しているという知らせを受けたマリアは、佐分利の探偵事務所を出る前に、突然その事務所の後ろの奥の部屋から、あの出羽国住人大慶庄司直胤の太刀を持ち出して来ていたのだ。

佐分利は男に正対したまま、その刀身を抜いて鞘《さや》を私に投げ返した。一瞬私と目が合ったが、すぐに針のような鋭い眼で完全に男の動きを捉えていた。

男は中段の構えからゆっくりと上段に移し、じりじりと間合いを詰めて来た。息苦しいくらいの張りつめた緊張感が聖堂内を凍り付かせた。真剣を抜き合っての、かつてない佐分利の勝負を目の当たりにして、私の動悸《どうき》の激しさは極限に達していた。

下段白眼の技

佐分利はずしりと重い真剣の感触を確認するように、柄《つか》に掛けた両手を握り直した。真剣で勝負したことはないが、普段から真剣での構えと振りの稽古を怠らなかった。それは少年時代から父の厳しい指導の一環だった。道場での稽古が終わった後でも、必ず探偵事務所の奥で真剣と向き合っていた。

竹刀や木刀と違って、真剣で構え振りを繰り返す稽古の中で、心身の奥のほうから自分でも慄《おのの》くような集中力が噴き出してくるのを覚えるのである。その成果が文字通り真剣勝負という形で試される日が来ようとは、佐分利自身も思ってもみなかった。

佐分利は愛刀を下段に構え、その剣先をゆっくりと踏み込んだ右足先に向けた。

男はちらりと佐分利の剣先を見遣ったが、上段に構えたまま能面のような表情を崩さなかった。

じりじりと間合いを詰めてくる男に、佐分利は測ったように後退りし、二人の間は見えない棒で閊《つか》えているかのように変わらなかった。間合いを保ったまま後退りする佐分利がぴたりと止まった。その時、佐分利の左後方にある明かり取りの小窓から暮れなずむ陽光が差し込んでいた。

下段に構えている佐分利の刀身が微かに右に傾いた。すると愛刀、出羽国住人大慶庄司直胤の太刀は明かり取りから差し込む陽光を集め、男の細い眼に反射した。佐分利の愛刀は眩《まばゆ》い白い光の束となった。


男が一瞬眉をひそめたその瞬間、佐分利が鋭く男の右に踏み込んだ。男も猛然と踏み込んで来て、二人の太刀が下と上から袈裟懸けに閃光《せんこう》を放った。二人が交差して互いの位置が入れ替わった。

二人は背中合わせのまま、しばらく時が止まったかのようだった。と、佐分利の左肩から赤いものが垂れ落ちてきた。ほぼ同時に、男のほうは青ざめた能面の顔を歪《ゆが》めた。次の瞬間、長く尾を引いた男の影はグラリと揺れた。男は「むむ」と鈍く呻《うめ》き、堪《こら》えきれず右膝を床に突き、右手の太刀の柄頭《つかがしら》で床を突いて、辛うじて身体を支えた。そして、そのまま右に転がるように崩れ落ちた。

佐分利は父から伝授されていた北辰一刀流の「下段白眼」の技を使ったのだった。

峰打ち

「健！」

マリアが佐分利に駆け寄ろうとした。佐分利は左掌をマリアに突き出して待ったをかけた。そして右手の真剣の剣先を上げると男に近づき、倒れた男の右手から僅かに離れた刀剣の柄を左手で握って拾い上げた。

男の剣先には赤いものが滲《にじ》んでいた。二人が交差した時に佐分利の左肩を引っかけた跡だ。男の刀剣を握り直して、そこで佐分利は初めて「ふー」と息を吐いた。それから、マリアたちのほうを見てやっと安堵《あんど》の表情を見せた。

私が駆け寄り、佐分利から二本の刀剣を受け取った。すると、佐分利は放心したようにその場に座り込んで右手で左肩を押さえた。

「傷は深いのか？」

私が声を掛けると、

「いや、大したことはない」

佐分利は苦笑いをつくってみせた。

いつの間にか傍に来ていたマリアがハンカチを取り出して、素早く佐分利の脇から肩へ巻いて強く結んで止血をした。

佐分利は一瞬顔をしかめたが、思い直したように「よしっ」と自分に言うと、むっくりと立ち上がった。

そして倒れ込んでいる男のほうに目を遣って「峰打ちだ」と呟いた。

見ていた者には全く分からなかったが、佐分利は切り込んだ際に刀剣が男の身体に届く寸前で刃を返したのだった。この凄まじい斬り合いの中で、何という男だ。私はいつもながら、この佐分利という男の胆力の強さと冷静さに舌を巻いた。

「しかし、あばら骨の数本は折れているだろうから、すぐ病院に運んだ方がいい」

佐分利はこう言って、私が鞘に収めて渡した愛刀を愛おしそうに見つめた。

女忍者

翌朝、十時には私は佐分利の探偵事務所にいた。佐分利の肩の傷は昨日のうちに病院で治療したが、幸い大事に至らなかった。今朝は、例によってこの男は何事もなかったように、涼しい顔をして古びた黒いデスクの前で電話応対していた。

「浮気調査だよ。こういうのも地道にこなしていかないと大きい依頼も来ないからね」

サムライは受話器を置くとこう言って、デスクの前のソファに腰掛けていた私に片目をつぶって見せた。

「で、あの男はアンヘラさん殺しを認めたのか？」

私はせっかちに事件の話に持っていった。

「今朝早くからジェラード警部と電話で話したんだけど、あの男、ペドロは何も言ってないらしい。もっとも彼はあばら骨が三本折れていたから、本格的な取り調べはまだできないけどね。ま、たとえ黙秘しようと、彼を追い詰めるのは難しいことじゃない、とジェラード警部は言っていたし……」

ここまで言って、佐分利は急に椅子から立ち上がると窓際に近づき、薄いカーテン越しに外を見遣った。目は例のごとく、針のように細く鋭く光っていた。

窓の外は鬱蒼と茂った雑木林が広がっている。

「気のせいか……」

佐分利はしばらくそのまま雑木林の奥の方を見つめていたが、何かを吹っ切るように、今度は私の向かいのソファに深々と身体を沈めた。

「誰かいたのか？」

私が彼の目を覗き込んで言うと、

「いや、気のせいだったようだ」

とちょっと照れくさそうな目をして、話を続けた。

「問題は誰がペドロを利用したか、ということだ。五十五年前にサグラダ・ファミリアから落下死したセルヒオ・マルティネスさんの話、覚えているだろう？

今回晒し首にされたアンヘラ・マルティネスさんのお祖父《じい》さんだ。そのセルヒオさんをサグラダ・ファミリアから突き落とした犯人とアンヘラさん殺しの犯人は何らかの関係があると俺は睨んでいる」

佐分利がこれほど一気に核心に触れてくるとは、私も予想していなかった。

「じゃ、やっぱり、あのグループ、〔ガウディを伝える会〕のメンバー……」

私は思わず掌で我が口を抑え込んだ。声が大きすぎた、と思ったからだ。どこで誰が聞き耳を立てているか知れたものではない。私の慌てぶりに佐分利は声を殺して笑った。そして、ギョロリと目を剝《む》くと、一段と低い声で吐いた。

「必ず追い詰めてやる」

「目星はついているのか？」

私はさっそく水を向けた。

「そうさ、な」

佐分利は勿体ぶるように眉をうごめかした。ソファから立ち上がり、ゆっくりとまた窓際まで近づきカーテンの隙間から外を見遣ってから、私を斜め見して再び口を開いた。

「マリアを潜り込ませた。彼女はあれでなかなか機転が利くしね。いろいろと情報を集めてくれるだろうさ」

「彼女ひとりじゃ危なくないか？」

「大丈夫。彼女は優秀な〝くノ一〟、女忍者でもあるし、いざとなったらビフトルもいる。ジョルディもすぐ駆けつけられるようにしてあるさ」

「俺にも何か手伝わせてくれよ。身体がなまってしょうがない」

私が首を左右にひねって見せると、佐分利は例の細い眼を向けて私に近づき、耳元で囁いた。

「今夜、サグラダ・ファミリアに忍び込むぞ」

狼《おおかみ》男《おとこ》より恐ろしい奴

その日の夜十一時過ぎ、警備員の最終見回りが終わった頃、サグラダ・ファミリアの「生誕のファサード」を見上げている二人の男がいた。濃紺の夜空に突き刺さるように聳《そび》える〝怪物〟の〝触角〟、その横に輪郭の滲んだ月が場違いな明るさを振りまいている。

秋も深まったというのに妙に生暖かい風が二人を包み込んで、私も何か背筋を舐《な》められたような薄気味悪さを感じていた。

「狼男でも出てきそうな夜だな」

堪《たま》らず私はおどけた調子で佐分利に囁いた。

彼は細めた眼を生誕のファサードの入口の扉に移しながら、

「狼男より恐ろしい奴に会えるかも知れないぞ」

と声を立てずに笑った。

私も無意識に佐分利の視線の先に目を遣ると、入口の扉がほんの僅か開いて、中から手招きする影が見えた。佐分利はすでに扉の方に歩き出していた。私も足早に扉に向かいながら、扉の陰の人物を見定めた。案の定、マリアだった。

マリアは我々を迎え入れると、人差し指を口に当て、悪戯《いたずら》っぽく目で合図した。

電気は点けず、彼女は懐中電灯で我々を門の奥へと導いた。前もって佐分利と綿密な打ち合わせがされていたようだ。どうやら尖塔のほうへ行くらしい。エレベーターは使わず、螺旋《らせん》階段を上り始めた。

何回ぐらい螺旋を廻っただろうか。できるだけ足音も抑え、沈黙のまま階段を上っているうちに、何度目かの踊り場でマリアが立ち止まった。

佐分利とマリアはさすがに毎日剣道と忍術の稽古をしているだけあって少しも息の乱れはないが、私は自分でも分かるほど息が切れていた。不意にマリアがその踊り場の壁の前でしゃがみ込んだ。床と壁の下の僅かな隙間に何やら針金状の物を差し込んで、数秒の間カサカサと指先を動かして集中していた。

作業が終わったらしく、彼女は立ち上がり、徐《おもむろ》に両手を壁に当ててゆっくりと押した。すると、どうだろう。踊り場の壁の一面が動き、壁の中央を縦軸にして絡《から》繰《く》り壁のように僅かに回転したではないか。

開いた僅かな壁の隙間を更に広げ、人ひとりが通れるほどに開けたところで、佐分利がマリアの肩に指先で合図した。

まず彼が隙間に体を入れて、こちらを振り向き、軽く頷いてから向こうの闇に消えた。彼は腕時計に仕組んである懐中電灯を点けて、残る我々を迎え入れた。

やがてマリアが部屋の灯《あか》りを点けた。四畳半ほどの部屋には中央に大きなテーブルがあり、その周りには書棚が取り囲んでいた。

「驚いたね、こんな隠し部屋があるとは」

私は思わず感嘆の溜め息をついた。

「サグラダ財団理事長のイニャキ・マルティネスさんしか知らない部屋よ」

マリアは軽く片目を瞑《つむ》って見せた。

「さて、マリア、例の見取り図を出してくれ」

佐分利はあくまで冷静だった。彼とマリアの間では、すでに今晩ここで何が起ころうとしているのか全て分かっているようだ。

佐分利が言っていた「狼男より恐ろしい奴」とは何者なのだろうか……。

月夜の先客

我々はその部屋を出て、螺旋階段をさらに上に進んだ。マリアのかざす懐中電灯の灯《あか》りを頼りに我々三人は黙々と階段を上って行った。暗闇の中で足音だけが響き、奇妙な緊張感を共有していた。螺旋を何周か廻った所で、マリアが立ち止まった。ここで行き止まりだ。

そこには扉らしいものはなかった。また隠し扉があるのだろう。私はマリアの顔を覗き込んだ。彼女は今度は壁には目もくれず、躊躇なくしゃがみこんで床を手のひらで撫で回した。そのままの姿勢で少しずつ移動しながら這い回るように何かを探した。

懐中電灯を頼りにしばらく床を這っていたマリアが、動きを止めた。

「あった」

そう小さく呟くと彼女は、指先で押さえたその床の部分を押して左右にスライドさせた。するとやから引き手らしいものが出てきた。それを上に引っ張ると小さく床がめくれ上がり、人ひとりが入れるほどの入口が現れたではないか。

まず佐分利が入り、暗闇の穴に続く梯子《はしご》を降りて行った。

マリアに続き私も梯子段を伝って暗闇の底に降り立った。窖《あなぐら》の低い天井にぶら下がった裸電球を点けると、古びた机と椅子がぽつんと置かれているほかは、一番奥の方に年季の入った金庫のようなものが黒光りしているのみであった。


マリアはその黒金庫に走り寄ってしゃがみ、中央のダイヤルを手元のメモ用紙を見ながら慎重に動かした。そして、金庫に耳を寄せ、微かにカチッという音を聞いたようだ。ゆっくりと扉を開けると、中に大型の茶封筒が幾つか見えた。

しかし、それらは乱雑に置かれていて、それを見た佐分利の顔が僅かに歪んだ。

「やられた……」

マリアが佐分利を見上げた。どうやら先客がいたようだ。

我々はもう一度目当ての茶封筒を探したが、やはり見つからなかった。

「まだ、その辺にいるはずだ。急ぐぞ」

佐分利は珍しく動揺していた。抑えたつもりの声が裏返っていた。彼はこの窖《あなぐら》に入ってすぐ電球を触っていた。点ける前の電球が温かかったに違いない。結果は予測していたが念のためマリアに確認させた、ということらしい。

我々は全ての封筒を金庫に戻し、窖《あなぐら》を出た。いよいよ「狼男より恐ろしい奴」とご対面か。

私は軽く身震いした。

それにしては風は妙に生暖かいのだ。

魔性の双生児

我々は生誕のファサードの四本の尖塔のうち、中央の二塔を繋《つな》ぐ橋のあるところまで階段を降りて行った。佐分利はこうした事態になった場合をすでに想定していたようだ。螺旋階段を数周廻り降り、夜風が吹き込む踊り場に着くと、すぐさま佐分利は躊躇なく橋へ出た。月はいつの間にか雲間に隠れていて、闇は深くなっていた。彼は腕時計に仕組んであったライトをその先へと照らした。

そしてその光の束をゆっくりと隣の塔の入口へと移動させた。

すると、そこに黒い人影が浮かび上がり、我々の方を見ているではないか。佐分利はさらに光の束をその人物の顔に集中させた。……何ということだ。そこに能面のような青白い笑みを浮かべていたのは、ペドロだった。

あのペドロ・フェルナンデス・ナカモトではないか。真剣を抜いての勝負で佐分利に敗れ、今病院で治療しているはずのあのペドロ、……いや、そんな馬鹿な……。

私の戸惑いを見透かしたかのように、佐分利はその人影に向かって口を開いた。

「ラミロ、……やはり、な」

佐分利はちらっと横の私を見て、再び人影に向けた眼を針のように細めて言った。

「ラミロ・フェルナンデス・ナカモト、待っていたぞ」

このサグラダ・ファミリアの尖塔を巻き込んでくる風にかき消されそうな静かな物言いだったが、妙にドスの利いた響きがあった。秋だというのに生暖かい風が我々を包んでは離れた。

すると、尖塔の上に逡巡《しゅんじゅん》していた一かたまりの雲が我に返ったように流れ、隠れていた月が半分ほど顔を覗かせた。

その人影の姿も鈍い月光にあぶり出されてきた。ペドロ、いや「ラミロ」なる男は左手に何やらぶら下げていた。さっきマリアが探していた茶封筒に違いない。

「ラミロ、その封筒は戻してもらおう」

佐分利の言葉にラミロは能面のような顔を一瞬何かに怯《おび》えたように変えたが、すぐ元の青白い薄笑いに戻った。そして「ふふふ」と不気味な声で笑った。生暖かい風が私の背筋に入り込んだ。

「よく俺が分かったな」

甲高い声でラミロが佐分利に言い放った。

「調べたよ。お前がペドロの双子の兄だということもね」

佐分利は微動だにせず言った。

黒紫のヒル

彼の腕時計仕込みの懐中電灯の光の束はラミロの顎辺りまで下がっていた。

それを再び上げてラミロの顔全体をくっきりと浮き彫りにした。ラミロの能面顔はさらに血の気の引いた、ひび割れた石膏《せっこう》像のように薄笑いが張り付いていた。

「それに、何よりもその左耳の色素がラミロだということだ」

佐分利が光の束でラミロの左耳を照らし出した。その耳殻《じかく》の下半分がインクをこぼしたように黒紫色の色素に染まっていた。

月明かりだけでは陰になっていたラミロの左の耳たぶ付近の色素が、佐分利の照らした光で浮き彫りになった。光が揺れた時、黒光りしたヒルがその首筋から耳穴に入っていくように見えた。ラミロが幼い時の病気で左耳が黒紫色に変色していたことを佐分利は知っていたのだ。

ラミロは半身の構えのまま佐分利を見据えるようにしていた。沈黙が青白い頬に流れ、時折吹く生暖かい風に髪をなびかせていた。いつの間にか佐分利の腕時計から放つ光の束がラミロの体からずれてきているな、と私が何となく思ったとき、私の視界の上左隅で、尖塔の上に浮かぶ雲が月を覆い始めていた。

と、その瞬間、ラミロの身体が消えた。それと同時に佐分利の上半身が激しく反った。佐分利のすぐ後ろの壁がガシャッと鈍い音を立てた。私はすぐに手裏剣だと思った。佐分利から「黒ずくめの男」に襲われた際の話を聞いていたからだ。

佐分利は、体勢を立て直しながら、右手をラミロが消えた暗闇に思い切り振り込んだ。礫《つぶて》だ。その暗闇から風の音に紛れて「ウッ」という呻《うめ》き声が漏れた。

この塔付近ではいつの間にか小さな旋風《つむじかぜ》が吹き、我々の立っている橋でも足元で渦を巻き上げているように感じ始めていた。生暖かった風に幾条かの冷たい風が紛れ込んでいた。

佐分利はなおも礫を矢継ぎ早に暗闇に放った。

いつもながら、間近で見ていても人間業とは思えない早業だ。この間、ほんの数秒だった。

ラミロの消えた闇にすでに突入した佐分利に続いて私とマリアも入って行った。隣の尖塔の中に入った我々はマリアのかざす懐中電灯を頼りに夢中で階段を駆け上って行った。少なくとも佐分利の投じた最初の礫は命中していたはずだ。佐分利が放った礫の威力は私が一番よく知っている。ラミロはもう逃れられない。

目が慣れてきて闇の中でもラミロが螺旋階段を駆け上がる姿を捉えることができた。すると、ラミロが踊り場で急に立ち止まり、こちらを見下ろしている。

我々を迎え撃つのか。佐分利が立ち止まり、私とマリアも足を止めた。荒い呼吸音だけが先のすぼまった尖塔内に響き渡っていた。ラミロの手に茶封筒はなかった。畳んで懐のポケットにでも隠したのだろう。佐分利が螺旋階段の手摺《てす》り越しに左上のラミロに言い放った。

「もう逃げられないな」

その声の響きが終わるか終わらないかのうちに、ラミロは鐘楼の鐘を響かせるための穴の一つに飛びつき、スルスルと外へ摺り抜けた。塔から身を投げたのか。私は茫然と息を呑《の》んでいたが、佐分利はすぐに踊り場まで駆け上がり、今さっきラミロが消えて行った穴に上半身を入れた。

失われた「秘密」

サグラダ・ファミリアの鐘楼の塔の穴には、じつは鐘の音を教会の通りに向けるための下向きのひさしが付いている。この穴は、鐘楼で響く鐘の音を通りの人々に届けるための穴なのだ。その穴の一つから、今は雲から顔を出した月の明かりだけが妙に生々しい、濃紺の闇が広がっている。

ラミロの後を追って、螺旋階段を駆け上って来て、その塔の穴へ上半身を入れた佐分利は、そのまま下半身もスルスルと闇に吸い込まれて行った。

すでに息の上がっていた私は、声を上げる間もなく、口だけ大きく開けて、倒れるように穴に駆け寄った。

私は、何が起こったか分からぬままに、今さっき佐分利が消えて行った穴から顔を出して、彼の姿を探した。彼が上方に消えて行った気配を頼りに、上を見た。目を凝らすと、尖塔の外壁に張り付いてうごめく人の姿があった。鉤梯子《かぎばしご》を使って塔によじ登っている佐分利の姿だった。

更に上方へ目を向けると、佐分利の上、およそ三メートル先に巨大な昆虫のような黒い影が見えた。その〝影〟は、見る見るうちに尖塔の先へ近づいて行く。その〝影〟へ向けて、佐分利は左手で縄梯子の綱を握り、右手を上に振り抜いて何かを素早く投げつけた。礫だ。

上方から微かに「ムウ……」と短い呻き声がした。踏ん張っていた足首に命中したようだ。佐分利の礫投げの正確さは、誰よりも私が一番よく知っている。

その〝影〟の頭上には鐘楼の先端部分、ピナクル（小尖塔）が迫っている。採光のための穴が筒状に空いている。その穴に彼の投げた縄梯子の鉤の一つが食い込んでいる。その上には朱色の「S」の字がくっきりと見える。

この塔はイエスの十二使徒の一人であるシモンに捧《ささ》げられたものだ。

生誕のファサードの向かって右から三本目の塔に、この二人は昆虫が樹皮を登っていくように這いつくばっているのである。

遠目からもそれと分かる、蹌踉《よろ》めく〝影〟に向かって佐分利が、

「その先はないぞ」

と声を掛けた。〝影〟は、

「分かってるさ」

とやや掠《かす》れた声で吐き捨てた。

と、月の明かりを背に〝影〟が動いた。

「やめろ！」

と佐分利が叫んだ。

「クックック……」

風に吹かれた木の葉のように〝影〟が笑った。

その笑い声が途切れた、と同時に、〝影〟の手元で炎が昇った。

そして、炎に照らされたラミロの顔が濃紺の夜空の中で不気味に浮き上がった。

あのサグラダ・ファミリアの「機密文書」を燃やしたのか……。

そう気づいた私は目眩《めまい》に襲われ、危うく明かり取りの穴から出した上半身がフラつきそうになった。その時、佐分利が、

「おい！　やめろ！」

と再び悲痛な叫びを上げた。

すると、次の瞬間、炎が消えるのと同時に、ラミロの〝影〟は揺らりと崩れ、まるでスローモーション映画の数コマのようにゆっくりと尖塔から体を離し、頭を下にしながら漆

黒の地上へと落ちていった。

その黒い塊は、狼男が最期に月に向かって放つ遠吠《とおぼ》えのような長く尾を引く断末魔の声とともに、夜のバルセロナの奈落へと吸い込まれて行った。

これでガウディが残した唯一の秘密が永遠に失われた、と私は、急に冷え込んで来た夜風に顔を吹き上げられ、身震いした。

真相

「あの茶封筒の中身は何だったんだ？　お前は〝機密書類〟としか言っていなかったが……」

ラミロがサグラダ・ファミリアの塔から転落死した悪夢のような夜から一週間経ったある朝、佐分利の探偵事務所が開いたばかりの十時過ぎ、私はあの黒光りした古いデスクを挟んで、佐分利と向かい合っていた。デスクの上には、いつものように眠気覚ましのエスプレッソコーヒーの甘い香りが漂っている。

佐分利は左手の甲で目をこすりながら、右手で小さなコーヒーカップの取っ手をつまんでそっと揺すりながら言った。

「あの中には〝ガウディの遺言〟が入っていたらしい。ガウディが亡くなる前々日に近しい友人が書き留めておいたものだ。ガウディは自分が手掛けた建築作品について様々な〝心残り〟をそこに述べたと言う」

「それで？」

私は、この男のいつものもったいぶり、に横槍《よこやり》を入れるようにして言った。

「それで、なんでラミロが自分の命を賭してまで、あれを灰にしなければならなかったんだ？」

「まあ、そう急《せ》かすなよ」

佐分利は私の肩越しに見えるガタピシの窓の方に細い目を遣りながら話を続けた。

「その〝心残り〟の一つとして、サグラダ・ファミリア『生誕のファサード』に配置される彫刻にも言及した。三つの門のうち、左側の聖ヨセフに捧げられた『望徳の門』には、一見奇異に感じられる彫刻があるだろう？」

私はすぐに（ああ、あれか）と分かった。「嬰児殺しの兵士とその足元に縋りつく母親の像」だ。右手に刀剣を持った兵士が左手で泣き叫ぶ赤ん坊を摑んで上から投げつけようとして振り上げている。兵士の足元にはすでにぐったりとなっている別の赤ん坊がいる。そして兵士に懇願し、すがりつく母親の様子が描かれている。

「あの『嬰児殺し』の像には、メッセージが込められている。つまり、サグラダ・ファミリア建設の初期に起きた忌まわしい事件の真相を暗示している」

こう言った佐分利の眉間に皺《しわ》が寄り、その細い目は一層細くなった。

「そして、今から五十五年前にも同様な醜聞が起きた。当時の地元の有力な司教がサグラダ・ファミリアのある石工の妻を身ごもらせ、生まれた嬰児を密かに殺してサグラダ建設敷地内に埋めた。

その司教がバルセロナ大司教に抜擢されようとした際、教会内部でもその醜聞が持ち上がってきたんだ。妻を寝取られた石工の復讐《ふくしゅう》、そして自分の大司教への選出を妨げかねない醜聞を恐れたその司教は、嬰児殺しの罪を石工に被《かぶ》せて口を封じようとした。つまり、自殺か事故に見せかけて石工を亡き者にした、ってことだ」

ここまで一気に喋《しゃべ》って、佐分利は椅子から立ち上がり、私の後ろ側の窓際へ近づいて行った。相変わらず、用心深い男だ。窓の外に誰もいないことを確認したのだろう。

「そうか、その石工の孫娘が今回サグラダ・ファミリアで晒し首にされたアンヘラさんで、司教の子孫とペドロ、ラミロ兄弟が何らかの関係を持っている、という……」

こう私が言うと、背後の窓際から佐分利の声が、囁くように聞こえてきた。

「そう。さすがだね」

そして、私の左側に廻って、続けた。

「ペドロとラミロはまさに司教の孫だ。あの醜聞が教会関係者の間で噂に上り、石工がサグラダの塔から転落死した事件との疑惑も持たれたことが致命傷となって、司教は大司教の候補から外された。その後の司教一家は不運も重なり、子孫も辛酸を舐めるなどの末路が待っていた。

まあ、こんなわけで、司教の孫の代であるペドロとラミロまで、あの石工一家に対する逆恨みが続き、むしろその見当違いの恨みは増して来て、その結果が今回のような陰惨な事件につながった……」

「なるほど。だけど、ガウディがなぜそのことを後世に残す必要があったんだろう？」

私が思わずつぶやくように言った。

佐分利は私の疑問など織り込み済みだったかのように、間髪を入れず説明を続けた。

「ガウディは死ぬ間際まで教会内の一部の司教たちの品行の腐敗に心を痛めていた。そして、あの当時起きた或《あ》る嬰児殺しの真相が曖昧なままにされ、自分の命の結晶とも言えるサグラダ・ファミリア内で、不埒《ふらち》な歴史が繰り返されるのを恐れた。まるで自分の心が汚辱にまみれる末路を知りながら死んでいくことに、我慢できなかったんだろうね。それで自分が確認した真相を、つまりは嬰児殺しの真犯人を遺言に暗示的に示した」

「そういう自分の家系と因縁のある遺言の存在を知ったペドロとラミロが、石工の孫娘を脅威に思い込んで惨殺したり、ガウディの秘密の隠し部屋にある遺言を消滅させるに至った、というわけか」

私のこの先読みに佐分利は苦笑いしたが、すぐに真顔になった。

「遺言と言っても、書かれた内容はそれだけではないからね。ガウディ自身の作品についての貴重な構想、とりわけ、サグラダ・ファミリアの完成イメージが、何らかの形で示されていたはずだ。それが灰になり、永遠に知ることができなくなった。後世の我々にとっても、取り返しのつかない、無念極まりない結果だ。今はただ、断片的に残された資料を元に完成図を想像するしかないんだ」

佐分利は語気を強めて、吐き捨てるように言った。

そして、コツコツと床板を鳴らしながら小さく歩き回り、思い直したように言葉をこう結んだ。

「まあ、いずれにせよ、こういう怨恨の絡まる事件は難しいね。すべて明らかにすることが、当事者や関係者にとって幸せにつながるとは限らないし、われわれにとってもね……」

このサムライと呼ばれる稀有《けう》な才能を持つ探偵は、深い溜息をそっとつき、私の脇を通り、またデスクの向こうの古びた肘掛け椅子に疲れた身体を預けるように、腰を下ろした。

私は、すっかり冷めてしまったエスプレッソの残りを喉に流し込み、ふと後ろの窓に目を遣った。窓の外では、クリスマスソングが遠くに聞こえ、道行く人々もコートの襟を立てて忙しそうに行き交う。そうか、バルセロナにも冬がやって来たらしい。

丁度そのとき、裏の雑木林の朽ちた落葉の上に、音も無く黒い〝影〟が降り立った。

3　ガウディ・コード

嬰児殺し

サグラダ・ファミリアで生首が晒されるという、あの陰惨な事件から数週間が過ぎたある日の午後、佐分利はいつものように探偵事務所のソファに沈み込んで、冷めたエスプレッソコーヒーを飲んでいた。

久し振りに佐分利の探偵事務所を訪れた私を見ても、彼は短く「おぉ」と言っただけで、何か生気を抜かれたような様子だった。自分の手掛けた事件が解明へ向かわないときに見せる彼の姿だった。

すでに新しい年を迎えたが、あの事件は真相の解明にはほど遠く、このまま忘れ去られてしまうのではないか、とさえ思われた。

そんなとき、サグラダの主任石工である加納公彦から私に連絡が入った。生誕のファサードの「望徳の門」にある「嬰児殺しの兵士とその足元に縋りつく母親の像」が、何者かによって破壊された、と言うのだ。

今日はその件を佐分利に知らせるために、私は彼の事務所にやって来たのである。

佐分利は私の報告を聞いて、一瞬、目を見開き、次に天井を仰ぎ、しばらく身動きしなかった。

やがて、今朝の髭剃《そ》りの際切った顎の小さな傷を撫でながら「なるほど……」と呟いて口元を引き締めた。

この男は地元のバルセロナの人々から「サムライ」と呼ばれ、数々の難事件を解決してきたが、今回の事件に関しては、これまでの問題解決に振るってきたカミソリのような切れ味がまだ発揮されていない。

それで今日この事務所で久し振りに彼を見たとき、今まであまり見たことのないほどの落ち込んだ様子に見えた。

それが、サグラダ・ファミリアの「嬰児殺し」の像が何者かによって破壊された、という私の報告を聞いた後、彼の様子がみるみる変わった。


「いよいよ動き出したか」

カップの底に残っていた僅かなコーヒーを飲み干して、佐分利は私の目を覗き込むように言った。

「高梨、覚えているかな、五十五年前のサグラダ・ファミリアからの転落死の話」

「あぁ、もちろん。五十五年前、当時の若い石工がサグラダ・ファミリアの『生誕の門』の上から転落して死亡した話だったよね……」

佐分利は私の言葉が終わるのを待ち切れず、堰《せき》を切ったように話し出した。

「あの転落死の衝撃は以前お前に話したように当時いろいろな憶測を呼んだ。例えば、……その石工はガウディの後継者争いに巻き込まれて苦悩の末、投身自殺した、あるいは、この若い石工の彫刻の才能を恐れた仲間の石工が突き落とした、いや、実は彼は落下した夜「嬰児殺し」の彫刻に密かに手を加えようとして、夜な夜な這い回ると噂のあった彫刻たち、人面魚や人面トカゲの悪魔たちに尖塔まで追い詰められて落下した……」

醜聞

翌日の早朝、佐分利と私はサグラダ・ファミリア「生誕のファサード」の「望徳の門」の横を見上げていた。

その「嬰児殺し」の像は、一人の兵士が右手に刀剣を持ち左手には泣き叫ぶ赤ん坊を摑んで振り上げていて今にもその赤ん坊を投げつけようとしている。兵士の足元にはすでにぐったりとなっている別の赤ん坊たちがいる。そして兵士に必死に懇願しすがりつく母親の様子が描かれている。

ところがその朝は、兵士の腰から脚にかけての部分、そして兵士の像の右側の背景の一部分が、特にひどく無残に打ち砕かれて崩れていた。

佐分利は兵士の腰の右の背景部分の損傷箇所をじっと見つめたまま「これだ」と一言小さく呟いて、私を振り返った。

既にバルセロナ警察のジェラード警部も来ていて、我々と一緒に破壊された彫刻「嬰児殺し」をじっと見ていた。

彼はときおり手帳に何やら書き込んでは、また、食い入るように破損個所を見上げていた。「何か気が付いたことがあるのか？　サムライ」

私より先に佐分利の呟きに反応したのはジェラード警部だった。

彼は興味津々という顔つきで、自慢の〝ダリのような口髭〟の先を撫でながら佐分利の目を覗き込んだ。

「まぁ、ちょっとね」

佐分利は警部に片目をつぶって見せた。

「もったいつけるなよ、小さなことでも言ってくれ」

警部は悪戯《いたずら》っぽく笑って佐分利の肩をポンと叩いた。

「例によって、根拠の無い第六感だよ。確信を持ったら一番先に警部に連絡するよ」

佐分利はそう言って、私に「さあ、もうお暇《いとま》しよう」と手招きして歩き出した。そろそろサグラダ・ファミリアに観光客が押し寄せる時間だ。

佐分利と私は探偵事務所に戻り、温かいエスプレッソコーヒーを飲みながら、さっき見た破壊された「嬰児殺し」の彫刻について話していた。

「何か分かったのか?」

私のせっかちな質問に、佐分利は表情を変えずにコーヒーを飲む手を止めた。

そして、年季の入った黒光りのする大きなデスクの上にコーヒーカップを慎重に音を立てずに置くと、やおら椅子から立ち上がって窓際までゆっくりと歩いて行き、私のほうへ振り返って言った。

「お前も気づいたと思うけど、一番ひどく破壊されていた兵士像の背景部分を見たか?」

「ああ、俺もあそこを丹念に見たけど、あそこの損傷が大きいのは何か意味があるんだろうか」

私は怪訝《けげん》な顔を佐分利に返した。彼の話を引き出すための私の常套《じょうとう》手段である。

「誰かにとって見られたくないもの、気づいてほしくないものがあの損傷部分にあったということだね」

佐分利は私の誘い水を待っていたかのように、窓際からデスクの前に戻り、その肘掛け椅子に深々と腰を下ろした。

そして目を針のように細くして言った。

「砕かれた石片の中にアルファベットらしき文字の一部が見えたので、サグラダ・ファミリアから去る際に、あの石片を丹念に調べてくれ、と担当者に頼んでおいたんだ」

「人の名前なのか？」

「それが俺の予想と一致したら、事件の謎は一気に核心へ向かう。たぶん事件の直接の関係者にしか分からないように、暗号化されたものだろうね」

私は思い切って佐分利の予想を探るために訊《き》いた。

「今回の彫刻破壊の件はあの五十五年前の石工転落の件と繋がりがあるのか？」

佐分利はギョロリと目を剝《む》いた。

「そう睨んでいる。前にも話したように、五十五年前、当時のバルセロナの有力な司教がサグラダ・ファミリアのその石工の妻を身ごもらせ、生まれた嬰児を密かに殺してサグラダ建設敷地内に埋めた。その嬰児殺しの罪を石工に被せて口を封じるために自殺か事故に見せかけて石工を殺害した。……あの件だ」

私は、やはりね、という気持ちを抑えきれずに口を挟んだ。

「確か、その司教は次のバルセロナ大司教の座を狙っていて、それだけにそうしたスキャンダルはどうしても封じたかった……」

佐分利は、私の先走りの発言には慣れている、といった表情で「その醜聞が司教にとって致命傷になるからね」と話を続けた。

「その司教は、自分こそがバルセロナ大司教候補の筆頭で、何としてもその〝醜聞〟を揉《も》み消さなければならない、と思っていた。だけど、教会内部でもその〝醜聞〟が持ち上がってきて、もう一刻の猶予もない、と焦ってきた。その焦りが当時の〝石工殺し〟と何らかの関係を持ち、それが今回の［嬰児殺し］の像の破壊へと繋がっている、と推測することは自然だろう」

「司教は妻を寝取られた石工の復讐を恐れていたんじゃないか？」

私の口挟みに佐分利は、自分は全て分かっている、という含み笑いを一瞬見せて言った。

「そう、それに、司教が実際に不義の赤ん坊を殺害したとしたら、その罪を石工に被せて石工の口を塞ぐ、要するに石工をも殺害する動機がある」

「すると、……」

私は頭の中で絡んだ糸をほぐそうと、考えあぐんだ。

翌日、佐分利から呼び出しがあり、私は佐分利と一緒にバルセロナ警察へ赴いた。破壊された彫刻の背景部分を調べるためである。

鑑識室ではジェラード警部が破壊された石片を前に手帳に何やら書き込んでいた。

「警部、何か分かりましたか？」

佐分利はこう言いながら石片の傍につかつかと歩み寄った。

「いつものことだけど、事件への初動が早いね」

警部は佐分利の顔を覗き込んでハハハと愉快そうに笑った。

佐分利はニコリともせずに手袋を嵌めて石片を一つ一つ手に取って見ていった。獲物を狙うような細い目は彼の集中力が極限に達した証拠だ。もう何かを嗅ぎつけたに違いない。その場はしばらく沈黙の作業が続いた。私は佐分利の表情の変化を見逃すまい、と彼の顔と手の動きを注視していた。

魔方陣

佐分利は破壊された彫刻の石片調査の作業を終えると、隣に立っていたジェラード警部に何やら小声で囁いた。

作業の間、佐分利の表情に目立った変化は見られなかったが、私はなぜか、この事件の解決は見えたな、と直感した。

それは鑑識室を出る時の彼の警部への快活な挨拶を目にして確信した。

バルセロナ警察署を出て、佐分利と私はもう一か所寄る所があった。事件の現場であるサグラダ・ファミリアである。佐分利にはそこで確認したいことがあるらしい。

我々はサグラダ・ファミリア「受難のファサード」の前に立っていた。佐分利はしばらくの間「ユダの裏切り」像の横に配置されている「魔方陣」をじっと見つめていたが、やがて、その口元には控えめながら会心の笑みが一瞬見えた。

「受難のファサード」に彫刻されている4×4の「魔方陣」には幾つかの謎が隠されていて、様々な憶測を呼んでいる。

4×4の魔方陣とは1から16までの数字を縦四列、横四行に並べ、縦・横・対角線にある四つの数字の合計がいずれも同じ数になるものを言う。

サグラダ・ファミリアの魔方陣も4×4であるが、12と16の数字がなく、その代わりに10と14が二つずつある。そして、縦・横・対角線の合計はどれも33になる。

佐分利はこの魔方陣にまず存在しない数字12と16について、隠された謎があることを私に確認した。

「まず、巷《ちまた》で言われている謎解きは、なかなか面白いが、この魔方陣の真の意図を考えれば、すべて的外れとしか言いようがない」

佐分利は先ほどの鑑識室での石片調査でこの事件を解く重大なヒントを得たようだ。

巷では、サグラダ・ファミリアの魔方陣を巡って様々な謎解きが囁かれていた。例えば、縦・横・対角線の合計はどれも33になることの理由については、ガウディが設計したグエル公園の中央階段がちょうど三十三段であるからとか、キリストが十字架に磔《はりつけ》になった年齢が三十三歳であったからという噂があり、また、石工職人のギルド（同業組合）であるフリーメイソンの最高位が三十三位であること、などが噂になった。

その他、魔方陣に12と16の数字がなく、その代わりに10と14の数字が二つずつあることについても、ガウディの親族や知人の死去した年月日や時刻と関連させたり、逆にガウディ一族の新生児の誕生日にそれらの数字をあてはめたりした。

しかし、そのどの謎解きも、人々の暇つぶしの噂に留まっていたことは言うに及ばない。

「サグラダ・ファミリアの魔方陣に12と16の数字がないのは……」

と佐分利が話し出した。

「この世から消された人物を暗示していると見て間違いないだろう」

そう言って私を振り返って確信めいた笑みを浮かべた。

「それは五十五年前にサグラダ・ファミリアから転落した石工のことか？」

この私の質問を待ち受けていたかのように佐分利は淀みなく話を続けた。

「転落した石工のフリーメイソン番号を調べてみたんだ。この石工職人のギルドでは組合員番号があって、彼の番号が第12期の16号、つまり12－16、だね」

さらりと言いのけた彼を私は驚きの目で見るしかなかった。そしてもう一度、目の前の魔方陣に注意を注ぎ、それを確かめた。

なるほど、その四角い魔方陣の中には、いくら探しても12と16の数字がなかった。それまで私は魔方陣の数字など考えもしなかったのである。

「すると……」

私は佐分利の頭の中を探るように彼の言葉を待った。

「そう、二つずつある10と14の数字は石工を消した人物を暗示していると観ていい。そう考えると、話は早い。転落した石工とフリーメイソン番号の関係を二つずつある10と14の数字にも当てはめてみると、石工を消した人物のフリーメイソン番号は第10期の14号、ということになる。

ガウディが亡くなったのは一九二六年。「受難のファサード」はまだできていなかった。魔方陣の構想を記したメモは消失したと言われているから、今ある魔方陣はガウディの構想どおりではない。初めはガウディの構想を推測した魔方陣の作成が試みられたが、それがある時を機に別の構想に替えられたと言う。

あの石工転落死の事件の後、うやむやにされた転落死の真相を巡ってフリーメイソンの中で様々な噂が絶えなかった。そうした疑心暗鬼の只中で替えられた魔方陣の構想だ。そこにあの事件の何かが隠されているとしてもおかしくないだろう」

「そのフリーメイソン番号、第10期の14号を持つ人物は突き止めたのか？」

私の質問に、佐分利は少しの間をおいて、

「それは事務所に戻ってから話そう」

と、親指でここ、サグラダ・ファミリアから引き揚げる合図をした。

佐分利の探偵事務所に戻って我々は魔方陣の話の続きをした。

「やはり、彼だった」

と佐分利はエスプレッソコーヒーを一口旨そうに飲んでからそう言った。

「思った通り、魔方陣で二つずつあった番号10と14のフリーメイソン番号、第10期の14号を持つ人物は、やはりあいつだったよ」

「あの嬰児殺しの疑いのある司教か？」

私のせっかちな口挟みに呆れながらも佐分利は確信を持って頷いた。

「そう、彼は石工の妻に産ませた不義の嬰児の遺体を密かにサグラダ・ファミリアの敷地内に埋めた……こういう噂が自分の大司教への道の妨げになると焦っていた」

ここまで話して、佐分利は急に黙り、何故か窓際へ忍び寄り、カーテンの裾を少し上げて庭の様子を見た。

「どうした？」

私は低い声で彼に声をかけたが、沈黙を保つその後ろ姿に思わず息を潜めた。

すると、佐分利は私のほうに振り向き、静かに「ここに居てくれ、すぐ戻ってくる」とだけ言って、奥の部屋に駆け込み木刀を一本摑んで瞬く間に外へ飛び出して行った。私は急いで窓際に近づいてカーテンの隙間から庭へ目を凝らした。そして、すぐに事態を理解した。

やがて、窓の向こうの庭の落ち葉がガサガサと騒ぎ、これから始まることを予告していた。

私はかつて一度とならずあった佐分利と曲者との勝負を思い出していた。

庭の向こうは雑木林になっている。そのうちの一本の木に蝙蝠《こうもり》のような黒い影が止まっている。

その影はやがて一枚の病葉《わくらば》と共に静かに落下し、落ち葉の敷き占めた湿った土の上に仁王立ちに降り立った。

黒装束に黒い覆面のこの曲者は顔面へ飛んできた礫《つぶて》をすんでのところで躱《かわ》し、素早く身を縮めた。

だが間髪を入れず飛んできた次の礫は、その屈んだ右膝に鈍い音を立ててめり込んだ。

曲者の左手数メートル先に現れた佐分利が「待っていたぞ」と低い声で言い放ちながら曲者との距離を一気に縮めた。

すると曲者は屈んだまま更に深く沈み、後ろへ二メートルほど飛び、佐分利との距離を空けた。そして左手を自身の背中に伸ばした。

次の瞬間、その手には冬の鈍い光を反射させた刀剣があった。

佐分利は慌てず、曲者に正対し、体の中位に構えた木刀の先を少し上げピタと相手の目へ向けた「正眼の構え」を崩さなかった。

じりじりと曲者との間合いを詰めていき、その表情には水のような冷静さが感じ取れた。

一方、曲者は「火の構え」即ち「上段の構え」で、真剣の先を天へ上げながら佐分利の動きに合わせてじりじりと後退りしていく。右手が柄頭《つかがしら》、左手が鍔側《つばがわ》の左利きの使い手だ。

目だけ出した黒頭巾で覆った頭部は、その下のがっちりしたガタイに比して不釣り合いに小さい。

その目が一瞬白眼に見えたと同時に曲者が構えを変え、左手一本で刀剣を天に突き上げた。片手上段の構えで佐分利を挑発したのである。

僅かに木刀の持ち位置を上げた佐分利は、この曲者の動きを見逃さなかった。

短く「おっ」と鋭い声を発した佐分利の体は、一気に曲者の左脇へ跳んだ。

左手で刀剣を天に掲げた姿勢の曲者は自分の左脇の視界を己の二の腕で塞いだ格好になっていた。

その死角へ跳んだ佐分利は正眼の構えのまま木刀の剣先で曲者の左手首を一瞬で撥ね上げた。

曲者の刀剣は宙に舞い上がり、曲者は「むう」と呻《うめ》き声を上げて左手首を右手で押さえた。

間髪を入れず、佐分利の右拳が曲者の鳩尾《みぞおち》に食い込んだ。

曲者は左手で鳩尾を押さえ「うぅ」と呻き声を上げた。しかしその直後、右手には短刀があった。脇差を抜いていたのだ。

「あっ」と、佐分利は後ろに飛び下がり、再び木刀を構え直した。

その瞬間、佐分利の鼻先目掛けて短刀が飛んできた。

佐分利がその刃先を辛うじて避《よ》け、前に向き直ったときには、曲者は既に雑木林の中へ姿を消そうとしていた。

曲者は彼の刀剣を庭に置き去りにして行った。

曲者が雑木林の茂みに消えて行くのを見届けて、佐分利は「これでいい」と呟いた。駆けつけた私を振り返り「今の勝負、見てたか？」と言った佐分利の表情からは、さささやかな満足感すら感じられた。

とてもあんな勝負をしたばかりとは思えない落ち着き払った様子に、私はいつもながら呆れると同時に、彼の並外れた胆力と身体能力に感心せざるを得なかった。

曲者が残して行った刀剣を回収して、我々は探偵事務所に戻った。

佐分利はジェラード警部と電話で何やら話した後「さて」と一言放って、黒いアームチェアに深々と座り込み「ふう」と深く息を吐いた。

「あれでいいんだ」

佐分利はもう一度自分に言い聞かせるように呟いた。

今の勝負で一連の事件について、また何か大きな確信を得たようだ。

晒し首の実行犯

「あのアンヘラさんの晒し首事件のあと、ジェラード警部に頼んで、念のため、もう一度首の切り口を見せてもらったんだ」

佐分利はエスプレッソコーヒーをひと口飲んだ後、話を切り出した。

「すると、重大な事実が確認できた。首の切断面を顔を正面にして見ると刀剣の刃はアンヘラさんから見て首の右側から入ってやや斜め下へ向かって左側へ一刀の下に切り落とされたことが分かった」

佐分利はまるで実際に生首を両手で挟んでいるかのようにして事務所の黒光りする大きなデスクの上で両手を使って説明した。

私も両手を使って生首の顔を正面に向けてイメージして、その切断面を推測してみた。

「そうか、すると晒し首事件の実行犯はアンヘラさんに正対して左上段から右斜め下へ刀剣を振り切ったことになる……」

こう独り言のように言った私は自分自身の言葉に、あっと気付かされた。

私の気付きを見た佐分利は、

「そう、アンヘラさんの首を切った犯人は、左利き、だ」

と私の心を読んでみせてくれた。

そして、やおら椅子から立ち上がり、後ろ手を組んでコツコツと狭い事務所の床をゆっくり歩きまわった。

やがて彼は窓際で立ち止まり、さっき曲者と一戦を交えた庭を見つめながら、話を続けた。

「犯人がアンヘラさんの正面から首を切り込んだことは、刀剣の刃と反対側の背部である棟《むね》の跡の形ではっきりと分かる。つまり、首の切断面から、犯人はアンヘラさんに正対して左上段から刀剣を振りかぶり刃を水平近くに修正しながら左から右へ一太刀で振り切ったのだろう。結果的には切り口はやや右下がりの斜めになった、と思われる」

「さっきの曲者は誰なのか分かるのか？」

私の質問も佐分利には織り込み済みで、（ほら）という顔をして、

「推測していた通りの奴がのこのこ正体を見せに我々の前にやって来た」と即答した。

「アンヘラさんの首の断面を改めて見たとき、すぐに奴の顔を思い浮かべたよ」

「知っているのか？」

「人の首を一太刀であれほどの手練で切り落とせる剣士はそういない。それも左利きだか

らね。あいつだとすぐにピンと来たよ」

佐分利はさっきの勝負のあと曲者が残して行った刀剣を指差した。

それはやや小ぶりの日本刀で、佐分利のデスクの上で不気味な光を放って横たわっていた。

「これを鑑識に回してルミノール反応を調べてもらえば、はっきり分かることだ」

こう話して、佐分利はデスクの前のお気に入りのアームチェアにもう一度深々と腰を沈めた。

道場破り

佐分利と曲者との勝負があってから数日経った或る夕方、佐分利の剣道道場に招かれざる訪問者が現れた。

その日、佐分利は探偵事務所を閉めてから、いつものように道場に顔を出した。

激しい稽古で汗を流している弟子たちと挨拶を交わしながら、道場の中央の壁際に胡坐《あぐら》をかいた。

既に胴着を身に着け右手には竹刀《しない》を握っていた。

佐分利はヨーロッパの剣道界では知る人ぞ知る実力の持ち主であった。

実際、若くして師範の資格を持っていた彼がバルセロナで道場を開くと、その噂を聞きつけヨーロッパの各地から弟子入り希望の剣士たちが彼のもとへ願い出て来た。

今でもヨーロッパの剣士たちの間で語り草になっているのが、彼がバルセロナに住み着いた年に、ちょうどバルセロナで開催されたヨーロッパ剣道選手権大会で見せた怒濤のような活躍であった。

当時まだヨーロッパでは無名だった佐分利の凄まじい剣道に、人々は息を呑んだ。大会初出場で、圧倒的な存在感を示して優勝したのである。

弟子たちの激しい稽古が一通り終わると、佐分利は「さて」と立ち上がり、

「木村、ひとつ相手をしてくれ」

と一番弟子の木村孝介に声を掛けた。

「はい」と木村が立ち上がった。

その時であった、道場受付の佐伯が慌ただしく稽古場に入って来て、

「館長、御来客が……」

と言い差した間もなく、一人の男が木刀を持って道場に踏み込んでいた。

男は「御免」と軽く頭を下げると、佐分利に向かい、

「お手合わせをお願いしたい」

と言うなり、数歩、佐分利に歩み寄った。

佐分利は突然の訪問者に不意を突かれたが、すぐに事態を察知し男の顔をじっと見つめた。

男も佐分利の口元を見据えたままで、道場内には暫く、張り詰めた空気が漂った。

と、佐分利の目が針のように細くなり、微かに頷いた。

そして、佐分利の口がおもむろに開き、

「喜んでお受けする」

と落ち着いた、しかし凄みのある太い声が道場内に響き渡った。


道場の奥の準備室に入った佐分利は、暫くすると、握っていた稽古用の竹刀を木刀に代え、道着も試合用に着替えて、改めてこの「道場破り」の男の前に現れた。

上下洗い晒しの濃紺の袴《はかま》姿が、道場床の明るい板張りによく映えていた。

道場の壁寄りには稽古に来ていた門弟たちがずらりと中央を囲むように正座をしていた。

門人たちもこの「道場破り」の男がただ者ではないことを察知して、館長であり師範である佐分利の一挙手一投足を息を呑んで見つめていた。

佐分利は道場の中央付近まで進み、その男との間に三メートルほどの距離を置いて正対した。

対する男は上下黒の袴姿で額に黒い鉢巻きを締めて、佐分利の動作を注意深く見ていた。

そして二人の目が合い、互いに木刀を中段に構えると、一瞬、時間が止まった。

阿吽《あうん》の呼吸で試合が始まったのである。


先に動いたのは道場破りの男のほうだった。

男は中段の構えで左足を僅かに前へ摺《す》り出し、正対していた佐分利にやや斜に構えた。

佐分利は中段の構えのままピクリとも動かない。

男が右足を少し前へ滑らし再び佐分利と正対しようとした時、男の頭が僅かに左にぶれた。


と、佐分利の体がスス一と前へ滑るように移動し、男との距離が一気に縮まった。

男は思わず左右の足を後退させ、そこに微かな体の揺れを見せた。

その瞬間、佐分利の体はふわりと弧を描いて男の頭上へ舞った。中空で短く「おっ」と発した佐分利の上段からの剣先は、男の脳天目掛けて振り落とされた。

男は咄嗟に左中位から右上方へ木刀を振り上げ、辛うじて佐分利の剣先を払った。

男の前にふわりと舞い降りた佐分利は、男に正対したまま、すぐに後ろへ跳んだ。

そして男に鋭い視線を遣りながら、こう言い放った。

「俺の勝ちだな、ホセ。ホセ・フェルナンデス・ナカモト」

自分の名前を呼ばれた男は、振り上げていた剣を下ろし、驚きの目で佐分利の顔を見た。

佐分利は中段の構えを解き、剣先を下へ向けてから、男を諭すように言った。

「防具もつけていない立ち合いだ。寸止めが当然だろう。俺の一振りは完璧にお前の脳天を捉えた。お前も気付いたと思うが、脳天を強打する寸前で俺は剣の振り抜きを止めた。その後でお前の剣が俺の剣を振り払った。勝負は決着していた、ということだ」

その声は朗々と道場に響いた。

男は、一瞬、ピクリと上体を揺らしたが、やがて観念したように、剣を床に手放した。息を呑んでこの立ち合いを見ていた佐分利の門人たちの口から、期せずして安堵の息が漏れた。


「それに…」

と佐分利は男の手放した木刀を指差しながら言った。

「その木刀には鋼《はがね》が仕込んであるようだ。その木刀から受けた衝撃は木のものではない。それは言わば殺人木刀だ」

そう言いながら、佐分利はやや横目遣いでジロリと男に目線を移した。

「ホセ、お前が双子のペドロとラミロの弟であることは調べてある。かつてペドロが道場破りをして鋼入り木刀で対戦者を撲殺した事件を覚えている。兄と同じ過ちを犯したいのか？」

ここまで佐分利の話を呆然《ぼうぜん》と聞いていた男は、突然、床に放り投げた木刀を拾うと、一目散で道場の出口へ走って行き、一同が唖然《あぜん》とする中、姿を消した。

私はこの道場の稽古に来ていたマリアから連絡をもらって既にこの場に馳《は》せ参じていた。佐分利は私を見つけると、微かに笑みを見せたが、すぐに真顔に戻り、弟子たちに「さあ、稽古を続けよう」と声を掛けて、奥の準備室へ入って行った。

怨念

それから数日後の午後、私は佐分利の探偵事務所で熱いエスプレッソコーヒーを飲みながら、佐分利と先日の「道場破り」との立ち合いの話をしていた。

「楽勝だったね」

と私が言うと、佐分利は大きく目を見開いて「とんでもない。危なかったんだ」と私を真顔で見た。

「あの試合は命の危険さえ感じていた」

コーヒーカップを右手に持ちながら立ち話をしていた佐分利は、コツコツと床を歩いた後、カップをデスクに置き、例の黒いアームチェアに腰を沈めて話を続けた。

「あの男、ホセの木刀に鋼が仕込んであることは一目で気付いた。あわよくば俺を撲殺しようと道場へ乗り込んで来たのだと思う。対峙した時、彼の兄たちを敗北に追い込んだ俺に何としても敵討《かたきう》ちをしたいという怨念をホセの目に見た。それは恐ろしいほどの気迫だった」


「あの男があの双子のペドロとラミロの弟だとは、驚いたね。なぜ分かったんだ？」

私の質問に佐分利は「マリアからの情報だよ」と言って、左手で剣を握る動作をした。

「覚えているだろう？〝晒し首事件〟の犯人が左利きだということ」

佐分利の手の動作に思わず私は身を乗り出した。

忍者風の曲者が探偵事務所の庭に現れ佐分利と対決した際に見せた左利きの剣構えが脳裏に浮かんだ。

「もう分かったと思うけど、あの時の曲者がホセで、今度は〝道場破り〟として私に再び勝負を挑んで来た。

双子のペドロとラミロにホセという弟がいて、それが左利きで相当な腕の剣士になっていた。このことは忍術道場に潜り込んで情報を探ってもらっていたマリアから既に知らされていた。

そして、そのホセが兄たちの無念を晴らしに私を討つ機会を窺っていた、ということもね。これは本気で私とケリをつけようと動いてくるな、と警戒していた中で、彼は探偵事務所の庭での私との勝負に敗れたわけで、今度こそ、という気概で〝道場破り〟の形で私の命を狙って来たのだろう」

私は気になっていたことを佐分利に訊いてみた。

「ところで、探偵事務所の庭に侵入した曲者が残していった刀剣はどうした？」

佐分利は、ウンウン、と小さく二度頷いて、椅子から立ち上がりコーヒーを一口飲んでから、また床をコツコツと鳴らしながら歩き出した。

「あの刀剣はすぐジェラード警部に報告して、警察の鑑識室に出してルミノール反応を調べてもらったんだ。斬首されたアンヘラさんの血液反応が刀剣から出るかどうかをね」

私は佐分利の顔を覗き込んで、

「それで、どうなった？」と結論を急かした。

佐分利は足を止め、私へ顔を向けて一呼吸置いてから答えた。

「予想通り〝黒〟だった。一太刀で人間の首を切り落とせるほどの腕の立つ剣士はバルセロナにそうはいない。しかも犯人は左利きだということが分かっている。〝斬首事件〟の犯人はそうとう絞られた。そして自ら動いて私を襲って来た曲者がいた。その男の刀剣のルミノール反応が黒と出た」

「この事件に関する私の持っている証拠は全てジェラード警部に渡しておいた。アンヘラさん斬首事件の犯人は程なく確定されるだろう。だが、……」

と、佐分利はここまで言って、口を噤《つぐ》んだ。

「お前に敗北した双子ペドロとラミロ、そして今度はその弟のホセ、彼ら兄弟は凄まじい〝怨念〟を持っていたんだね」

私は佐分利の思考を探るように問い掛けた。

コーヒーカップの取っ手に人差し指を掛け、しばしカップの中の冷めたコーヒーを見つめるようにして何かを思考していた佐分利は、私の独り言のような問いかけに反応した。

「そう、まさに〝怨念〟だね。単に私に対する怨念というよりも、もっと深く複雑な怨念だ」

私は佐分利のこの反応に、漸く本題に切り込める、と思った。

今回の「斬首事件」が半世紀以上前のサグラダ・ファミリアでの醜聞に絡んでいること、そしてその謎を明らかにしなければこの問題は解決したことにならないこと、はこれまでの佐分利の話からも推測できたからだ。

「ところで、サグラダ・ファミリアの『受難のファサード』にある魔方陣の謎だけど……」

私は私の中でまだ謎のままになっていることを話そうとした。

「そう、あと一つの数字が謎のままだったよね」

例によって勘の良い佐分利がその件について話し始めた。

「魔方陣の数列の中で欠けていた数字12と16は、半世紀以上前にサグラダ・ファミリアから転落死した石工が所属していた職人組合であるフリーメイソン番号と一致した。そして、二つずつある数字10と14は、石工の転落死に関係すると疑われる司教のフリーメイソン番号と一致した。残りの謎は、魔方陣の数列の縦・横・対角線の和はどれも33であることが何を暗示しているか、ということだったね」

佐分利は自身の頭の中を整理するように言って私を見た。そしてすっかり冷めたコーヒーの残りを飲み干した。

私は今日二杯目のエスプレッソコーヒーを飲みながら佐分利の次の言葉を待っていた。

佐分利は私の心理を見透かすように言った。

「もちろん、魔方陣の数列の縦・横・対角線の和はどれも33であることは、ガウディが設計したグエル公園の階段がちょうど三十三段であることやキリストが磔になった年齢が33歳だったこととも決して無関係ではないだろうが……」

と言いかけて、佐分利はアームチェアから立ち上がって窓際へコツコツと歩きながら、言葉を続けた。

「俺が一番興味を抱いたのは、石工職人の同業組合であるフリーメイソンの最高位が33位だった、ということだ。サグラダ・ファミリアから転落死した石工の妻との間に醜聞があった、あの司教も石工出身で、しかもフリーメイソンの最高位まで上り詰めた人物だった、ってことは、大いに興味があるね」

と言いながら、歌舞伎の「見得」を切るように目を大きく見開いて見せた。

深い闇

「アンヘラさん〝斬首殺人〟の犯人は間もなく捕らえられるだろうが、この事件の背景は深い闇に包まれている……」

と口を挟んだ私も、自分の頭の中の整理を始めた。

佐分利は既に思考の集中力を最高のレベルにまで引き上げたようだ。彼の眼が針のように細くなったのがその証拠だ。

そして、私の期待に背かず、彼はこの事件の真の解決へ向けて、信じられないほどの集中力で話し始めた。

「今から半世紀以上前に起きた忌まわしい事件が今回の〝斬首殺人〟事件の背景にあることは、以前にも話したよね。当時の地元の有力な司教がサグラダ・ファミリアの或る石工の妻を身ごもらせ、生まれた嬰児を密かに殺してサグラダ建設敷地内に埋めた、という巷《ちまた》の噂があった。その司教がバルセロナ大司教に抜擢されようとした際、教会内部でもその〝醜聞〟の噂が囁かれるようになった」

「その話は覚えている。半世紀以上前の事件が今回の〝斬首事件〟と深い関係にあるんだね」

私は思わず身を乗り出した。佐分利はその集中力を切らさず、語り続けた。

「その司教にとっては、妻を寝取られた石工からの復讐と共に自分の大司教への出世を妨げかねないスキャンダルを何としても防ぎたかった。そこで、一石二鳥の仕掛けを実行した。つまり、石工の妻に産ませた嬰児を殺したのは石工自身であるように噂を立てて、その石工を亡き者にして、真実が明るみに出ないように考えた。結果は石工をサグラダ・ファミリアの尖塔から転落させ、文字通り口封じをして自分へ向かっていたスキャンダルの矛先を彼へ向かわせようとした」

佐分利は少し間を置いて、吐き捨てるように言った。

「死人に口無しだよね。しかも死んだ石工からの復讐を恐れる必要も無くなった」

「司教は罪を問われたのか？」

私は、いつも冷静な推理をする佐分利にしては珍しく断定的な物言いをするので、彼の顔を覗き込んで言った。

佐分利は、私の質問の意図に気づいたようで、ややトーンを落として話を続けた。

「当時、石工の転落死の真相は闇の中で、司教の罪は結局問われなかった。だが、半世紀以上の時を経た今では、彼が関与していたことは明確になっているんだ」

「魔方陣の数列の謎かけは、その司教の罪を告発するためだったんだね」

私はさっきの私の言葉が佐分利のこの事件の背景への推理に水を差したかもしれないと思い、今回は話の先を促すために、そう水を向けた。


「そう」

佐分利は二杯目のエスプレッソコーヒーに砂糖を入れ、スプーンでそれを丹念に掻き混ぜながら、しばらくコーヒーの渦巻きに目を遣ってから、彼の話に戻った。

「魔方陣の構想を記したガウディのメモは消失したと言われているから、今ある魔方陣はガウディの構想どおりではない。もちろん、初めはガウディの構想を推測した魔方陣の作成が試みられたが、それがある時を機に初めの構想は別の構想に替えられた。あの石工転落死の事件の後、うやむやにされた転落死の真相を巡ってフリーメイソンの中で様々な噂が絶えなかった。

　あの司教が自分の大司教への出世を妨げるスキャンダル隠しを画策し、転落死させた石工に嬰児殺しの罪を着せて自分は頬かむりしようとした。司教の犯罪に気づいた石工の友人たちが魔方陣作成の際、嬰児殺し、石工転落死の犯人を暗示させる数列を仕組んだ」

「なるほど。サグラダ・ファミリアの魔方陣に石工転落死と嬰児殺しの真犯人を示唆するものがあれば少なくとも石工仲間には伝えられるだろうし、それがほぼ永久に伝え続けられる、というわけだ」

　佐分利の言葉をこう繋いで、私は次の疑問をぶつけてみた。

「その真犯人を示唆する魔方陣は受難のファサードにあるけど、『生誕のファサード』の『望徳の門』の横の『嬰児殺し』の像の破壊の件は、どういう意味があるんだろうか」

　佐分利は、うん、と頷きながら、自分の額に左手の人差し指を当ててすぐに私の質問の意図を理解して話した。

「大事なポイントだよね。『生誕のファサード』はガウディ生前のときに出来ていたから、『嬰児殺し』の像の作成時には当然、それ以降に起きた実際の嬰児殺しとは別のメッセージが込められていたはずだ。しかし、転落死した石工の友人は彼の無念を晴らすために彼の妻に孕《はら》ませその嬰児を葬った真犯人を示唆するものを『嬰児殺し』の像の背景部分に刻んだ」

「バルセロナ警察の鑑識室で調べた、破壊された彫像の背景部分の石片に何か刻まれていたんだね」

私はあの鑑識室での佐分利の顔を思い出してこう言った。

あの時、彼は確かに何かを確信した表情だった。

「あの時、石片の刻みで気付いたのは、お前が後で推測したようにアルファベットの文字列だった。やはり実際に起きた嬰児殺しの真犯人を告発した文字列の一部と確信した。石片に刻まれていた文字は例の司教の通称の一部だった」

佐分利は事件の推理が核心に迫った時にいつも見せる表情、やや顎を引いて上向きにギョロ目を大きく見開く表情をして言い、その時の心情を次のように表現した。

「なんという執念だろうか、と思ったね。理不尽に死んでいった石工の恨みを何としてでも後世にまで刻み付けておこう、という恐ろしいまでの執念を感じて、正直、背筋が冷やっとしたね。俺はこの事件はどうしても解決する、という強い気持ちが改めて確認できた」

サグラダ・ファミリア「生誕のファサード」の「望徳の門」の横には「嬰児殺し」の像があるが、その背景の一部が破壊された。

その像は、一人の兵士が右手に刀剣を持ち左手には泣き叫ぶ赤ん坊を摑んで振り上げていて今にもその赤ん坊を投げつけようとしている。兵士の足元にはすでにぐったりとなっている別の赤ん坊たちがいる。そして兵士に必死に懇願し、すがりつく母親の様子が描かれている。

「生誕のファサード」に配置されている美しい彫刻群の中で、この「嬰児殺し」の像はとりわけ異様な存在感を放っている。

この像の作成の意図は何だったのか、と人々は像の前で思わず立ちすくまざるを得ない印象的な作品である。

先日、この像の兵士の腰から脚にかけての部分が少し破壊され、そして、特にひどく打ち砕かれて崩れていたのが兵士の像の右側の背景の一部分であった。

その石片をジェラード警部と共に調べた際、佐分利がアルファベットの文字列を見つけたのである。

時空を超えて結ばれる線

「司教を暗示するその文字列を刻んだ部分を取り除こうとして破壊した……その人物はやはり司教の孫のホセか？」

私は半世紀以上前のサグラダ・ファミリアでの事件が最近起きた「斬首事件」と結ぶ線を早く知りたかったので、ずばりホセの名前を出して佐分利に確かめた。

佐分利は、私のせっかちな性分をなだめるように、私に向けて左手を広げて、言った。

「まあ、そう急かすなよ。司教一族の誰もがその文字列を消し去りたいと思うはずだ。ホセの双子の兄たち、ペドロとラミロだって思いは同じだ」

私はあの双子の兄弟の名前が佐分利の口から出たとき、彼らと佐分利との凄まじい対決を思い出して、思わず訊いた。

「お前の返り討ちに遭って入院していたペドロはともかく、サグラダ・ファミリアの尖塔から身を投げたラミロは生きていたのか？」

佐分利に追い詰められ尖塔を登り、盗み取った「ガウディの遺言」の入った茶封筒を燃やして、果てはそこから身を投じた、あのラミロが生きていたとは信じられなかったのだ。

「ラミロは生きていた。彼はサグラダ・ファミリアの尖塔から身を投げたが、工事用の落下防止ネットの上に落ちたのだ。彼の仲間が数人がかりで彼をネットから病院へ運んで行ったらしい。マリアからの報告だと、その後、彼は恢復《かいふく》してペドロと共に忍術道場で訓練を積んでいた、という」

佐分利はそう言って警戒心を隠そうとしなかった。

「捲土重来《けんどちょうらい》ということか。今回、弟のホセを刺客として送り込んで来たのもお前への逆恨みかもしれないな」

そう言いながら、私は佐分利の警戒の色を感じ取っていた。佐分利は自分の警戒心が私に読み取られたことに気づき、気を取り直して話を続けた。

「この三兄弟とも、剣客としては逸材だ。彼らが〝怨恨〟を克服して自分たちの才能を表舞台で発揮できるようになればいいが……。考えてみれば、半世紀以上前の祖父の世代の〝怨恨〟が孫の世代にまで続き、それが更に深い心の闇となって、とうとう陰惨な〝斬首殺人〟にまで恨みが歪んだ形に増幅してしまった」

「その〝怨恨〟を遡ると、ガウディの遺志の受け止め方の違いが大きな対立を生んだことにあるんじゃないか？」

私は一気に〝怨恨〟の根本へと話を促した。

佐分利は珍しく私の発言に戸惑い、苦悩の色を見せた。右の拳を額に当ててしばらく沈黙してから、静かに語りだした。

「根は深いよね。〝斬首殺人〟の犠牲者アンヘラさんは、そもそもサグラダ・ファミリア内の二つのグループ〔ガウディ未来の会〕と〔ガウディの遺志を継ぐ会〕の間にあった〝怨恨〟の犠牲になった、とも言える。その〝怨恨〟が今から半世紀以上前のスキャンダルと結びついて今日まで連綿と続いてきたものだと、分かった時、我々は、人間の業の深さを前にして慄然とせざるを得ない……」

こうした感慨を述べる時の佐分利は、まるで哲学者のような表情を見せる。

「サグラダ・ファミリア財団の秘書のアンヘラさんは〔ガウディ未来の会〕の会員だったが、その真面目な勤務ぶりを買われて〔ガウディの遺志を継ぐ会〕の役員に抜擢された。だが、アンヘラさんのその真面目ぶり、勉強熱心ぶりが仇《あだ》になった。アンヘラさんはその二つのグループの橋渡し役を買って出た。ガウディを敬愛し、その遺志を発展させようという点では同じで、二つのグループは交流し協力し合うべきだ、と考えたんだ。だが、この二つのグループの歴史的対立は彼女が考えるよりずっと根深く、両者の溝は大きく深いものだった」

佐分利はここまで話して、天井を仰ぎ、フーッと息をついた。斬首されたアンヘラさんの首を最もじっくり鑑識したのは佐分利だろう。佐分利の頭にはあのアンヘラさんの最期の表情を留めた死の顔が浮かんでいるのだろう。

「彼女はガウディの遺志を新しい解釈で引き継ごうとするグループ〔ガウディ未来の会〕の一員でもあった。この会は、サグラダ・ファミリア教会の完成プランに彼女の芸術観を採用し、ガウディの作風を忠実に後世に伝えようとするグループ〔ガウディの遺志を継ぐ会〕のメンバーたちには強い反感と警戒心を植え付けてしまった。

殺害されたアンヘラさんは、サグラダ財団理事長の娘さん、ということもあって、革新派のグループ〔ガウディ未来の会〕の中でも五年先を見越したサグラダ・ファミリア継続建築のプラン作成に大きな影響力を持っていた。そこで、対立するもう一方のグループ〔ガウディの遺志を継ぐ会〕は彼女を会の役員に抜擢した。つまり、アンヘラさんは対立する二つのグループの狭間で苦しんでいた」

佐分利は、窓から見える雑木林に目を遣りながら、その目を針のように細めて言った。

憎悪

私は佐分利の集中力の高まりを見て、畳みかけるように彼に疑問をぶつけてみた。

「それにしても、アンヘラさんへの仕打ちは常軌を逸している。若い女性の首を切るほどの〝憎悪〟がどうして生まれたのか……」

佐分利は腕組みをしたまま私の疑問を聞いていたが、その腕組みを解き、自分の中の疑問を解くように口を開いた。

「そう、この〝憎悪〟は尋常ではない。単に教会内の勢力の縄張り争いや祖父の代からの因縁だけでは、若い娘さんを斬首するまでの残虐さや、その行為へ至る〝憎悪〟に対する説明はつかない。ここに、加害者と被害者との間のもっと直接的な感情のもつれが加わっているはずだ」

佐分利は何やら思わせぶりな口調でそう言って、私の顔を見た。彼の確信的な表情は、新たな事実を摑んでいることを仄《ほの》めかしている。

長年付き合って来た私にはそれがすぐピンと来たのだ。

「すると、アンヘラさんと加害者との間に男女の愛憎があった……」

私がこう言い掛けると、佐分利はその私の言葉の後を継いで話を続けた。

「男女の愛憎というのは、他者にとって窺い知れぬ嫉妬心と残虐さを生むことがある。アンヘラさんと加害者の間にもそうしたドロドロとした感情の縺れがあったんだと思う」

「そう考えると、あの酷《むご》い殺され方も背景が想像できる。二人の間に何があったか摑んでいるのか？」

私はこう率直に訊いてみた。佐分利は私への応答を用意していたように、その確証を語り始めた。

「サグラダ・ファミリア『受難のファサード』のあの魔方陣の右横に『ユダの裏切り像』がある。実はあの像の後ろの壁にもアルファベット文字が刻まれていたんだ。その文字はアンヘラさんを暗示するものだった。『ユダの裏切り』という像のメッセージと照らし合わせると、そこに他の者には測りがたい〝憎悪〟が存在していたのだろう」

「〝ユダの裏切り〟……か」

私はその像のテーマにまつわるエピソードを思い出した。

ユダは銀貨三十枚でイエス・キリストを売った。

ユダはイエスにキスをして、ローマ兵たちに誰がイエスであるかを知らせたのである。

その結果イエスは捕らえられ十字架に架けられた。

サグラダ・ファミリアのその像は「ユダの接吻《せっぷん》」とも呼ばれ、まさに「裏切り」の瞬間を描出している。

そのイエス像の左後ろに例の「魔方陣」の彫刻がなされている。そしてその「魔方陣」の縦、横、斜め、四隅、などの合計がすべて33になっていて、それはイエスが十字架に架けられ亡くなった年齢33を暗示しているといわれる。

佐分利の調査だと、それに半世紀以上前にスキャンダルを起こした司教の石工時代の最高位を表す33とも合致している。

「すると、アンヘラさんがユダで加害者がイエスという設定か……」

私の独り言のような呟きに、佐分利は軽い溜め息をついてから静かに頷いた。

「加害者つまりホセは〈ガウディの遺志を継ぐ会〉の重要なメンバーだった。

祖父の代からの筋金入りのガウディ信者でもある彼は、この会の趣旨を曲解して、伝統的なガウディの作風から逸脱したように見える作品作りを見下し、反感さえ持つようになった。その感情は、対立する革新派のグループ、〈ガウディ未来の会〉への憎悪にもなっていった。ガウディが決して望まないであろう狂信的なガウディファンの姿だ」

こう言い放った佐分利の、怒りにも見える苦悩の表情がその眉間の皺に現れた。

私は佐分利の言葉を受けて、こう呟いた。

「考えてみれば、その対立する二つのグループだってガウディへの敬愛の気持ちは同じなはずだしね」

私の呟きに佐分利は冷静さを取り戻したようだが、やめたはずの煙草を机の中から一本取り出してくわえた。

佐分利は自分が禁煙していたことに気が付き、くわえた煙草を元の場所に戻してから言った。

「そうなんだ。愛情が憎悪を生み出すという悲劇、それを我々は目の当たりにしている。ホセのアンヘラさんへの愛情も、或ることを機に憎悪に急変した」

「或ること、というのは？」

私は思わず口を挟んだ。

佐分利は軽く左手の掌を私に向けて話を続けた。

「アンヘラさんが〔ガウディ未来の会〕の会員であることを知ったうえで、彼女を自分の所属する〔ガウディの遺志を継ぐ会〕へ誘ったのはホセだった。そして、ある日、ホセはアンヘラさんと、互いの祖父の時代に起きていた事件で、繋がりがあったことを知った。そしてアンヘラさんが、彼女の祖父がサグラダ・ファミリアの尖塔から転落死した不審な事件の真相を知ろうとしていることにも気づいた」

佐分利はそう言いながらアームチェアから立ち上がり、私の座っているソファの横にある冷蔵庫を開け、冷たい水の入ったペットボトルを出して来た。

二つのコップに水を注ぎ一つを私に渡し、もう一つはデスクの上に置いた。

そして再びアームチェアに腰を沈め、話し出した。

「アンヘラさんが彼女の祖父の転落死の真実を知ることを恐れたホセは、アンヘラさんに、もうこれ以上祖父の時代の事件を詮索するのはやめよう、と言い出した。ところが彼女はそれを聞き入れず、半世紀以上前のその転落死の真相を調べる姿勢を変えなかった。

そのことをホセは、自分に対する〝裏切り〟として逆恨みするようになった。〝愛情〟が〝憎悪〟に変わった、ということだ」

こう言うと、佐分利はデスクの上のコップの水を口にした。私は佐分利の哲学者のような表情を見ながら言った。

「それで、サグラダ・ファミリアのあの『ユダの裏切り像』と結びつくんだね。

ホセは彼女が真相追求の姿勢を改めなかったことを彼女の〝裏切り〟と観た。そして自分の立場はイエス・キリストであり、彼女の立場は裏切り者ユダ、と強く思い込むようになった……」

喪失

佐分利は私の前のめりの言葉を受けて彼の考えを披露した。

「あのスキャンダルの渦中に在った司教の孫たち、ホセと双子の兄たちペドロとラミロは、半世紀以上前の祖父の代の〝怨念〟が彼らの中で〝憎悪〟となって、取り返しのつかない罪を犯してしまった。転落死した石工の孫娘アンヘラさんを斬首したホセは実行犯だが、実質的には彼ら三兄弟の犯行であると言っていい」

「彼らは兄弟で祖父の代の恨みを共有していたのか……」

私の呟きに佐分利は窓越しのまだ肌寒い冬の光景を見ながら、一瞬、微かに身震いして、話し続けた。

「そう、その恨みはいつしか抑えきれない憎悪となっていた。特にホセの場合はアンヘラさんへの愛情が、引き継がれてきた憎悪をさらに増幅させていった。兄たちペドロとラミロには無かった、深い〝喪失感〟がホセの心に巣食っていた。アンヘラさんの愛を失った、という喪失感だ」

佐分利はまた、窓の向こうの冬の雑木林に目を遣り、その眼差しを針のように細めて、話し続けた。

「今から半世紀以上前のバルセロナで、前代未聞のスキャンダルが起きた。

当時の地元の有力な司教がサグラダ・ファミリアの或る石工の妻を身ごもらせ、生まれた嬰児を密かに殺してサグラダ建設敷地内に埋めた、という噂が囁《ささや》かれた。

その司教がバルセロナ大司教に抜擢《ばってき》されようとした際、教会内部でもその〝醜聞〟が問題になって来た。

　司教は自分の大司教への選出を妨げかねないこの〝醜聞〟を恐れた。自分が石工の妻を妊娠させ、その嬰児を殺した、という噂に加えて、石工からの復讐の可能性も、司教の恐怖心を増幅させた。大司教への大出世を目前に、司教の焦りは彼の理性を破壊した。

　司教は思い余って、嬰児殺しの罪を石工に被せて口を封じようとした。つまり、自殺か事故に見せかけて石工を亡き者にしたんだ」


　こうした佐分利の推論には彼なりの確証があるのだろう。その確証を問わずにはいられなかった私は、具体的な疑問を彼に投げかけてみた。

「しかし、司教はどうやって石工をサグラダ・ファミリアの尖塔におびき寄せ、どうやってそこから転落させたんだろうか……」

　佐分利は私の疑問に頷《うなず》きながら左手の人差し指を立てて言った。

「司教はサグラダ・ファミリアの建築現場で仕事をしていた石工に、自分に掛けられていた嬰児殺しの噂について話がある、と声を掛けて尖塔までおびき寄せ、機を見て転落させたらしい。この時期、司教の〝醜聞〟が教会関係者の間でも広がり、自分が候補の一人に挙がっていた大司教への選出も疑問視され始めていた。司教はこの時すでに石工に嬰児殺しの罪を着せて亡き者にすることを決めていたのだろう」

「司教は結局、自分の罪を覆い隠そうとして又別の罪を重ねてしまった……」

という私の呟きに佐分利は、溜め息を一つつき、司教一族のその後の宿命について話し出した。

「ホセたち兄弟の祖父である司教の時代のあの醜聞、すなわち、嬰児殺しが教会関係者の間で噂に上り、石工がサグラダの塔から転落死した事件との疑惑も持たれたことが致命傷となって、司教は大司教の候補から外された。その後の司教一家は不運も重なり、子孫も辛酸を舐《な》めるなどの末路が待っていた。

まあ、こんなわけで、司教の孫の代である双子ペドロとラミロ、そして末の弟のホセにまで、半世紀以上前の司教一族の石工一族に対する逆恨みが続き、むしろその見当違いの恨みは増して来て憎悪となった。その結果が今回のようなアンヘラさんの斬首という陰惨な事件につながった」

こう言った後、佐分利は、遣り切れない、という表情で、コップに残っていた水を飲み干した。

「ところで、サグラダ・ファミリアに『嬰児殺し』や「魔方陣」、更には『ユダの裏切り』などの彫像があるのは、半世紀以上前に実際に起きた〝石工の転落死〟や今回起きたアンヘラさんの〝斬首殺害〟を暗示するように符牒《ふちょう》が合っている。ガウディの遺志の中にそのような示唆があったのだろうか？」

私は自分の中でまだ解決できていない疑問を思わず呟いた。

佐分利は以前に説明してくれたこの私の疑問にも、彼自身の推論の整理をするように答えてくれた。

「以前に話したように、ガウディは教会内の一部の司教たちの品行の腐敗に心を痛めていた。そして、当時、ヨーロッパで起きた嬰児殺しや聖職者のスキャンダルを耳にし、サグラダ・ファミリア教会内でさえ噂されていた司教たちの醜い権力争いにうんざりし、自分の命の結晶とも言えるサグラダ・ファミリア内で、不埒な歴史が繰り返されるのを恐れた。それで、彫像などの作品に将来の世界への警告を示唆するような仕掛けを幾つか作っておいた。特に、身内とも言えるサグラダ・ファミリアの教会内の人たちへ向けて、遺言にも暗示的に記した、ということだ」

ここまで聞いて、私は、佐分利に話の先を促すように言った。

「サグラダ・ファミリアの彫像の背後の壁に刻まれたアルファベットの刻み、石工の転落死事件の真相を示唆した刻み、を誰がどうやって……」

私の言葉を受けて佐分利が続けた。

「転落死した石工の親族にはサグラダ・ファミリアの建設や彫像作業に係《かかわ》る人がいたので、彫像の背後の壁に事件の真相を示唆する細工をすることは難しいことではなかったんだ。ガウディの心痛の遺志に気付いた石工の親族の何人かが意を決して、ある日の夜中にこっそりとサグラダ・ファミリアの彫像の後ろの壁に石工の転落死の真相を示唆する細工を施した。石工一家は、嬰児殺しなど、自分たちの家族が巻き込まれた事件との類似性を、ガウディがサグラダ・ファミリアの彫像や魔方陣に仕掛けたメッセージに見た。それで、彫像の背後や魔方陣に自分たちのメッセージを加えて、事件の真相を教会関係者や後世に伝えようとした」

佐分利は半世紀以上前の〝怨念〟の話をしているのだが、私には最近起きたアンヘラさんの〝斬首事件〟に至るまでの経緯がまだはっきりと見えていない。

こうした私の心境を読んだように、佐分利は、私に軽く頷きながら、話を続けた。

「一方の司教一家は、石工一家が彫像の背後の壁に刻んだメッセージに気づき、何とかその汚名を防ごうと試みた。だが、石工一家の警戒が厳しく、司教の家族は〝石工の妻との不義〟〝嬰児殺し〟〝石工の転落死〟の罪の疑いを噂され続けるストレスを強く感じていた。そのストレスは司教の孫の代まで受け継がれ、寧ろ、一層増幅されていった」

「孫の代と言うのは、ペドロ、ラミロ、そしてホセ……」

私の独り言を佐分利は拾い上げて言った。

「そう、この兄弟は三人とも非常に腕の立つ剣士だ。ペドロとはヨーロッパ剣道選手権で私も立ち合った。その時は辛うじて私が勝ったが、その剣士としての腕は恐ろしいほどだった」


佐分利は窓の向こうに見える雑木林を見遣り、この一連の事件を思い出すように話を進めた。

「覚えているだろ、最初にあの雑木林に忍び込んで何者かが俺を襲った事件。あの黒ずくめの男は、ペドロだった。あの後、サグラダ・ファミリアの作業現場でペドロと真剣で立ち合った時、その身のこなしの特徴で、あの黒ずくめの男はペドロだった、と確信したよ。彼はヨーロッパ剣道選手権の準決勝で、相手の喉を突いて殺してしまい、俺のところに道場破りに来て俺に負けた後日本で修行を積み、誠に恐るべき剣士となっていた。サグラダ・ファミリアでの勝負では運良く俺が勝利したが、あの時の勝敗は紙一重だった」

私はサグラダ・ファミリアでの佐分利とペドロとの真剣を抜いての勝負を思い出して言った。

「あの勝負は、凄かった。マリアが機転を利かせて真剣を持ち出して来てくれていなかったらどうなっていたか」

この私の言葉に、佐分利は思い出したように、肩の古傷部分を撫でた。

「お前は峰打ちでペドロを攻撃したが、それでも彼の肋《あばら》が三本折れていたみたいだね」

私はペドロを追跡していたマリアからの情報を確認してみた。

「そうだろうね。今は治癒して剣道の練習に戻っているらしい。ペドロはあの優れた剣士としての技量をまっとうに剣の道に使ってほしいね。ラミロやホセもそうだけれど、彼らは忍術家としても一流だ」

こう言う佐分利の目は窓の向こうに向けられたままだったが、一層遠くを見つめて、感慨深げに見えた。そして、思い直したように、話の核心に触れてきた。

「考えてみるとホセは気の毒な面もある。半世紀以上前の祖父の代から一族の石工一家への〝逆怨み〟を受け継いで、幼い頃から兄たちにも影響されて、その〝逆怨み〟をエネルギーにして、自分の剣士や忍術家としての技能を磨いてきた。その〝逆怨み〟が勘違いのまま増殖して〝憎悪〟に変わったとき、あの狂気じみた陰惨な事件を起こすことになった」

「〝逆怨み〟が〝憎悪〟にまで増殖し、アンヘラさんの斬首という〝惨劇〟にまで転げ落ちて行った……」

この私の合いの手に反応して、佐分利はますます集中力を高めながら、我々の周りに起きた一連の出来事をひとつの結論に導くように言った。

「そう、まさに〝惨劇〟という形で、すべてを失っていった。その〝喪失感〟だけが残された。発端は一人の司教の石工の妻への〝不義〟だった。そこからの醜聞を隠すための保身行為が〝嬰児殺し〟を生じ、その罪を覆い隠すためにサグラダ・ファミリアからの石工の〝転落殺人〟まで罪を重ねた。これら全ての隠蔽のために起きたサグラダ・ファミリアの教会内での勢力争いが、〝ガウディの遺志〟の受け継ぎ方の違いだけだった教会内の二つのグループの醜い勢力争いにまで発展し、それが石工一族のみならず司教一族の運命をも狂わせて行った」

「そして、半世紀以上前から増殖し続けて来た〝逆怨み〟の成れの果てが最近起きた陰惨な〝斬首事件〟ということか……」

この私の呟きに佐分利は軽く頷いてから、言葉を選ぶように言った。

「ジェラード警部によると、すでに、司教一族の末っ子であるホセが起こした〝斬首事件〟の罪が裁かれる行程が始まったようだ。一人の司教の不義と自己保身が一族の孫の代の罪として代償を償わされることになる。司教一族の不幸な〝喪失〟はここにとどめを刺す。この〝喪失〟を想うとき、どうしてもガウディの〝遺志〟の継承の持つ運命を重ねてしまう。アンヘラさんの〝斬首事件〟と〝ガウディの遺書の焼失〟が重なって見えてしまう。

俺には石工一族と司教一族の間に起きた一連の理不尽な悲劇の象徴が、あの〝ガウディの遺書の焼失〟事件だと思えて仕方がない」

希望

「双子の兄弟の一人、ラミロがガウディの〝遺書〟をサグラダ・ファミリアの隠し部屋から盗み出して、お前に追い詰められて、とうとうその遺書の入った茶封筒を焼失させてしまった」

私はあの時の衝撃を思い出して、こう言った。

「そう、サグラダ・ファミリアの尖塔によじ登りながらラミロの動きを息を呑んで見ていた俺は遺書の焼失の行為に虚脱感さえ覚えた。ガウディの遺書の焼失は、ガウディが百年後千年後を見据えた世界へのメッセージの喪失にまで繋がってくる。

前に話したように、ガウディは生前、教会内の一部の司教たちの品行の腐敗に心を痛めていた。それで、百年後千年後を見据えて、人類の未来に何らかの〝希望〟を灯《とも》せるように、自分の建築作品に幾つかのメッセージを残そうとした。そして、その想いを彼の〝遺書〟に残そうとした。

それが〝ガウディの遺言〟と呼ばれる書類だった。その〝遺言〟が焼失されたという喪失感は大きい。単に教会関係者にとっての喪失のみならず、人類全体の喪失感に繋がる、という事実に気付いたとき、我々は愕然《がくぜん》とする」

煙草をやめた佐分利のコーヒーを飲む量は増えたが、今日三杯目のエスプレッソコーヒーには砂糖は入っていない。それを一口含みゴクリと飲み込んで、話を続けた。

「ガウディの〝遺言〟には、当時の教会の腐敗や世相の堕落への憂いのほかに、ガウディ自身の建築作品についての貴重な構想、とりわけ、サグラダ・ファミリアの完成イメージが、明確な形で示されていたはずだ。それらが記されていた〝遺言〟がラミロによって灰になり、人々は永遠にその中身を知ることができなくなった。後世の我々にとっても、取り返しのつかない、無念極まりない結果だ。サグラダ・ファミリア完成図についても、今はただ、断片的に残された資料を元に想像して、建築を進めていくしかない」

こう言って、佐分利は改めてその無念さを思い出したように、眉間に皺を寄せて、珍しく感情を露わにした。だが、

「残念なのは、未来の人類へのガウディの〝希望〟までも焼失されてしまったような……」

と思わず私が呟くと、

「いや、ガウディは、彼の作品の中に、多くの希望を残して逝った」と佐分利は何かに気付いたように顔を上げた。

そして、私のほうへ顔を向けて言った。

「お前の旧友であるサグラダ・ファミリアの主任石工の加納さんから聞いたのだが、『ロザリオの間』の彫刻のこと、知っているか？」

佐分利の質問に応える代わりに、私は、怪訝な顔をして彼を見た。佐分利は、そうか、という顔をして、私の返答を待たずに説明に入った。

「サグラダ・ファミリアの大聖堂に入ってすぐのところに『ロザリオの間』と呼ばれる小さな部屋があるよね。あそこは具体的な形として遺《のこ》された〝ガウディの遺言〟と言ってもいいほど重要な場所で、『生誕のファサード』とともに、生前ガウディが未来の後継者たちのために残したガウディの精神が遺された場所だ。

ある日、加納さんは『ロザリオの間』の片隅に奇妙な彫刻があることに気付いた。それは、聖母マリアに向かって爆弾を投げつけようとする男の彫刻だった。ほかの彫刻は聖書に関係のあるものばかりだったが、その彫刻は聖書とは関係のない現代的な人物の像で、奇妙なことに顔と腕が壊されていた」

と、佐分利は右手で軽く自分の顔を覆った。

まるで悪戯小僧のように、その手の指の隙間から細めた目を出して、佐分利は話を続けた。

「なぜガウディは聖書と関係のない彫刻を『ロザリオの間』に置いたのか？　加納さんによると、当時ヨーロッパ三大劇場の一つだったバルセロナのリセウ大劇場で、爆弾テロ事件があったことと関係があるらしい。それは、ある貧しいアナーキストの若者が、リセウ大劇場の二階席から観客に爆弾を投げつけ、二十名の命が奪われた陰惨な事件だった。犠牲者の中にガウディがかつて思いを寄せていた女性の家族もいたことも分かった。当時の社会は産業革命の後で、貧富の差が急激に拡大して労働者の不満が急速に膨らんでいた時代でもあった」

私の学生時代からの旧友である加納公彦は、サグラダ・ファミリアの石工として認められ、外国人として初めて主任石工となった。

その彫刻家としての手腕は地元でも高く評価され、ガウディの遺志を最も良く表現できる石工として、サグラダ・ファミリアの重要な彫刻の作成を任されるほどの存在になっていた。

私は、斬首されたアンヘラさんと加納に接点があったことを思い出した。

彼がアンヘラさんと彼女に反発する〈ガウディを伝える会〉の長老たちとの仲を取り持

とうとしていたことが、逆に変なふうに取られ不審の目で見られて、それ以降、彼の身辺に何やら不穏な動きが何度かあった、という経緯《いきさつ》があった。

　この『ロザリオの間』の話は私も数年前に加納から聞いていたが、その時の私はそれほど気に留めていなかった。

　だが、アンヘラさん殺害の事件を経た今、佐分利から聞いた話は、改めて私の中で大きな意味を持つことに気付いた。

　佐分利は、私の表情の変化に気付いたのか、私の目を覗き込むように、

「お前も加納さんから聞いていたかもしれないが」と、話を続けた。

「加納さんが見た爆弾犯の影像は、実は『ロザリオの間』を写した昔の一枚の写真の中にあったのだ。それを加納さんが実際の影像として復元させた」

　佐分利は、こう『ロザリオの間』についての種明かしをしてみせた。私はやっと話の中身が分かって来た。

「すると、俺が見た爆弾犯の影像は加納の手になる物か……」

　そう言った私の顔から怪訝そうな表情が消えたらしく、佐分利は口元を緩めて話を進めた。

「その〝リセウ大劇場爆弾事件〟の影像に関しての資料で残っていたのは、たった一枚の

写真だけだった。『ロザリオの間』全体を写した写真の中の爆弾犯の彫像は小さくしか写っていなく、悪魔が男に後ろから爆弾を手渡している姿がぼんやりと分かる程度の不鮮明な写真だった。唯一の手掛かりだったその写真を片時も離さず、加納さんは辛抱強くルーペを使って見続けた。そしてある日ついにその写真の中に映っていた〝彫像の男〟が〝爆弾を摑んでいない〟ということに、気付いた」


「男が悪魔の誘いに乗る直前の様子だね」

私の差し挟んだ言葉に、佐分利は軽く頷き、遠い目を窓の向こうへ遣り、静かに言った。

「そう、写真の中の彫像の男の手は、悪魔から渡される爆弾を摑んでいない。まだ、悪魔の誘惑に完全に負けてはいないのではないか。指先が、微かに爆弾から浮いている。加納さんはそれに気付いた」

佐分利は肘掛椅子から立ち上がり、薄いカーテンが微かに揺れる窓際へ近づいて行った。外はまだ木枯らしの吹く雑木林が広がっていた。

窓の外から私のほうへ目を移した佐分利は、こう、続けた。

「そこで、加納さんは男の顔を、悪魔にとりつかれた狂気の表情ではなく、誘惑に負けまいと苦しみながら聖母マリアに救いを求める表情に彫ることにした。もし爆弾テロの犯人が、聖母マリア像を見て、自分の良心に問いかけていたら、爆弾を握って投げることはしなかっただろう。そう加納さんは思った。そして、その願いこそがガウディの未来の人類への〝希望〟であり、サグラダ・ファミリアに込めた祈りだ、と理解した」

こう言うと佐分利は、アームチェアから立ち上がり、僅かに残ったコップの水を飲み干した。

そして、何を思ったか、奥の部屋へ入って行った。

やがて、紫色の細長い袋を大事そうに携えて戻って来た彼は、袋から彼の愛刀を取り出し、黒いデスクの上にそっと置いた。

「出羽国住人大慶庄司直胤」と銘が刻まれた彼の父親から譲られた日本刀であった。

『ロザリオの間』には、爆弾テロの犯人をモチーフにした彫刻と対になるように、『祈る少女の像』があった。

この少女もまた、悪魔に金貨の袋で誘惑されていた。

この二体の彫刻こそ、ガウディからの我々へのメッセージだ。人間は誰しも完璧ではない。それでも悪魔の誘惑に負けずに、自らの良心に問う勇気が大切だということを、ガウディは『ロザリオの間』を通じて伝えていたのだ。アンヘラさんを斬首したホセもまた、あの『爆弾男の像』のような心の葛藤があったに違いない、と信じたいね」

生々しい斬首事件の背景を解き明かして、半世紀以上前のサグラダ・ファミリアでの転落死を巡る真実を追求し、更にガウディの遺志に想いを致す、この稀有な才能を持つ探偵の顔を私はまじまじと見つめていた。

佐分利は、立ったまま、話をこう締めくくった。

「悪魔からの誘惑の囁きに抵抗し、そこで踏みとどまる勇気を持ち切れなかった弱さを、我々人類がどう克服していくか、その答えのヒントがガウディの遺した遺産である『ロザリオの間』にある……」

佐分利は、そう言うと、机に置いてあった愛刀を鞘から抜いて、刀身を右手に提げ、再び窓際へ近づき、鈍い光を放つそれを上段に構えた。

そして、静かに深く息を吸うと、間を置かず「やっ!」という甲高い短い叫びと共に、それを振り下ろした。

窓の向こうの雑木林には、いつの間にか、雲が流れ、雲間から微かな陽の光が差していた。振り下ろした愛刀を中段に構えなおした佐分利、いや、「バルセロナの侍」と呼ばれるこの男の横顔は、まるで時空を超えた哲学者のようだった。

4

辻《つじ》斬《ぎ》り

グエル公園の怪事件

その日、私は携帯電話のけたたましい音に起こされた。日曜の朝は目覚ましなど掛けていないはずだが、はて、と寝ぼけ頭でぼんやりと考えながら、すぐ顔の左横に転がっていた携帯の画面を見ると、電話のコールだった。

佐分利からの知らせで、私はまだ明け切らない晩秋のバルセロナの冷たい風に吹かれて彼の探偵事務所まで急いだ。事務所へ入ると、佐分利は例の古ぼけた黒デスクの向こうでアームチェアに深々と座ってエスプレッソコーヒーを口に運んでいた。私の顔を見ると微かに笑みを浮かべてコーヒーカップを静かにデスクに置いた。

「今からすぐグエル公園へ行くぞ」

佐分利はそう言うと一瞬悲痛な顔になり、椅子から立ち上がった。

グエル公園では既にバルセロナ警察のジェラード警部が到着していた。佐分利と私は公園の中央階段を上り中央広場に出た。その一番奥にあるタイルベンチの前でジェラード警部が我々を見つけて軽く右手を上げた。彼の前のベンチには何か赤黒い塊が横たわっていた。

我々が近づくと、警部は口を固く結んだまま目でベンチの上の赤黒い塊を見るよう促した。それは、どす黒い血の塊だった……いや、全身を血に覆われた一人の男性がうつ伏せに身を横たえた姿だった。右手はベンチの背もたれに掛け、左手は空を摑むような最期の姿勢であった。

折しも雲が流れ散り、晩秋の朝焼けが、我々をそしてこの赤黒い塊と果てたベンチの上の男性の背中を照らし始めた。その無惨な光景に、私は思わず眉をひそめた。

我々が居たのはグエル公園の中でも、古代ギリシャ風の柱群に支えられた中央広場と呼ばれる砂地の敷地の端で、ここからはバルセロナ市内が展望できる仕掛けになっている。視線を上げて地中海の波に煙る地平線を辿《たど》ると、視界の少し左側に、ここグエル公園の設計者であるアントニ・ガウディの最高傑作サグラダ・ファミリアも赤紫に光を差してきた朝焼けの雲間からその稀有な姿を覗かせている。

「必死でここまで逃げて来て、背中をバッサリととどめを刺された……」

ジェラード警部がそのダリのような口ひげを撫でながら苦々しく言った。

「日本刀だな」

佐分利が遺体の傷を覗き込むようにして呟いた。

「日本刀？」

私は思わず佐分利の顔を見た。

「さすが、サムライ」

警部も佐分利の目を見てから遺体の傷痕を指差して吐き捨てるように言った。

「最近、バルセロナで何件か起きている一連の辻斬り事件と同じ斬り口だ」

日本刀の使い手

佐分利と私は探偵事務所に戻ったあとも、しばらくは声を発しなかった。というのも、さっきグエル公園で見た惨殺の犠牲者は我々の知り合いだった。今朝、事件の現場へ行く前に佐分利が悲痛な顔を見せていたのは、彼が犠牲者の情報を得ていたからだった。

犠牲者は最近我々がよく行くバルの常連客だった。彼はグエル公園の管理人で、昨夕も公園の門を閉めた後、園内の点検中に辻斬りに遭った。

「最近の辻斬りと同一犯なのだろうか」

佐分利が出してくれたエスプレッソを一口飲んで、私はそう言って佐分利の顔を見た。

佐分利は小さなコーヒーカップで左手の甲を温めながら、黙って小さく頷いて、

「そうだろうな」と呟いた。

「あれだけの長く深い斬り口は、日本刀以外は考えづらい」

「日本刀だとしたら、その使い手はバルセロナにそう何人もいないはずだね」

私はいつものせっかちさで佐分利の次の言葉を促した。佐分利は、私のせっかちさはいつものこと、と言いたげな目で私を見て、応えた。

「そう、それに、グエル公園のあの犠牲者と最近バルセロナで起きた一連の辻斬りの犠牲者との間には、その傷痕に共通点がある」

そう言って、手元のコーヒーカップに砂糖を入れて匙《さじ》でゆっくりとかき回しながら、静かに言葉を続けた。

「両方の犠牲者とも、測ったように背中の真ん中の線を垂直に斬り下ろされ、とどめに左胸の心臓のある箇所に背中から正確に突き刺されていた。同一犯としか思えない。一人の日本刀の相当な使い手による犯行だろう」

その語り口にはある種の確信が感じ取られた。


翌朝、我々はバルセロナ警察の剖検室に居た。ジェラード警部の手配で、犠牲者の遺体の検視に立ち会うことができた。佐分利はヨーロッパではすっかり名が知られた探偵だが、ジェラード警部の彼への信頼は格別なものだった。

佐分利はバルセロナに探偵事務所を開設して以来、バルセロナはもちろん、ヨーロッパの市民を震撼《しんかん》させた数々の怪事件を解決し、「バルセロナのサムライ」の名を人々の記憶にとどめさせて来た。

とりわけ、ここ数年のうちにバルセロナで起きた「サグラダ・ファミリアの晒し首事件」を初めとした日本刀を使った残忍極まりない殺人事件においての彼の活躍は、ともに事件解決に尽力して来たバルセロナの名物警部ジェラード警部に絶対的な信頼を抱かせるに至った。

傷痕

剖検室では、重苦しい沈黙が続いていた。遺体の損壊の酷《むご》さに、長年検視を経験してきたつわもの達も思わず目を背けかけた。それほど遺体の損壊は想像を絶していた。着衣の上からは分からなかったが、脱衣され仰向けにされた遺体の腹部は左下から右上に斜めに深く抉り取られるように斬られていた。腸の一部がぽっかりと開いた傷口から見えていた。

検視官たちは丹念に遺体を調べ、数枚の写真に収めて、三人がかりで遺体をうつ伏せにした。腹部の斬り傷の凄惨さにはさすがの佐分利も身動きせずに沈痛な表情のまま見守っていたが、うつ伏せにした遺体の背中の斬り傷には上体を近づけて、しばし凝視していた。

やがてジェラード警部の目の合図で佐分利と私は剖検室の隣の準備室へと入った。二人がソファに腰を下ろすと、すぐに警部が入って来て、我々は遺体検視でそれぞれ気付いた点をぽつりぽつりと話し始めた。

我々二人と向かい合うようにアームチェアに座ったジェラード警部は、開口一番、顔をしかめながら声を潜めるように呟いた……。

「腹部の斬り傷は凄惨だったな」

すると佐分利が上半身を前に乗り出すように、やはり小声で言った。

「左下から右上に斬り上げ、そのあと刺したまま刀剣の背で斜めに左下に向けて戻すように傷口をえぐってあった。恐ろしい殺意だ」

佐分利の眼力に私は度肝を抜かれた。この探偵、剖検室での気の進まない風にチラッと見ただけのはずの腹部の斬り傷の異状を、見事に見抜いていたのだ。

「何のためにそんなことをしたのか？」

私は自然に佐分利に訊いていた。佐分利は素人に説明するように隣に座る私に囁いた。

「刀の背でもう一度傷口をえぐることで、一太刀の傷を更に致命傷にするためだ」

なぜそんな恐ろしい殺意でグエル公園の管理人に斬りかかったのか、私には解《げ》せなかった。もしこの犯人が行きずりの通行人に試し斬りをする辻斬りと同一犯なら、今回の犠牲者との関係で憎悪の念が絡んでいたとは想像しにくいのだ。

佐分利は、

「そう言えば」

と言いながらジェラード警部のほうを向き、検視中に気付いた点として、彼独特の嗅覚から来る知見を述べた。

「順番としては、グエル公園の中央広場に見回りに来た管理人に対して犯人はまず背中に上段から一太刀を浴びせ、逃げる被害者の前に回り、腹部を左下から右上に斜めに斬り上げ、刀剣を刺したまま刃の背で強引に左下へ最初の傷口をなぞるように腹部をえぐった。それでも被害者は最後の力を振り絞ってあのタイルベンチまで辿り着いてベンチの上にうつ伏せに倒れ込んだが息絶えた。にも拘わらず、凄まじい殺意を持った犯人は、とどめに背中から心臓に届くまで刀剣の先を垂直に突き刺した」

日本刀の斬り痕の特徴

佐分利の分析をじっと聞いていたジェラード警部が自慢のダリ風口髭を撫でながら、

「凶器はやはり日本刀だったね」

と言うと、佐分利は頷いて自説を続けた。

「それは間違いない。犠牲者の背中の斬り口は日本刀の特徴をはっきりと残していた。

西洋剣は対象を〝叩き斬る〟ことを目的としているが、日本刀は〝引き斬る〟ことが特徴になっている。日本刀の対象への一番効果的な攻撃は振り下ろすなどして引き斬ることで、それは刀身に反りがあることによって斬りつけた際に刃が対象を切り裂きながら滑らかに移動することができる。

その特徴のある斬り痕がまさに今回の犠牲者の背中にあった。つまり、引き斬る威力が極めて高いという特徴のある日本刀で対象を切り裂いた結果の傷口が、あの淀みのない背中の傷痕だ」

佐分利は自身も父から譲り受けた日本刀を持っていて、その方面の知識も深い。私は犠牲者であるグエル公園管理人の、あの背骨にまっすぐ沿って斬り込まれた一太刀の斬り口を思い起こしていた。

佐分利と私は早々に警察施設を退去して、佐分利の探偵事務所に戻った。事務所ではマリアが電話番をしていた。彼女はこの探偵事務所の上の階にスウェーデン人の母親と住んでいて、母親はこの佐分利探偵事務所の大家でもある。

マリアは少女の頃から佐分利の探偵事務所に遊びに来ていて、バルセロナ大学日本学科を卒業したあと、今は佐分利の経営する剣道の道場で会計をしている。その関係で佐分利が探偵事務所を離れるときは時々事務所の電話番を頼まれる。実は彼女自身は探偵という仕事に大いに興味を持っているのである。

マリアは、あのヨーロッパ中を震え上がらせた「サグラダ・ファミリアの晒し首」事件の解決にも、自分は大きな役割を果たした、と探偵としての自信を深めている。

少女の頃から佐分利の道場で稽古して来た剣道はすでに相当なレベルに達している、と佐分利も認めているし、剣道とほぼ同時にバルセロナにある忍術道場で習い始めた忍術においても、今ではその突出した身体能力と才能を周囲も認めざるを得ない実力に達している。彼女は剣士としてもくノ一としても、その方面の玄人たちの間では一種の驚きをもって評価されているのである。

「何か分かった?」

母親譲りの金髪の前髪をかき上げながら、マリアは剖検室から探偵事務所に戻って来た佐分利と私に日本語で話しかけてきた。彼女は幼い頃から日本に興味を持ちバルセロナ大学の学科も日本学科を卒業しただけあって、日本語も堪能なのだ。

犯人像

「ああ、良い収穫があった」

佐分利はアームチェアに座り、日本茶を一口飲んでから、マリアに剖検室での収穫を一通り報告した。マリアを探偵事務所の一員として信頼しているからである。

「じゃ、犯人の次のターゲットは大体絞られるわね」

マリアは屈託なくそう言った。佐分利と私は顔を見合わせた。

「だって、背中の斬り傷からしても、今度のグエル公園の事件と最近バルセロナで立て続けに起きている辻斬りの犯人は同じと考えていいんでしょう?」

マリアの言葉に佐分利は苦笑いをして、

「うん、そのことは追い追い話そうと思っていた」

と、手元の湯呑茶碗《ゆのみぢゃわん》をもう一度口元へ運んでから、一息ついてマリアの問いかけに応じた。

「同一犯だとしたら、今回で四人目の犠牲者だ。一刻の猶予もない」

と、厳しい表情に変わった。


佐分利は、ソファに座ったマリアに視線を向けて呟くように言った。

「マリアにはまた重要な役割を担ってもらうことになる」

この言葉に、マリアは茶目っ気たっぷりに左目を軽くつぶって見せ、「任せて。いつでもOKよ」と微笑んだ。

「さて」

と佐分利は、グエル公園の被害者の斬り口に話題を戻した。

「高梨も背中の斬り傷を見て気付いたと思うけど」

と言いながら、マリアの隣のソファで日本茶を飲んでいた私に目を向けた。

「あの背後からの一太刀は、致命傷にならなかった傷痕だ。腕利きの剣士としての自負のある犯人にとっては自尊心を損なう失敗の一太刀だった。それで、犯人は自分の一太刀で倒れなかった管理人の前へ回り、腹部をあれほど陰惨な方法で抉り斬ったんだ。傷口から腸が見えるほどにね。そして、自分の剣士として屈辱的な失敗の一太刀を打ち消すように、とどめに背中から心臓へ突き刺す一撃。それも、尋常ではない力が加わっていた」


佐分利の説明を聞きながら、私は犠牲者の背中に刻まれたあの縦に真っすぐな傷痕を思い起こして言った。

「なるほど、あの浅い傷では致命傷にはならなかっただろう。腕に自信のある犯人にしてみれば、剣一振りで仕留められなかったことが屈辱的だった、というわけか」

マリアがすかさず口を挟んだ。

「でも、だからと言って、腸が見えるほど刀でお腹を引っ掻き回さなくてもいいと思うし、とどめに心臓を一刺しするのも酷《むご》すぎる」

佐分利はマリアの意を汲んでそれに続けて説明した。

「そう、そこには犯人の特別な感情、つまり、犠牲者に対する何らかの怨み、因縁というものがあるはずだ。だから、これまでの辻斬り事件も含めて犠牲者の共通点を探れば、次の事件の犠牲者の候補を絞れるんじゃないか……」

マリアは、佐分利の話が終わる前に深く頷き同意の声を上げた。

「そこまで分かっているんだったら、早く手を打たなきゃ」

五人目のターゲット

その日から一週間が過ぎたある日、晩秋の夕闇がバルセロナを包もうとしていた、その薄暗さに紛れるように一人の男が佇《たたず》んでいる。そこはグエル公園へ続く細い上り坂の途中の十字路。この住宅の並びの角にある庭の植え込みに、その男の影が微かに揺れている。

夕闇迫る暗がりの中で彼は左手に持った杖《つえ》で小刻みに地面を突きながら、獲物を待つ獣のように目を凝らし、息を潜めている。やがて、男の眼差しの向こうにゆっくりと坂道を下ってくる人影が見えてきた。男は植え込みの陰に身を隠すようにしてその人影が近づいて来るのを見つめていた。

人影が至近距離まで来たときに男は息を止め、人影が目の前を通り過ぎるのを見遣った。

その直後、男はおもむろにその人影の影に溶け込むように背後から、無言のまま背中に何かを一振りした。左手に持っていた杖から抜いた刀剣だった。刀剣の刃が半円を描き夕闇の中で落ちてゆく夕日を映し鈍く光った。


その瞬間、小径《こみち》を下って来た人影は、ふわりと前へ飛び上がり、舞い降りた時には、斬りかかってきた男のほうを向いていた。夕暮れ迫る薄暗さの中で沈みかかった夕日を背に、その人影は微かに微笑んで男に落ち着いた声で放った。

「人違いだったな」

男は一瞬後退りしたが、改めて目を凝らしてその人影の顔をまじまじと見つめた。

その人影は佐分利だった。前もって、辻斬りの次のターゲットの身代わりになっていたのだ。

「久し振りだな、アントニオ」

佐分利は男の名前を呼んだ。

「アントニオ・ロペス、俺だよ、覚えているか」

佐分利の呼び掛けに男は明らかに驚きの表情に変わった。

「お前が数年前のヨーロッパ剣道選手権で審判の判定に抗議して騒動を起こしたとき、興奮していたお前を引き留めた、あの佐分利だよ」

佐分利の野太い声が夕闇の中に響き渡ったとき、男は抜いた刀剣を杖を装った鞘に収めた。と、次の瞬間、男は佐分利に背を向けて、グエル公園へ続く小径の坂を駆け上った。

佐分利もすぐさま男の後を追った。男は細い坂道を上り切ると右へ向かった。グエル公園への門からそのまま石段を上って行く、その男の右のふくらはぎに、何かが吸い込まれるように当たった。いつのまにか男との距離を縮めていた佐分利の右手から放たれた礫《つぶて》だった。

男は一瞬蹲《うずくま》ったが、後ろを振り向くこともせずに、すぐに立ち上がり石段を上り切った。あとに続く佐分利は男の不意打ち攻撃を警戒して、石段の上がり口で慎重に周囲に目を配った。

左手前に粗挽《あらび》きの黒砂糖で作ったような無数の柱で成る回廊が見える。その柱の一本に微かに何かの影が動いた。佐分利は右手をジャケットの左胸内ポケットに差し入れた。ポケットの中で二個の礫を掴み、それらを中指を中心にした三本の指の間にはめ込んだ。

グエル回廊での対決

夕闇がますます濃くなり、早くしなければ陽が完全に落ちる。グエル公園の回廊の入り口近くまで忍び込んだ佐分利は、三本の指で挟んだ二つの礫を影が隠れた柱の真ん中目掛けて疾風のごとく投げ込んだ。二つの礫の軌道は互いの外側に小さく膨らみそれぞれが柱を回り込むように内側に向かい、弓状線を描きながら柱の裏側へ消えた。

柱の後ろから「うっ」という呻《うめ》き声が漏れたときには、もう佐分利はすでに柱の数メートル手前に潜んでいた。

柱の裏で男が仕込み杖から刀剣を抜く様子を感じ取った佐分利は、次の礫を掴み身構えた。

と、男が刀剣を右手で差し出すようにして、柱の陰からぬっと姿を現した。男はレスラーのような大きな体を静かに夕闇に沈めるように腰を僅かに下ろし、刀剣を両手で握り直し正眼の構えで佐分利に相対した。

佐分利はドスの利いた声で男に言い放った。

「それで俺が斬れるか?」

すると男は不敵な笑みを浮かべて更に体勢を整え剣先を上げようとした。

佐分利は「ふふ」と鼻で笑った。

というのは、剣先を上げた男の体勢が見る間に崩れ、何かに耐え切れず肩が下がり剣先が地面に触れたのを佐分利は見ていたからである。

佐分利が投げた二つの礫が男の両肩に命中してダメージを与えていたのだ。刀剣を構えた男の姿勢にも、石段で佐分利が放った最初の礫が男の右のふくらはぎに当たったのが効いたのか、明らかにその影響が見えた。それでも男はじりじりと佐分利との距離を縮めてきた。

そのとき、佐分利の右後方から「ケン！」と呼ぶ声が聞こえ、棒状の何かが佐分利のほうに抛《ほう》られた。佐分利は男を見ている視界の片隅でとっさにそれを右手で受け取った。それは佐分利が父親から譲られた日本刀であった。受け取った瞬間に手の感触ですぐにそれと分かった。

佐分利は男を見据えたまま、間髪を入れずに右手に握られた鞘から左手で刀身を抜き、声のした方向に空の鞘を抛り返した。隙を窺って佐分利との距離をなおも少しずつ縮めている男から目を離さずに、佐分利は彼の愛刀「出羽国住人大慶庄司直胤」を両手で握り、「正眼の構え」で姿勢を整えた。すなわち、男に正対し体の中位に構えた刀剣の先をピタと彼の目へ向けた。

日本刀を受け取りそれを構えるまでの一連の佐分利の動きの間も、男はその隙につけ込んで攻撃することが出来なかった。佐分利の視線が一度も男を外さなかったし、その眼力の強さは夕闇の中でも男を射貫くように感じられたからである。もっとも、佐分利のこの間の動きは実際ほんの数秒のものであった。

男は小さく息を吸い込むと、佐分利の剣先に合わせるように自分の剣先をもう一度上げた。その直後、

「おーっ」

と甲高い声を上げて、男が猛然と佐分利の足元に斬り込んだ。

佐分利は慌てず、曲者に正対し、体の中位に構えた刀剣の先を少し上げピタと相手の目へ向けた「正眼の構え」を崩さなかった。

死闘

男は佐分利との距離を一気に詰めながら、佐分利の膝元目掛けて、刀剣を左から水平に払った。佐分利は男の動きを読んでいたかのように、ふわりと垂直に飛び上がった。男の刀剣は空を斬り、男の体は勢い余って前のめりとなった。

佐分利は空中で愛刀を既に峰打ちに持ち替えていて、男の右肩目指して刀剣を振り下ろした。その瞬間、男は右に払った彼の刀剣を思い切り上方へ振り上げ、佐分利の上方からの攻撃を辛うじて避けた。男が振り上げた刀剣の背と佐分利の振り下ろした刀剣の背が男の右肩の上で激突し、夕闇の中で白い火花が散った。

前のめりで突進した男が右足で踏ん張ってクルリと体勢を逆向きにしたとき、飛び上がっていた佐分利も着地したと同時に体勢を男に向けていた。互いに体勢を整え剣先を相手に向け直した直後、佐分利が急にしゃがみ込み、左手と左膝を地面に着けた姿勢で、男を見ていた視線をちらりと右方向へ移した。

しゃがんだ佐分利の頭の上を飛んで来たモノは、彼の左側の柱をかすめた。佐分利はすぐにそれが手裏剣だと思った。以前の事件でも佐分利は手裏剣で襲撃されたことが何度かあったからだ。

佐分利が目を遣った方向には夕闇が広がっていたが、その中で黒い影が柱の一つに隠れた。男の仲間が佐分利を狙ったのだ。

佐分利が男のほうに視線を戻したとき、黒い影が隠れた柱の方から「むう」という呻き声が聞こえた。黒い影が柱から僅かに出していた爪先に何かが当たったようだ。

「ケン、気をつけて！」

佐分利の左方向からはっきりした声が聞こえた。マリアの声だった。マリアと私はここグエル公園に入る前、佐分利と男の二人の接触場面から陰で様子を窺っていて、その後も二人をここまで追って潜んでいた。

柱に隠れて黒い影の爪先に突き刺さったのは、マリアの放った手裏剣だった。彼女は忍者としての実力も確かで、稽古を積んでいる忍者道場でも彼女への忍者としての評価に並ぶ者は男性を含めて殆んどいなくなった。手裏剣の使い手としてもバルセロナで行われた選手権で優勝したばかりで自信を持っている。

マリアは全身黒い忍術稽古着でここへ駆けつけていた。佐分利と男との対決を前もって知っていて、二人の対決の展開によっては自分の出番もあるだろうと準備していたのだ。マリアは二人が真剣での勝負になることを想定して、佐分利の探偵事務所の奥の部屋から佐分利の愛刀を持ち出して来ていた。

その愛刀の剣先を男に向けたまま佐分利は体勢を整えて立ち上がろうとした。その瞬間、男が雄叫《おたけ》びを上げ猛然と踏み込んで来て、佐分利の頭上から刀剣を振り下ろした。

危機一髪

佐分利はとっさに刀剣を上に振り上げ、男の振り下ろして来た刀剣を受け止めた。佐分利の刀剣は峰打ちの状態だったから、その刃部分は佐分利自身に向けられていた。男はレスラーのような大きな体の全体重を彼の刀剣にかけてそれを受け止めている佐分利の刀剣を押し下げて来た。

男の刀剣の刃を自分の刀剣の背で受けている佐分利の体勢が徐々に崩れてゆき、自らの刀剣の刃が佐分利の額にじりじりと近づいてきた。

「おー」

と絞り出すような声を発しながら男が渾身の力を込めて佐分利の刀剣を更に押し込めようとしたその時、男が「うっ」と呻きその力を抜いた。

男の刀剣の柄《つか》を握る右手の甲にマリアの放った礫が命中したのだ。佐分利はその瞬間を逃さずに素早く体勢を切り替え、男の刀剣を満身の力で押し返した。

男は数歩後退りし、体のバランスを崩した。と、佐分利は互いの刀剣を十字に合わせたまま猛然と男を後ろへ追い詰めた。

男の後ろは回廊の縁になっていて、一メートルほどの段差のすぐ下には雑草が生い茂り、その外には赤土が剝《む》き出しになっていた。後が無くなった男は辛うじて佐分利をわずかに押し返し佐分利の刀剣を左下へ払った。そして意を決したように回廊を跳び降りた。

赤土に跳び降りた男はそのまま下方へ続く石段へ向かって走ろうとした。その時、彼の背に向けて、

「逃げるのか、アントニオ」

と、野太い声が放たれた。男は一瞬躊躇したように立ち止まったがすぐにまた石段の方

へ走り出した。が、男は急にガクンと膝を折りその場に蹲《うずくま》った。佐分利の投じた礫が男の左膝裏に命中したのだ。

男は立ち上がると振り返り佐分利の方へと体の向きを変えた。佐分利は既に回廊を跳び降りて赤土の上で刀剣の先を男へ向けて中段に構えていた。男はそれにつられたように彼の刀剣を下段に構えた。回廊の外では夕闇の空に既に白い月が鈍い光を発し、対峙する二人を浮かび上がらせていた。


雲間から出た月の光が二人の剣士の顔を照らし、回廊内より互いの表情も読み取れた。男は月の光を受け白々とした無表情の顔を保ったまま剣先を僅かに上げた。その目は佐分利の柄を握る手元を見ていたが、悟られないように針のように細めていた。佐分利は中段の構えのまま微動だにしなかった。

男が足先をじりじりと前へずらし剣先を細かく揺らしてきたのを見た佐分利は、右足を半歩後ろへ引いた。が、次の瞬間、怒濤のように前へ踏み込み男との距離を一気に縮めた。そして男が低く保っていた剣先を左へ撥ね上げそのまま男の体に体当たりした。

男の刀剣は佐分利の左後方の宙を一回転して赤土に落ちた。佐分利は右肘を男の鳩尾《みぞおち》に食い込ませた。

男は「うう」と呻き声を上げ、その大きな体躯《たいく》を屈め、ゆっくりと崩れて赤土に両膝を突いた。佐分利はすぐに男の後ろに回り、男の両腕を後ろ手にして素早く細紐《ほそひも》で縛り上げた。

くのいち忍法

一方、回廊の中では柱の裏に隠れた男の仲間である〝影〟とマリアとの闘いも行われていた。マリアは〝影〟が隠れた柱へスルスルと近づいて行き、その柱から五メートルほど離れた柱に隠れ、〝影〟の様子を窺った。沈黙の中で息を潜めている二人の忍者が互いの僅かな気配さえ見逃すまいと夕闇に目を凝らし耳を澄ました。

マリアは〝影〟が隠れた柱へ何かを投げた。それは蛇のように右から柱を一巻きし、その先端がカチッと柱の凹凸部分に食いつくようにして動きを止めた。〝鉤縄《かぎなわ》〟だった。しかし、その鉤縄を放ったマリアに獲物を捕らえたという手応えはなかった。

〝影〟はその柱の後ろには既に居なかったのである。そのことに気づいたマリアが柱の上方の岩の天井を目掛けて礫を放った。と、岩の天井の一部が動き、それは剝がれて落ちた。柱の後ろに居たはずの〝影〟が天井に張り付いていたのだ。

回廊の天井から落下した〝影〟はふわりとしゃがむように地に下りた。彼は華奢《きゃしゃ》な体を全身黒装束で包み、眼だけ出した黒頭巾を被っていた。その眼は夕闇の暗がりの中で不気味に光り、陰にマリアが潜んでいる柱を注視した。

と、左手から何かを放った。それはマリアが潜む柱に命中し「ボム！」と音を立て煙を発した。

薄暗がりの回廊にもうもうと煙幕が張り、天井を支える柱さえもほとんど見えなくなった。マリアはすぐさま地を這う姿勢を取り、目を凝らした。すると、煙幕の向こうへ獣のように駆けていく〝影〟が辛うじて見えた。

マリアは直ちに〝影〟の後を追おうとしたが、後ろから「逃がしておけ」と佐分利のよく通る声がした。振り返ると、佐分利がマリアのすぐ後ろで幽《かす》かに笑みを浮かべて立っていた。その顔には、ほんの少し前まで命懸けの真剣での対決をしていたとは思えない余裕さえ見られた。

「彼は泳がせておけ。こっちの男は確保した」

そう佐分利は言いながら、回廊の外の赤土に居る男を指差した。差した指の先には、後ろ手にされ縛り上げられて地べたに座り込んでいる男が、前へ伸ばした両足の足首も縛られていた。

佐分利とマリアは回廊を出て男のほうへ歩いて来た。男の横で見張っていた私に佐分利

は、

「こいつは一味の一人にすぎない。我々の闘いは始まったばかりだ」

と言って、携帯で電話をした。バルセロナ警察のジェラード警部に連絡したのだろう。

携帯での短い会話を終え、佐分利はマリアのほうを見て言った。

「今日のマリアの忍者ぶりは大したものだった」

それを聞いていたマリアは眼だけ出した黒頭巾をしていたが、その眼が悪戯《いたずら》っぽく微笑んだ。マリアの忍者としての腕の良さは私も聞いていたが、今回の活躍には私も驚くほかなかった。まさに「くのいち」忍法を目の当たりにしたのだ。

〈仕事人〉の暗躍

翌日の早朝、佐分利から連絡が入って、私は佐分利の探偵事務所に行った。

事務所に入ると既にマリアがソファに座っていた。佐分利は私を見ると軽く右手を上げて、

「来たね」

と微笑んだ。彼はアームチェアに身を沈ませ、その前の古びた黒いデスクの上にはいつものように小さなコーヒーカップが置かれていた。

「ジェラード警部によると、きのう捕まえた男、アントニオは辻斬りの件について黙秘を続けているそうだ」

そう切り出して佐分利はカップを口元へ持っていきエスプレッソコーヒーを一口飲んだ。そして、昨日の出来事を振り返った。

「きのうは前もって高梨とマリアに話しておいた通りになったな。俺がアントニオに押し込まれて危機一髪のときのマリアが彼に放った礫が最高の出来だった。何しろ奴は巨体で腕っぷしが並みじゃないから、俺も正直焦った瞬間、マリアの礫が実に正確に刀剣を持つ彼の手の甲に命中したんだからね」

佐分利は嬉《うれ》しそうにマリアの忍者としての成長を改めて褒め称えた。

「そこで、だ。マリアの忍者としての実力を見込んで」

と、佐分利は持って回ったような口ぶりで眼球だけを左右に動かしマリアと私を交互に見た。マリアは珍しく緊張したような表情を口元に表した。佐分利がこの事件に向けての今後の計画を述べ始めた。

「〝グエル公園での管理人殺し〟と最近立て続けに起きた〝辻斬り〟、これらの陰惨な事件には当然繋がりがある。両方とも凶器が日本刀というだけでなく、犠牲者にも共通点が浮かび上がってきている」

そう言って、佐分利は手元のコーヒーを飲み干すと、急に声のトーンを落とした。重要な件を話すには自分の声が大きくなりすぎていたことに気付いたのだ。

「ヨーロッパには昔から殺し屋の組織がある。彼らは殺人を請け負うことを生業として〈仕事人〉と呼ばれている。日本にも江戸時代までは似たような組織があったが、今は消滅したと言われている。ところが、ヨーロッパではこうした裏の世界が未だに跳梁跋扈《ちょうりょうばっこ》しているのだ」

佐分利はアームチェアから立ち上がり、窓際までゆっくり歩きながら話を続けた。

「ヨーロッパの〈仕事人〉グループはバルセロナにも支部を置いているらしい。彼らは日本の江戸時代の〈仕事人〉に影響を受けていて、拳銃を使わず刀剣や薬物その他を用いて〝静かな殺人〟を行うことを不文律にしているという話も聞いている」

佐分利には話がいよいよ核心に触れるときに眼を針のように細めて斜め上を見る癖がある。その癖が出たな、と観た瞬間、私は佐分利の口元を注意深く見つめた。佐分利は一度カーテンの隙間から窓の外を覗いてから、改めてマリアの方に顔を向け口元を緩めて言った。

「〝静かな殺人〟に対処するには忍者の訓練を積んだ人材が求められる。そして、秘密裏に彼らの組織に近づくには男性より女性のほうが用心されにくい」

闇の組織への挑戦

　ここまで佐分利の話を黙って聞いていたマリアは、自分に課せられる役割をあらかた理解したようだ。彼女はそれまでの緊張が解かれたように、穏やかな表情になった。

「スパイをやるのね」

　とマリアが明るく言ったとき、佐分利は大きく頷いて話を続けた。

「そういうわけだ。マリアに勝る実力を持った忍者はヨーロッパではそう多くはないだろう。マリアの本当の力が発揮できる機会が来た」

　佐分利がマリアの忍者そして剣士としての能力を高く評価していることは分かっていたが、この闇の殺し屋組織の中に若い彼女をスパイとして潜り込ませるのは危険が大きすぎる。

　そう思った私は、佐分利の顔を覗くように見て思わず言った。

「おい、マリア一人で大丈夫か、俺も一緒に働かせてくれ」

　佐分利は眼を大きく見開くようにして私に言い放った。

「もちろん、高梨にも大いに働いてもらうつもりだ」

佐分利は苦笑いしながら、

「高梨にはマリアとの連絡を密にして、いつでもマリアのもとへ駆けつけられる態勢をとってもらう」

こう言って、デスクの前まで戻って来た。そして、デスクの前に立ったまま、自分のカップに二杯目のエスプレッソを注いだ。

カップに砂糖を入れて匙でゆっくり掻き混ぜる手を止めると、

「高梨は剣士としての実力は相当なものを持っているからね。忍者としての実力は分からないが、その明晰《めいせき》な頭脳の使い方そのものが忍術と言っていい」

と言って私のほうを振り返って茶目っ気たっぷりに片目を瞑って見せた。そして再びアームチェアに腰を下ろして、話を進めた。

「このプロの殺し屋たちのグループ〈仕事人〉は依頼者から相応の金銭を受け取って〝殺し〟を遂行している。言わば〝契約殺人〟を仕事としているヨーロッパの闇の組織だ」

佐分利の説明は謎の多い〝闇の組織〟の解説に入って行った。その後、なぜ今回の事件が起こったか、具体的な事件の起因を語り出した。

「今回のグエル公園の事件で、〈仕事人〉に狙われるはずの人に前もって俺がすり替わったが、なぜ次に誰が狙われていたのかが分かっていたのか、二人とも知らなかっただろ？」

佐分利は私とマリアの顔を交互に見てその反応を楽しむように訊いた。

私はちょっと憤慨した素振りを見せて佐分利に言った。

「それは我々に何も前もっての説明がなかった。我々は佐分利の指示通りにやったがね」

私の応答にマリアは笑みを浮かべながら佐分利の顔を見た。

佐分利は片手で拝むような素振りを見せて「ああ、すまん、すまん」と言ってから、当日の事情を説明した。

グエル公園の深い闇

佐分利は頭を掻きながら照れたように我々二人に言った。

「まあ、敵を欺くには味方からという言葉もあるように、君たちにも詳細は知らせなかったんだよ」

アームチェアから立ち上がって我々二人にも二杯目のエスプレッソを注いだ彼はデスクの端に腰かけて一度軽い吐息をついてから、思い直したように話を続けた。

「辻斬りの犠牲者はグエル公園の管理人で四人目だったが、彼ら犠牲者のことを調べていくと共通点が見えて来た。四人とも今のグエル公園になる前の敷地に建設される予定だった分譲住宅の入居予定者の子孫だった。当時その入居者には入居順番を示す番号が与えられていた。犠牲者はまことに分かりやすく祖先に与えられた一番から順に斬殺されていた。俺がすり替わった人は五番目の入居予定者の子孫だった。ここまで分かっていながらむざむざ五人目の犠牲者を出させるわけにはいかなかった」

佐分利の説明を聞いていたマリアは納得というふうに小さく頷いた。私は、この一連の事件の裏に潜む、想像を遥《はる》かに超えるであろう深い闇に思いを馳せて佐分利の次の言葉に注目した。佐分利は、遣る瀬無い、という感情を顔に滲ませて言った。

「彼らプロ殺人組織〔仕事人〕は今度は殺害のターゲットの順番を変えてくるだろう。次の犠牲者を出させてはいけない。何せ彼らはカネで人の命を量ることなど平気だ。ましてや、それに殺害依頼者の〝怨念〟が加われば、殺害は陰惨たるものになる」

私はすかさず口を挟んだ。

「その殺害依頼者の〝怨念〟は今回の事件ではあるのか?」

佐分利は、ほら来た、とでも言いたそうに顎の無精ひげを撫でながら言った。

「どうやら、その〝怨念〟が今度の事件を深く貫いているようだ」

佐分利は分譲住宅が建てられるはずだった敷地がなぜグエル公園となったたか、その経緯を話し始めた。

「スペインの実業家グエル伯爵が建築家ガウディに依頼して、バルセロナに自然と芸術に囲まれて暮らせる一戸建ての分譲住宅地の建設が計画された。しかし住宅の買い手がついたのは、グエル伯爵とガウディの家の他に実際に売れたのは一軒のみで、この宅地造成計画は一九一四年に断念された」

コーヒーを飲みながら耳を傾けていたマリアがカップをソファの前の小テーブルに置いて佐分利に訊いた。

「なんでそんなに売れなかったの？　自然に囲まれた素敵《すてき》な住宅地なのにね」

「そうだよね。なぜ住宅の買い手がつかなかったか。その理由として、この住宅予定地までの公共の交通手段がなかったこと、そこは敷地面積の六分の一しか建物が建てられなかったこと、敷地では勝手に木の伐採が出来ないなど規制が厳しかった、とかが考えられるが……」

隠された悲劇

佐分利は、ここで声のトーンを落として囁くように言った。

「調べたところ、〝怨念〟が絡む事件が起きていた」

マリアと私は顔を見合わせた。この事件は闇が深いぞ、という佐分利からの警告と受け止めたからだ。

特にマリアはその闇の組織の懐に入り込んで彼らの動向を探る役割を担うことになったから、その眼には緊張の色がありありと見えた。

佐分利はジャケットの内ポケットから黒い手帳を取り出し、ページをめくりだした。やがて探していた記述を見つけ小さく頷きながら「これだな」と呟いて、それを読み上げるように言った。

「一八九九年からグエル公園の歴史は始まった。この年、エウセビ・グエル伯爵はバルセロナの山の手に十九世紀のイギリス田園都市のようなブルジョア向けの新興住宅街を造るため現在のグエル公園の一帯の土地に分譲住宅地建設のプロジェクトを立て、その設計を建築家アントニ・ガウディに依頼した」


佐分利はそこまで説明し、手帳を開いたままデスクの上に置いた。そして私を横目でちらりと見て、両手を広げて下から僅かに押し上げるように、その話に感情を入れ始めた。佐分利がこうした仕草をするのはいつも湧き上がる〝無念〟の感情を抑えきれないときである。佐分利は湧き上がる〝遣る瀬無さ〟を口にした。

「これが人間の業なのか……人はなぜ〝怨念〟の奴隷になるのか……陰惨な事件の背景にはいつもこの問題が潜んでいる」

自分の感情を吐露しながら佐分利は具体的な話に進んだ。

「グエル伯爵とガウディの夢は住宅地建設当初は順調に運んでいくように思われたが、建設開始から一か月ほど経ったある日、二人が思いもよらなかった陰惨な事件が起きた。ある居住予定者が建設予定地に植えた木で首を吊った状態で死んでいたのが見つかった。その陰惨な状況はたちまちのうちに居住予定者たちの間に知れ渡った。それも、尾ひれのついた醜悪な噂と共に、だ」

私は自分の直感から佐分利に訊いた。

「その事件はグエル伯爵とガウディの家以外に売れた一軒の家に関係あるのか？」

佐分利は私の質問に頷き、抑えたような溜め息をついてから話を続けた。

「そう。その家の主《あるじ》が首吊り死体で発見されたのだ。これが自殺なのか他殺なのかは、まだ分かっていない。ただ、彼を巡る噂は他の居住予定者の怒りを買ったらしい」

マリアが顔を曇らせて訊いた。

「どんな噂なの？」

佐分利はもう一つ吐息をついて答えた。

「結果的に一般居住予定者のうち唯一実際に家を買った彼が、実はグエル伯爵を脅していたという話がある。グエル伯爵はバルセロナの実業界でもかなり強引な商取引をしていたらしい。そうした取引の中では恨みを買うことも少なくなかっただろう。分譲住宅の計画を進める中で、グエル伯爵に金銭的なトラブルが起こり、その件で伯爵を訴えるということで、首吊り死で見つかった生前の彼から脅しを受けていたようだ。背景に複雑な事情を抱えた、この首吊り死という〝悲劇〟はグエル伯爵側によって隠蔽されようとしていた、と伝えられている」

闇組織の実態

今回のグエル公園での事件についての佐分利の説明が一通り終わり、我々は事件解明のためのそれぞれの役割を確認して解散した。探偵事務所を出るときには既に陽が落ちかけていた。

この日から一週間経ち、グエル公園での事件は表面上は解決したように見えた。一方、この事件を含む一連の辻斬り事件に対するバルセロナの一般市民の不安は続いていた。佐分利は、次の犠牲者を出さないように、バルセロナ警察のジェラード警部との情報交換を怠らなかった。

闇組織〔仕事人〕へのマリアの潜入についてもジェラード警部に伝えていた。警部は警察からの応援を一人マリアの傍に潜ませていた。

マリアはバルセロナの或る忍術研究会の新メンバーとして入会していた。そこはスペインの〈仕事人〉が出入りすることを佐分利があらかじめ掴んでいて、この忍術研究会の活動内容を入念に調べ上げていた。

もうそろそろ、と思っていた佐分利にマリアから最初の情報が入った。マリアによると、〈仕事人〉のメンバーと思われる女性と接触し彼らの次の殺害のターゲットを聞き出した、ということであった。

それを聞いた佐分利は「でかした」とマリアを労《ねぎら》った。

マリアによると、この忍術研究会は特に組織の名称は無いがメンバーの間では〈N〉と呼ばれていて、普段は毎週水曜日に〝勉強会〟があり不定期に総会があるという。マリアは先日の水曜日の〝勉強会〟に出席した。会員は皆忍者の覆面をして来る決まりがあり、互いの素性については不問にするという不文律がある。

その日の出席者は七名だったが、女性はマリア以外にもう一人いた。彼女は紫の頭巾と覆面をした眼の鋭い小柄な女性だった。年齢は不詳だったがマリアより少し年上の印象を受けた。

〝勉強会〟のあと、マリアは紫頭巾の女と立ち話をして、さりげなくグエル公園の事件で現れた忍者の話に及んだ。あの事件で手裏剣が使われたことが地元のニュースでも取り上げられていたので初対面での会話の話題としても不自然さはなかったのである。

「あれは失態だったわね」

と紫頭巾の女はマリアの耳元で苦々しく呟いた。〝紫頭巾〟によれば、あのときグエル公園の回廊で暗殺者に加勢した忍者が投擲《とうてき》した手裏剣は回廊の柱をかすって地面に落ちたが、彼はその手裏剣を現場に残したまま去ったことが致命的なミスだった、ということだった。

いかにも生々しい彼女の話しぶりに、マリアはこの〝紫頭巾〟があの時あの現場のどこかに居たに違いない、と確信した。

そこで、マリアは彼女にこう言って探ってみた。

「でも、あの忍者はなかなかの上位者だったと思う。去る時の無駄のない動きは見事だった。そう思わない？」

殺しのターゲット

マリアの〝探り〟に〝紫頭巾〟は期待通り反応してくれた。

「グエル公園で手裏剣を投げた彼はまだ未熟な忍者よ。ついこの間、練習生から抜擢されたばかりの新人なの」

このあとマリアは〝紫頭巾〟から闇組織〔仕事人〕の次の殺害のターゲットをまんまと聞き出すことに成功した、ということだ。

佐分利から連絡を受けた私は佐分利の経営する剣道道場へ向かった。道場に入ると、佐分利は既に数人の門下生を指名して立ち合い稽古を済ませたところだった。道場の上座に座り汗を拭いていた佐分利は、私に気が付くと右手を軽く上げた。

佐分利は私を道場内の準備室に案内し、用意されていた椅子に私が腰かけると彼はすぐに用心深く扉を閉めた。佐分利は私と向かい合わせの椅子に座ると早速マリアからの情報を私に伝えた。私は〔仕事人〕たちの危険な兆候に一刻の猶予もない事態を理解して身震いがした。


マリアからの情報によると、極めて近いうちに〔仕事人〕の次の殺害のターゲットになっている人物が襲われる可能性が高いと言う。それはその人物の誕生パーティーが開かれる日、つまり明後日に迫っているのだ。

「時間がないな」

私は自分の動揺を押し殺すように低い声で呟いた。

「そうだ。たった今から動かなければならない」

佐分利は私の動揺を見透かしたように落ち着いた声で私の眼を見た。

そして、我々はそれから小一時間、次の犠牲者を出さないための綿密な行動プランを立てた。こういう時の佐分利の反射神経はまことに驚くべきもので、次々と的確なプランを出して来た。危急の際のこの探偵の並外れた判断力と問題の核心を探り当てる動物的勘は冴《さ》えていた。いつものことながら改めてその集中力に私は圧倒される思いで彼の顔をまじまじと見つめたものだ。

私が佐分利との会話を終えて準備室を出た時には、佐分利の門下生たちの剣道の練習も一通り終えたようで、道場では彼らは道場主の指示を仰ぐために皆正座して待っていた。

門下生たちが我々に挨拶して道場を去ったあと、私は佐分利に立ち合い稽古を申し出て、久し振りにたっぷりと汗をかいた。この剣道の稽古が終わった後、佐分利は私に秘伝を教えると言って、我々は忍術の稽古に入った。

佐分利の忍術の実力は計り知れない。彼は探偵としてのスキルを上げるために高いレベルの忍術を身につけて来たからだ。バルセロナでも忍者の段位を認定するシステムが無いわけではない。だが佐分利は忍術に関しては、独自の訓練を自分に課し、探偵としての日々の仕事で奇蹟的な結果をもたらすことによって忍者としての自分の実力を確認して来た。

佐分利はバルセロナ大学の大学院時代、日本学科で江戸犯罪を勉強したが、その時に忍術の研究に没頭した時期があった。そしてバルセロナにあった幾つかの忍術道場で忍者としての実践的な訓練を続けて来た。

秘伝

佐分利が剣士としてだけでなく忍者としても優れていることは、佐分利が扱った過去の幾つかの事件での活躍ぶりで人々の記憶にも残っている。

数年前の「サグラダ・ファミリアの晒し首」事件で佐分利はガウディの遺書が入った封筒を盗んだ男を追ってサグラダ・ファミリアの尖塔の外壁を這い登って行き彼を追い詰めた。

その追跡は登って行く様子を下から見ていた私には無謀に見えたが、あの事件が公に知られた後、佐分利の忍者としての高度な技と類い稀な身体能力は人々の記憶に強烈に印象付けられることになった。とりわけ佐分利の鉤縄《かぎなわ》の技術は忍術研究者の間でも話題になったほどだった。

そんな優秀な忍者でもある佐分利が私に秘伝を授けてくれると言う。彼はさっきまで我々が密談をしていた準備室に入って行き、すぐに何やら縄のような物を持って来た。そ

れが鉤縄であることを確認した私は、

「おっ」

と声に出した。もしかしたら、と期待していたからである。

私も忍者の真似事のような稽古はしているが、本格的に習ったわけではない。佐分利が「サグラダ・ファミリアの晒し首」事件でサグラダ・ファミリアの尖塔の外壁を鉤縄を使ってスルスルと登って行くのを為《な》す術《すべ》もなく見ていた私は、佐分利のように鉤縄が使えたら、と歯ぎしりしているだけだった。

それだけに佐分利から鉤縄の訓練を受けるのはワクワクした。佐分利は私を道場の地下室へ案内した。話には聞いていたが私がそこに入るのは初めてだった。そこは佐分利個人のトレーニング場所になっていた。思っていたより広く、剣道はもとより忍術の訓練も可能になっていた。

鉤縄は「忍者の七つ道具」の一つで縄の先に鉄鉤《てつかぎ》がついている。壁や崖などを登る時にこの鉤縄を投げて壁などの上方の部分に鉄鉤を引っ掛けて縄で体を支えながら登って行くのである。その他、橋の無い谷を渡ったり、相手を攻撃し捕捉する道具としても使う。優れた忍者によっては強力な武器としても重要なのである。

佐分利から秘伝を授かった日から二日後、私は佐分利、マリアと共に〔仕事人〕の次の殺害のターゲットとされる人物の誕生パーティーが行われる家にいた。パーティーは午後八時から開始したが、我々は二時間前にはその人物の家に着いていた。我々三人はウェイター、ウェイトレスの役でパーティーの様子を観ることになっていた。

パーティー出席者は二十人ほどで、パーティー会場となる大広間には四つのテーブルが配置され、既に大皿には御馳走《ごちそう》が盛られていた。我々三人はこの家に着いてからも短い打合せをし、この日の主役である誕生を祝われる人物には気付かれないように出席者のチェックが出来る態勢を整えておいた。

そのうち開会の時間が近づくにつれ各テーブルの席も埋まっていった。佐分利はそれとなく出席者たちのチェックを怠らなかった。彼は出席者が来場すると必ず歓迎の声を掛けその一人ひとりの様子を観ていたのだ。

異変

やがて午後八時になり、この日の主役であるこの家の主が短い挨拶をし、宴《うたげ》が始まった。

こうしたパーティーでの事件は参加者が口にする飲食物への毒物等が一番に考えられる。

もちろん佐分利はこの日出される飲食物については材料の仕入れの段階から担当者らに

注意するように警告し、料理人たちには素性からチェックしてあり料理の安全には万全を期していた。

　宴は順調に進み、パーティー参加者も次第に興が乗り、入れ代わり立ち代わり主《あるじ》に近寄り祝いの言葉を述べに来ていた。我々三人はそうしたパーティー参加者の行動に注意を怠らなかった。主もご機嫌で、パーティーも無事終わるかと思われた、パーティーが終わる午後十時にあと数分と迫ったとき、

「やれやれ、なんとかこの場の悲劇は防げそうだ」

と思い胸を撫で下ろした私に、佐分利が耳打ちした。

「ご主人がトイレに行ってからまだ戻ってこない。ちょっと見に行ってくれ」

　私はハッとして嫌な胸騒ぎを感じながら主の様子を見にトイレへ急いだ。

　私の胸騒ぎは当たっていた。主はトイレの手洗い場近くで仰向けに倒れていた。

　私はすぐに佐分利を呼び、パーティー参加者にはその場を動かないように伝えた。佐分利は手早く救急車を呼び、バルセロナ警察のジェラード警部に連絡した。

　救急車が到着するまで佐分利は蘇生《そせい》の手当てを施したが、すでに手遅れだった。佐分利によると、主の首筋に針を刺したような痕があり、毒針による殺害だろう、ということだった。

ジェラード警部とその部下がパーティー会場に到着し救急車が主を運び去った後、パーティーの参加者一人ひとりがポケットの中まで持ち物検査を受けた。とりわけ主がトイレに居た時間に席を離れていた四人には入念な取り調べが行われた。しかし、この場では容疑者は特定されなかった。

佐分利は自分が現場に居ながら犯人にまんまと裏をかかれたことに悔しさを顔に滲ませていた。

翌朝、私は佐分利の探偵事務所に居た。佐分利は誕生パーティー出席者のリストを私に示しながら言った。

「ほらこの出席者、閉会前に退出している。主には、急用が出来たのでお先に失礼したい、と挨拶しているのを他の出席者が聞いていた」

私は出席者リストの備考欄を見ながら「なるほど」と佐分利の指摘に注目した。佐分利は既にマリアに指示してこの途中退出者をマークさせていた。マリアによれば、案の定、この途中退出者の名前も連絡先も実在しないものだった。

佐分利はマリアからの今までの情報を分析しバルセロナの忍者道場の知人たちの協力も得て、この途中退出者のおおよその素性を突き止めた。この人物は忍者としては高段者だが、まだ二十代の男だと言う。被害者が首筋の血管にピタリと毒針を刺されていたパーティーでの殺害状況から、佐分利は犯人を高度な忍術を身に付けている人物と見当を付けて忍者関係の知人に当たっていたのだ。

挑戦状

私は佐分利と容疑者の情報を共有し、その日のうちにバルセロナ警察のジェラード警部を訪ねた。ジェラード警部は、

「今回の誕生パーティーでの事件とグエル公園惨殺事件そして一連のバルセロナ辻斬り事件は一本の糸で結ばれている」

との観点から捜査を進めていることを説明した。

佐分利はジェラード警部の説明に付け加えて言った。

「三つの事件とも剣術あるいは忍術の上級者が絡んでいる。しかもマリアからの情報によるとこれらの事件は全てグエル公園造園前の分譲住宅地造成当時の居住予定者と何らかの関係を持っている」

我々はこうした共通の認識を持って具体的な事件解決のアイデアを出し合った。

この日の三人の打ち合わせは非常に綿密に行われ、それはジェラード警部の危機感の表れだとも思えた。我々のような警察の外部の者にこれだけの信頼を寄せて、全ての情報を

共有させてくれた警部の今度の事件解決への並々ならぬ意志を感じながら佐分利と私はバルセロナ警察を後にした。外は冷たい木枯らしが吹いていた。

佐分利と私が探偵事務所へ戻る途中、佐分利は私をバルに誘った。久しぶりに二人でワインを楽しみながら、今回の事件に対する我々の方向性を確かめ合った。

その会話の中で佐分利は驚くべきことを私に打ち明けた。

「実はね」

と佐分利はワインを一口飲んでから、まるで世間話でもするように言った。

「俺に挑戦状が届いた」

私は驚いて彼の顔をまじまじと見るだけで次の言葉を待った。佐分利の話は次のようなものだった。

「今朝早くに、窓側でコンという音がしたので寝室の窓のカーテンを開けて窓を見ると、窓枠の上からぶら下がっている物が見えた。それは日本矢だった。窓を開けてよく見てみると矢柄に何やら紙が結ばれていた。矢文かもしれないと思い矢を抜いてその紙を広げてみると、何か書いてあった。それはやはり矢文だった。文面を読むと、内容は俺に対する〝挑戦状〟だった」

「挑戦状？　つまりお前と勝負したいという申し出か？」

私は思わず身を乗り出して訊いた。

「そのとおり」

と言ってから佐分利は自分の声の大きさに気付いたか、急に声を落として話を続けた。

「矢文には筆で俺と勝負したい旨と日時と場所が書いてあるだけだった。さて、どうしたものか、と考えたが、結論は出していない。タイミングからすると今度の事件に関係するものと考えるのが自然だろう。そうだとすると、今度の事件の解明のために動いている俺の動向を知っている人物、すなわち、俺の動きを目障りに感じている人物からの挑戦状、ということになる」

佐分利の話を聞きながら、私は以前の事件で佐分利が同様の状況にあったことを思い出していた。相手が竹刀《しない》で勝負と言っても真剣で襲い掛かってきたこともあった。これは罠《わな》かもしれない。

罠

「それで、相手は武器は何を使おうと言って来たんだ？」

私はふと浮かんだ不安をそのまま佐分利に確かめた。佐分利は私の不安を見抜いたように言った。

「それについては何も書いてなかった。俺への挑戦状を日本矢で送って来たことが唯一のヒントかな。でも、まずその挑戦を受けるかどうかを決めるのが先決だ。よく考えたら、このチャンスを逃す手はないとも思えて来た。たとえこれが罠であってもね」

淡々とこう言ったあと、佐分利は私の眼をチラリと見た。長年私とコンビを組んで様々な事件を扱って来ただけあって、佐分利はこうした場合の私の心の内を読み切っていた。しかも〝罠〟という言葉も私の不安のど真ん中にあったのだ。

それは兎も角として、彼がこの挑戦を受けることを決めたのははっきりした。挑戦を受ける佐分利の覚悟を知った以上、彼の相棒である私の役割を考えておかなければならない。私の役割はこの二人の勝負に邪魔が入らないようにすることだが、そのための準備をしておかなければならない。挑戦状に書かれていた対決の日付けは三日後の早朝だった。


そして、三日後、勝負の日が来た。挑戦状で指定された場所はグエル公園中央広場脇の石段を下りた所にある「洗濯女の回廊」であった。まだ日が昇る前の薄暗い回廊の入り口で佐分利は木刀を左手に提げて相手を待っていた。

「そろそろ時間だな」

と佐分利が呟いたとき、回廊の奥のほうから人影らしきものがゆっくりと近づいて来た。やがて朝日が回廊の柱群の間から僅かに差し込んで来た。光が人影らしきものの姿を浮かび上がらせたとき、佐分利が落ち着いた声で訊いた。

「木刀でいいか？」

回廊にその声が反響するように響き渡った。


朝日の淡い光に浮かび上がった相手は鍛え上げた忍術使いであることが一見して分かる男で、眼だけ残し全身を黒の衣装で包んでいた。彼の左手には棒のようなものが握られていた。男は佐分利の問い掛けには反応せず棒先を佐分利の足元に向けながらゆっくりと間合いを詰めて来た。

佐分利も回廊に入り込み男の方向へ足を運んで行った。佐分利がその歩みをピタリと止めた時、男も呼応したように足を止めた。その時二人の距離は五メートルほどになっていた。佐分利は回廊に差し込んでいた陽光の束越しに男の眼を見た。男は陽光に眼を伏せながら細目で佐分利を見返した。

次の瞬間男は左手に持った棒を自分の身に平行に引き寄せると右手を添えた。そして右手をゆっくりと右方へ動かした。棒の中からキラリと光る刃が出て来た。一見して真剣と見て取れた。やはり、棒の中に真剣を仕込んでいたのである。

佐分利は少しも動揺を見せなかった。それが仕込み棒であることは男と相対した瞬間に見抜いていたのだ。木刀で真剣と立ち合う術も経験も佐分利は持っていた。男は棒から抜いた真剣を中段に構え、佐分利の足元を見ていた。

佐分利は木刀を下段に構え、そのまま微動だにしなかった。二人の間に重苦しい時間が数分過ぎた。回廊に差し込む朝日は次第に明るさを増し柱の影の濃さがくっきりと分かるようになった。

すると、男の影がススッと前へ動いた。だが佐分利は下段の構えのまま動かなかった。両者の距離が縮まり、三メートル近くになるかと思われた時、佐分利は僅かに後退りした。それを見た男が更に前へ歩を進めようとしたその時であった……佐分利が怒濤のように男へ向かって突っ走って行った。

男は不意を突かれて「アッ」と小さく叫んだ。突き進みながら佐分利は下段に構えていた木刀を左下から右上へ鋭く振り上げ、中段に構えていた男の刀剣の側面を撥ね上げた。

男の刀剣が回廊の天井近くまで舞い上がると同時に佐分利の振り上げた木刀が男の頭上

で半円を描きながら軌道を戻すように男の左首筋を殴打した。〝真空斬り〟であった。

男は「むう……」と呻《うめ》きながら膝からゆっくりと崩れていった。

男に近づき覆面を剝ぎ取ろうとしたとき、佐分利は不意に殺気を感じ顔を伏せて屈んだ。その頭上を何かが掠《かす》めた。それは回廊の壁を削り砕いた。角を鋭利に研いだ礫《つぶて》だった。

佐分利は体を伏せて辺りを窺った。すると、回廊の奥の柱で人影が動いた。

男の仲間が潜んでいたのだ。

やはりこの男は闇組織〈仕事人〉の一味だったか……佐分利は男の仲間の居場所を確認して上着の内ポケットに手を入れた。手に握った物をその柱へ素早く投げ込んだ。それは狙った柱に命中し、「ボム」と鈍い音を立ててすぐに白い煙を出した。その煙は柱の周りを包むように流れた。

佐分利は柱の陰の人物の動きを注視しながら倒れている男の両手を素早く後ろ手にして紐で縛り上げた。その時柱の方に目を遣った佐分利の目に映ったのは、男の仲間が潜んでいる柱の下方へ向けて縄状の物が投げられそれが柱の後ろまで巻き込んでいる様子だった。

佐分利は直ぐにそれが私が投げ込んだ鉤縄だと直感したようだった。私は少し前からこの回廊の柱の一つに潜んでいた。ここに到着してまず目に入ったのが佐分利への礫の投擲だった。柱の陰からその一瞬を見た私は思わず肝を冷やした。

捕り縄術

その時、私は佐分利が動物的勘でその礫をよけたのを確認して、次の佐分利への攻撃を防がなければならないと思い、柱の陰の人物の隙を窺っていた。佐分利が秘伝と称して私に教えてくれた鉤縄を使ったのだ。佐分利から鉤縄の特訓を受けたあとも、私は鉤縄の投げ方を密かに一人で練習した。

私の投げた鉤縄は柱の陰に潜んでいた人物を柱諸共巻き、捕獲した。佐分利とのあの特訓の賜物もあって思った以上の成果が上がったのだ。この危急に駆けつけたマリアの協力も得て、柱の陰の人物を後ろ手に縛り上げた。マリアも私と同じようにこの回廊の柱の一本に潜んでいたのだ。

佐分利の戦いの邪魔者を捕らえてホッとした私は佐分利の方を見た。佐分利は満足そうな微笑みを見せた。佐分利は私とマリアの奮闘を一部始終見ていたのだ。

佐分利は鉤縄を使った私の捕り縄術に合格点をくれたようだ。しかし、二人の敵を縛り上げた我々の安堵も束の間だった。

「危ない！」

佐分利の野太い声が回廊に響き渡った。私はとっさにマリアを突き飛ばした。マリアの頭があったところに黒い物が飛んで来て柱に突き刺さった。「蹄《ひづめ》」と呼ばれる手裏剣だった。

これは小さな蹄鉄《ていてつ》型の手裏剣で、凹み部分を親指にのせて投げる。普通の手裏剣より小型であるから携帯するにも嵩張《かさば》らない。幕末期の根岸流の手裏剣術で使われた飛び道具である。この術を使う忍者は相当な訓練を受けているはずだ。

「蹄」が投げ込まれた方向はやはり回廊の奥のほうからだった。我々三人は回廊の奥のほうに眼を遣り様子を窺った。すでに陽が上がり回廊は柱群の影が強くなっていた。目を凝らして見ている中で、回廊の奥から数人の影が現れた。

我々三人は阿吽《あうん》の呼吸で一斉に腹這いになった。回廊の奥に現れた人影は四、五人はいた。全身黒ずくめの忍者姿の彼らはたちまち我々との距離を縮めて来た。

と、マリアの腕が地を這うように半円を描き、彼らへ向けてその手から礫が矢継ぎ早に放たれた。彼らはその瞬間に幾つかの柱の陰に姿を隠した。すると佐分利の腕も素早く振られた。その手から飛び出した物は彼らの居た場所の天井を衝《つ》き、すぐに白い煙を回廊に充満させた。その煙の中で佐分利が動いた。

白煙の漂う中で腹這いに伏せていた私には佐分利のその後の動きはほとんど見えなかっ

たが、曲者たちの呻き声が次々と回廊に響いた。佐分利は彼の驚異的な身体能力で動き回り木刀一本で彼らを打ちのめしたのだろうか？　私は這いながら改めて目を凝らして白煙が充満した回廊の様子を窺った。

神業

充満していた白煙が去り始め、物音の止《や》んだ回廊には、木刀を片手に提げた佐分利一人が仁王立ちしていた。佐分利の木刀で打ちのめされてのびていた忍者たちを我々三人はすぐさま後ろ手にして両手両足を特殊な細紐で縛り上げた。

やがて彼らは既に捕らえられていた二人を含めて、佐分利からの連絡で駆けつけて来たジェラード警部と部下たちに引き渡された。そのときジェラード警部は縛られた曲者たちの様子を見て驚き、佐分利の顔をまじまじと見つめたものだ。

「こいつら全部を木刀一本で叩きのめしたのか！」という驚きだった。

「怪我をさせずに気絶させるコツは分かっているからね」と佐分利は事も無げに言った。

「まるで神業だ」と呟いて私は改めて総勢七人の曲者たちを見た。確かに彼らは一滴の血も流さずにのびていた。

曲者たちがパトカーに乗せられたあと、ジェラード警部を含めて我々はグエル公園近くのバルでコーヒーを飲みながら今日の出来事を検証した。

まず佐分利から今日の件についての説明があった。その中でジェラード警部が注目したのは曲者たち七人を一人で木刀一本で打ちのめした佐分利の神業なみの活躍だった。

「あれはどんな忍法を使ったのか？」

警部は興味深そうに佐分利に訊いた。

佐分利は「忍術道場に通っていたころに身に付けた術が、今日はたまたま役に立っただけで……」

と言って珍しく照れたような表情を見せたあと、

「それよりも今日のヒーローは何と言っても高梨だ」

と私の方を悪戯《いたずら》っぽく見て言った。

佐分利に蹄型の手裏剣を投じた柱の陰の忍者に、私が鉤縄を投げて捕捉したことを指しているのだ。

「あの瞬間俺は対戦相手に集中しすぎていて、高梨の加勢が無ければ危なかった」

この佐分利の言葉に私も照れたが、あの場面を想定したかのように鉤縄の秘伝を前もって私に教えてくれた彼の慧眼《けいがん》にこそ感心せざるを得なかった。

佐分利の忍術は彼が学生時代から独学で身に付けたものが土台になっていた。バルセロナに生活の場を移してから彼は積極的に幾つかの忍術道場で鍛錬を積んだ。その類い稀な身体能力と剣道で鍛えた胆力で佐分利は忍者としても驚くべき才能を発揮していった。

数年前にバルセロナで開催されたヨーロッパ忍術選手権大会に出た際は、忍者としてはほとんど無名だった佐分利健という探偵に他の選手たちや大会関係者たちから驚きの声が上がったほどの忍術を披露した。

その忍術の一つが先日佐分利が私に伝授してくれた秘伝の「鉤縄」の術だった。

彼の鉤縄の術は縄がまるで生きた蛇のように対象に巻きつき、その後も対象への締め付けが更に強くなる特徴がある。今日私がグエル公園で放った鉤縄が、佐分利の忍術の欠片でも発揮できていたとすれば、それは私には奇蹟だった。

事件の背景

バルでの我々の会話はこの事件の背景の存在に及んだ。ヨーロッパの闇組織である〈仕事人〉についての情報を確認した。

「そもそも彼らの目的は何なのかしら?」

マリアが何気なく発したこの一言に佐分利が反応した。

「もちろんカネさ」

佐分利はカップの底に僅かに残ったエスプレッソを飲み干して話を続けた。

「依頼人の恨みをカネで引き受けて晴らすのが彼らの仕事だ。恨みを晴らしたい相手を殺してほしいと依頼人に請われれば殺害さえも躊躇《ためら》わない。彼らは通常はカネの額に応じた仕事ぶりをするが、時には依頼人の恨みに感情移入してカネの額以上の酷《むご》さで、標的にした人物に依頼人の恨みを晴らすこともある。彼らも生身の人間だからね。今回の一連の事件の犠牲者たちは相当な酷さで殺《や》られている」

こう言いながら佐分利の顔が怒りで赤くなっていくのが見て取れた。

「今回の事件の背景に在る恨みはそれほど深いものなのね」

こう言ってマリアは眉をひそめて溜め息をついた。

佐分利はマリアの言葉に深く頷き、この事件の背景を語った。

「エウセビ・グエル伯爵が現在のグエル公園になる前の一帯の土地に建設予定だった分譲住宅地の設計を建築家アントニ・ガウディに依頼した。建設が開始されてまもなくこの住宅地への或る居住予定者が縊死《いし》した事件が起きた。首吊り死で見つかった人物は、売り出した分譲住宅のうちグエル伯爵とガウディの家以外に売れた唯一の家の主《あるじ》だった。それはこの主がグエル伯爵の強引な商取引の件を暴露すると脅していた最中《さなか》での死であり、この死にはグエル伯爵側の関わりが噂された。……これまで得られた事件背景は、まあざっとこんなところだ」

佐分利のこの報告をジェラード警部は黒革のカバーの手帳に黙々とメモしていた。

「そのひと昔前の噂話と今回起きた事件とどういう線で結ばれているか、興味深いね」

思いつめたように佐分利の話を聞いていたマリアの顔を見て私はそう口を挟んだ。

私の言葉にジェラード警部がメモの手を止めて呟いた。

「昔縊死した分譲住宅購入者と今回毒針で殺された誕生パーティー主催者との関係はどうなっているのだろうか？」

ジェラード警部の疑問に佐分利がすぐさま応えた。

「グエル公園の前身の住宅分譲地で首を吊った状態で死んだアルベルトは薬剤の卸問屋の番頭だった。彼は当時グエル伯爵の幅広いビジネス活動の中でも特に信頼を置かれていた取引相手だった。ところがグエル伯爵がある時期から他の卸問屋と大きな商取引をするようになった。アルベルトはグエル伯爵一族との長い付き合いから一族の闇の部分も知り尽くしていた。彼はグエル伯爵から見捨てられたような気持ちを抱き、それは次第にどす黒い怨恨へと変わっていった」

怨恨の糸

マリアがその「怨恨」の話に身を乗り出して言った。

「その人は自分がグエル伯爵から裏切られたような疎外感を抱いた……」

「そう」

佐分利はマリアの反応を受け止めて頷き、話を進めた。

「アルベルトはグエル伯爵一族の強引な商取引の現場を直接目にしていた立場だったので、この一族の不正取引疑惑を噂として流せば真実味があることを知っていた。彼はグエル伯爵への〝怨恨〟を大きく膨らませ、伯爵への復讐を試みたわけだ」

佐分利の話にマリアは瞬《まじろ》ぎもせず聞き入っていた。ジェラード警部はまた手帳にメモを書き込むことに集中していた。もちろん私も佐分利の次の言葉に期待しながら聞いていた。

佐分利は聞き手の我々三人の興味津々な様子にちょっと気圧《けお》された感じを抱いたのか、私に軽く目配せをしてから声を落として話を続けた。

「一方、今回の誕生日会の主役で毒針で暗殺されたセルヒオもアルベルトと同じ薬剤卸問屋だった。時代を超えての偶然にしてはいかにも奇妙な一致だ。セルヒオが次の殺害の夕ーゲットになっていることは事前にマリアからの情報をもとに調査して見当を付けていた。最近バルセロナで起きていた一連の辻斬りの犠牲者はグエル公園の管理人で四人目だったが、五人目の殺害ターゲットはグエル公園になる前の敷地に建設される予定だった分譲住宅の入居予定者の入居順番を示す番号から予想がついたので、入居順番五番の人の子孫の殺害を避けることができた。

だが、殺人請負組織〈仕事人〉が殺害のターゲットの順番を変えてくることは当然予想がついた。そこで彼らが今度は入居順番の最後から遡る順番でターゲットを決めることを想像した。入居予定者の子孫全てを殺害するつもりならばそうするだろう、と見当をつけたのだ」


ジェラード警部がペンを持つ手を止めて言った。

「分譲住宅への入居予定者の子孫全てをターゲットにしているのか。それほど大規模な殺害を計画しているのか？」

マリアも付け加えて呟いた。

「恐ろしいほどの〝怨恨の糸〟……」

マリアの呟きを自分の話の中に織り込んで佐分利が説明した。

「その〝怨恨の糸〟が時代を超えた二つの事件を繋いでいる。一八九九年にグエル伯爵は現在グエル公園となっている一帯の土地に分譲住宅地建設を建築家アントニ・ガウディとともにスタートさせた。

この年にグエル伯爵とガウディ以外で最終的にたった一人の住宅購買者となったアルベルトが縊死した事件が起こり、それから一二〇年以上時を経た我々の時代に一連の〝辻斬り〟事件が起きた。この二つの異なる時代の事件がマリアの言う〝怨恨の糸〟で結ばれている」

佐分利は両手の人差し指の先を突き合わせて言った。

総元締

「その〝怨恨の糸〟を断ち切らなければならない」

ジェラード警部が佐分利の両手の人差し指で作った〝怨恨の糸〟を指してこう呟いてから、佐分利の目を見て厳しい顔で次のように言った。

「その〝怨恨の糸〟を解体させなければならない。この組織はヨーロッパ全域で出没しているが、佐分利によると〔仕事人〕の総元締が今バルセロナに来ているらしいね。そうだとすると、今がこの組織を解体へ向かわせるには絶好のチャンスだ」

佐分利はジェラード警部の言葉を受けて話を繋げた。

「〈仕事人〉の総元締は普段はイタリアのシチリア島を本拠地としていると聞いていたが、マリアからの報告で今はここバルセロナに潜伏しているらしい。この機会をみすみす逃すわけにはいかない」

佐分利は冷めたコーヒーを一口飲んで鋭い眼光を遣った。

〈仕事人〉のメンバーも時々出席するという〈バルセロナ忍術研究会〉の勉強会に佐分利から密偵として送られたマリアは、その総元締が今週末に予定されている〈仕事人〉の幹部たちの秘密会議に顔を出すという情報を得ている。

「ただ、その秘密会議が行われる正確な日時がまだ分からない」

佐分利はジェラード警部のほうをチラリとみてからこの事件へのこれからの自分の見通しを述べた。

「そこで、ジェラード警部の許可を得て俺と高梨も彼らが出入りする〝勉強会〟に明日参加する。マリアと密接な連携を取って彼らの動向を探り出したい」

私が明日の〝勉強会〟に参加することをこの時初めて聞いて私はちょっと驚いたが、こうしたことはそれまでにも度々あって今回も覚悟を決めるしかない、と思った。

〝勉強会〟への参加を知った私の〝覚悟〟を察知した佐分利は私を見て僅かに頷いて言っ

た。

「高梨には寝耳に水だと思うけど、何分、時間が差し迫っているのでね」

その言葉に私は目で応えてから或る疑問を提示した。

「その総元締はどんな人物なのか？　ヨーロッパ全土に出没するその大物の正体は分かっているのか？」

私の疑問に佐分利が静かに語りだした。

「彼はイタリアマフィアの中では言わば一匹オオカミだった。彼が闇の世界で実力者として伸し上がっていった過程はよく分かっていないが、ある時期いつの間にか、彼はマフィアの間でも恐れられるような冷酷な請負殺人屋としてカリスマ的な雰囲気を身に付けていた。

そして彼の周りには自ずと彼に心酔するアウトローたちが集まっていた」

江戸の闇組織

「そして彼らが新たにつくった闇組織が〈仕事人〉ということだね」

この私の口出しに応えるように佐分利が説明した。

「総元締の取り巻きに日本通が居て、新組織の名前を〈仕事人〉とするように提言した。

この日本通は日本の江戸文化に詳しいインテリだった。江戸の闇組織の中に殺害請け負い組織があったことに興味を持ち、その組織の名前が〈仕事人〉であったことから自分たちの組織にもこの名前を付けよう、という進言をしたらしい。

もちろんこうした闇組織は歴史のおもてには出てこない。日本でも今日では歴史上に〝存在しなかった〟ことになっている。だが、裏の歴史に詳しい友人によれば、江戸時代に暗殺集団は確かに存在したらしい。

高梨も知っているように俺の大学院時代の研究分野は〝江戸犯罪史〟だった。江戸の暗殺者の間では殺しを〝仕事〟と呼び、請け負い暗殺者たちを〝仕事人〟と呼ぶ隠語があったという史料は俺も目にしている」

マリアは日本の戦国時代や江戸時代に興味を持っていて、「くノ一」と呼ばれる女忍者への憧れから忍術道場へ通い始めた。そこで彼女は佐分利に訊いてみた。

「その〝仕事人〟たちは忍者?」

佐分利はマリアの疑問に丁寧に答えた。

「日本の闇組織〝仕事人〟たちは主に江戸時代の後期一八〇〇年頃に暗躍した。こうした闇組織はもっと昔から存在していたが、とりわけ江戸後期の荒廃した世相の中で庶民は自分たち弱者の人生への理不尽な仕打ちに対する恨みを晴らすために殺し屋に報復を頼むようになった。この殺し屋たちはそれぞれ身分も生業も異なっていたが、裏の稼業として殺し屋をやっていた。その理由は、殺しの報酬の他に、江戸庶民の恨みを晴らしてくれるはずの奉行所が腐敗に満ち充分に機能していなかったことがあり、その代わりをするという自負もあった」

佐分利の話を興味深そうに聞いていたジェラード警部が自慢のダリ風口髭を撫でながら佐分利に確かめた。

「ヨーロッパの〈仕事人〉が銃を使わずに〝仕事〟をするのも、日本の御本家のやりかたを踏襲しているからなのかな？」

「その影響はあるでしょうね」

佐分利はジェラード警部の言葉を受けてさらに江戸の御本家の〝仕事〟のやりかた、つまり暗殺方法を説明した。

「彼らの暗殺方法は暗殺者それぞれの持っている得意技を優先して実行した。怪力自慢の素手による殺害以外に、達人剣士の域の刀剣技、一瞬で急所を刺す毒針や鉄針、投げ縄の術から縊死に至らせる縄技、専門知識による毒薬など、個性に富んだ暗殺方法があった。我々が目にした今度の事件で現代のヨーロッパの闇の組織〈仕事人〉が用いた暗殺方法は刀剣と毒針だったが、彼らの仲間にはまだいろいろな暗殺技を持った殺し屋たちがいると思う」

闇の帝王からの挨拶

翌日、佐分利と私はバルセロナ忍者研究会の〝勉強会〟へ出かけた。

会場は古倉庫を改修した忍術道場の奥にある準備室ということで、我々は会の開始十分前には用意された席に着いていた。この日は計八名が参加する予定だと聞いていたが、開始の時間になっても他の参加者は誰も来ていなかった。

佐分利は準備室の正面に掛けてあった時計を指差して私を見た。私も小首を傾《かし》げてポケットの携帯で時間を確認した。開始時間から十五分ほど過ぎて、我々は準備室のドアを開けて道場へ出た。勉強会の開催場所を間違えたかもしれないと思ったからだ。

道場は天井が高く広々として、如何にも忍術の訓練に向いた空間であった。その日は忍術訓練日ではなかったようだ。誰もいないガランとした道場を一通り見まわしてから手持無沙汰に天井を見上げると、薄暗い天井付近の空間に複雑に鉄骨が交差して忍者の高所での訓練が出来るようになっていた。天井を見ている私の様子に気付いて佐分利も顔を上げて天井を見上げようとしたその瞬間だった。佐分利が私を突き飛ばした。

私は佐分利の不意の突き飛ばしによろめき、道場の板敷の床に尻もちを着いた。その直後私の顔の前を何かが飛んで来て左方向の床に突き刺さった。それが「蹄《ひづめ》」と呼ばれる手裏剣だということはすぐに分かった。先日のグエル公園での佐分利と挑戦状の送り主との決闘の際、邪魔をした忍者が放ったものだ。

「大丈夫か？」

佐分利は私に声を掛けて右上に目を遣った。その視線の先は多くの鉄骨が複雑に交差している天井だった。その薄暗い空間に目を凝らすと、黒い影が微かに揺れた、と思った。

佐分利はその影の動きを目で追い、ピタリと視線の焦点を定めた。そして、身体をその対象に向け野太い声で言った。

「総元締、サルバトーレ、姑息《こそく》なまねはやめて姿を見せろ」

佐分利の落ち着いた声は広い道場に響き渡った。

すると、天井の鉄骨が交差するところに忽然《こつぜん》と黒装束の忍者が現れた。彼は鉄骨の上に立ち上がって覆面を自ら脱いだ。そして我々の方を見下ろして声を張って言った。

「よく俺だと分かったな、サムライ」

イタリア訛《なま》りのスペイン語が、幾分甲高く天井から道場へ響き渡った。

「サムライ」とは佐分利への呼び名である。佐分利は幾つかの大きな事件を解決してからヨーロッパでも知られるようになり、人々から「バルセロナのサムライ」と畏敬の念をもって呼ばれるようになったのである。ヨーロッパでもっとも恐れられている闇組織の総元締であるイタリア人のサルバトーレにまで、探偵「サムライ」の名は知られていたわけである。

「お前のことはよく調べておいたからね」

佐分利は余裕をもった声で天井に居る男へ答えた。

「光栄なことだ。高名な探偵さんに俺の名前を覚えてもらえて」

男はこう言い放つと同時に右腕を鋭く振りぬいた。

一騎打ち

次の瞬間、佐分利の居た場所から二メートルほど先の床で「ボム！」という鈍い音がして白煙が立ち昇った。それは忽ちサルバトーレと我々二人との間に煙幕を張り、彼の姿はすぐに見えなくなった。私は目を凝らして白煙の向こうに居るはずの総元締を捜した。

一方でふと傍に居たはずの佐分利の姿が見当たらないことに気付いた。私は片膝をつき低い姿勢になり白煙の向こうへ目を凝らして佐分利を捜した。すると、道場の壁に掛けられていた忍術訓練用の天井へ続く梯子を登っている彼の姿がうっすらと見えた。

やがてもうもうと立ち昇っていた白煙の幕が薄くなり道場内がぼんやりと見えて来た。佐分利が登って行った梯子の先の天井を見ると、佐分利はすでに天井付近に交差していた鉄骨の上にすっくと立っていた。そしてその数メートル前には総元締、サルバトーレが身構えていた。

佐分利は初めはサルバトーレの様子を見ながら対峙していたが、次に武道家のような姿勢を取った。佐分利の武道の実力は未知数だが、彼の忍術修行の一環として武道の術を身に付けたことは彼自身から聞いたことがある。

サルバトーレは不敵な笑みを浮かべた後、狭い鉄骨の上を小刻みに進み佐分利との距離を縮めた。佐分利は左手を前に伸ばし右手を手前に引いた姿勢で彼の動きを注視していた。

二人の間隔が五メートルほどになったとき、サルバトーレが視線を佐分利から外さないで自分の腰に括り付けてあった紐を外した。

そして間髪を入れずそれを佐分利へ向けて投擲した。先端に鉛玉が仕込まれている紐が、カメレオンの舌のように佐分利の顔目がけて伸びて行った。それが佐分利の顔面を直撃したか……と見えた瞬間、佐分利の体が弓のように反りかえり、辛うじてそれを避けていた。

佐分利は反りかえった自らの体勢を整えるやいなや右手を鋭く振り切った。その手から放たれた物がサルバトーレの左の脛《すね》に当たった。狭い鉄骨の上で右足を前に左足を後ろにした不安定な姿勢を取っていた彼は脚部に投げられた礫を避けそこなった。

「うぅ」

と僅かに呻きを漏らしたサルバトーレは一瞬身体のバランスを崩した。それを佐分利は見逃さなかった。再び腕を横から鋭く振り礫を投擲した。それは後ろに引いて踏ん張っていたサルバトーレの右の脛に命中した。彼の顔が見る間に歪み、右膝がガクンと落ちた。

そして彼の身体はつっかえ棒を外されたようにグラリと右から半円を描くように下方へ崩れていった。サルバトーレが立っていた鉄骨から道場の床までは六～七メートルあった。サルバトーレの身体がまさに落下しようとするときに彼は辛うじて左手で鉄骨の縁を摑み、その左手一本で宙づり状態になった。

達人忍者

サルバトーレはさっき佐分利に投げて宙を切った紐の端を離さず握っていた。その右手を鋭く振り上げると鉛を仕込んだもう一方の先端の重みで紐は矢のように伸び上方の別の鉄骨に生きた蛇のように絡みついた。

飛んだ紐の先がしっかりと鉄骨に絡みついたことを確認したサルバトーレは、紐を強く引いて体を宙に浮かせて一気にその上方の鉄骨に跳びついた。彼は素早く体を鉄骨の上に乗せて佐分利を見た。

佐分利はサルバトーレの一連の動きを注意深く見ていた。鉄骨の上で膝をついて佐分利を見下ろしていたサルバトーレと彼を見上げていた佐分利の視線はしばし糸で繋がれたように動かなかった。

その緊張感を破ったのはサルバトーレだった。彼は下にいる佐分利を覗きながら口に何かを含み頬を膨らませた。そして唇を尖《とが》らせそれを佐分利へ向けて吹き飛ばした。

佐分利はとっさに左手の腕を目の前に翳《かざ》した。サルバトーレが口から吹いたものは特殊な針だった。佐分利の目を狙ったが、佐分利の素早い動きでその針は彼のジャケットの袖に突き刺さっていた。

佐分利が目の前に翳した腕の下からサルバトーレの様子を窺った時には、彼はすでに姿を消していた。そう気付くと同時に佐分利は背後に凄まじい殺気を感じた。素早く膝を深く曲げ身体を沈めた佐分利の頭上をサルバトーレの針を持った手が勢いよく伸びて来た。彼は上方の鉄骨から既に瞬時に佐分利のいた鉄骨に飛び降りていたのだ。

佐分利の背後に飛び降りたサルバトーレは毒針を佐分利の首筋に刺そうとしたが、佐分利の機転でそれも宙を切った。勢い余ったサルバトーレの身体は佐分利の頭上に倒れ込みそうになった。しかし闇組織〔仕事人〕の総元締、サルバトーレの忍者としての身体能力は達人の域に達していた。

　サルバトーレは体重の掛かった右足で鉄骨を蹴り身体を浮かせるようにして、しゃがんだ佐分利の頭上を越えた。この男の身体能力は並外れたものだった。彼は佐分利の前にふわりと降り立つやいなや後ろ向きのまま左足で後ろに居た佐分利の顔面目掛けて蹴りを入れて来た。

　しゃがんでいた佐分利の顔面に一撃が加えられたかに見えたが、佐分利の研ぎ澄まされた反射神経はそれをも空を斬らせた。反射的に顔を右に傾けサルバトーレの強力な後ろ蹴りの攻撃を避けた。

　空を斬った足を素早く引き戻したサルバトーレは流れるような動作で右足を軸に左にクルリと半回転して佐分利と相対した。その時佐分利はすでに立ち上がり身構えていた。正面を向いたサルバトーレへ佐分利は右足を踏み込むと同時に右の拳を相手の腹部に打ち込んだ。佐分利の強烈な拳は相手の鳩尾《みぞおち》にめり込んだ。

死の格闘

サルバトーレは「むう……」と呻き声を漏らし屈みかけた。が、自分の腹部に打ち込まれた佐分利の右手を摑み、左足で佐分利の右足を払った。佐分利の身体は右に大きく揺らぎバランスを失った。サルバトーレが摑んでいた佐分利の右手を離すと佐分利の身体は狭い鉄骨上で左足を軸にして右に半回転して宙を仰いだ。

万事休すか、と見えた佐分利の状況だったが、彼は殆んど仰向けになった体勢のまま、辛うじて身体を支えていた左足の踵《かかと》で強く鉄骨を蹴った。佐分利の身体はサルバトーレの身体に勢いよくぶつかり、仰向けで頭からぶつかっていった体勢のまま佐分利はサルバトーレの両腕にしがみついた。

思いがけない展開で佐分利の体重を掛けられサルバトーレはよろめき後ろに腰を着いた。幅一メートルもない鉄骨の上で、並外れた身体能力を持つ二人の男たちによる天井付近の高所での「死の格闘」が始まった。

仰向けになった佐分利の上にサルバトーレの上半身がのしかかって来た。しかし彼に佐分利を抑え込む力はなかった。佐分利の頭が激しくサルバトーレの鳩尾を打ち込んで、一瞬息が止められたのである。

佐分利は覆いかぶさって来たサルバトーレの上半身を持ち上げ体を入れ替えて彼の頭を抑えつけた。サルバトーレは両足を伸ばしそこに上半身を押さえ付けられた姿勢になった。佐分利はサルバトーレの後ろに立ち、彼の頭を肘で強く押さえ付けながらジャケットの内ポケットから素早く捕捉用の紐を取り出した。

佐分利はまず彼の両手を後ろ手にして縛ろうとした、その時であった。彼の右手が佐分利の右脚を抱え込んで一気に反撃に転じた。佐分利は危うく後ろに転倒しそうになり、右脚に絡みついた相手の右手を左足で蹴った。


堪《たま》らず佐分利の右脚から手を離したサルバトーレは素早く起き上がり佐分利に対峙した。そして間髪を入れず佐分利に体当たりした。佐分利はそれをまともに受けたかのように見えたが体当たりの衝撃を受ける寸前で体を左に開いてそれを避けた。

勢い余ったサルバトーレの身体は右肩から崩れ、踏み込んだ右足を鉄骨から踏み外した。「あっ」という声を発したと同時にサルバトーレの姿が佐分利の視界から消えた。この瞬間、天井近くの高所に架けられている鉄骨からサルバトーレが落下していく俯瞰《ふかん》的なイメージが佐分利の脳裏に浮かんでいた。

だが、サルバトーレの身体が鉄骨の下へ落ちて行こうとするその時、彼の左手が鉄骨の端を掴んだ。鉄骨の端に左手一本でぶら下がった彼の身体が大きく左に揺れた。その振れの勢いのまま、なんと、彼の身体は左下に架かっていた別の鉄骨の上にふわりと跳び下りたのである。

暗い意思

サルバトーレは斜め上の鉄骨に立っている佐分利を見上げて呟くように言った。

「噂通りのサムライだな、佐分利。また会おう」

その言葉が終わるか終わらないかのうちに佐分利へ向けて鋭く右腕を振り上げた。その手から飛び出した物が咄嗟によけた佐分利の鼻先を掠めるようにして天井にぶつかり「ボム」と鈍い音を立てた。

そこから白い煙が湧き出て来て天井付近は瞬く間に白煙の幕が張られたようになった。道場の床から彼ら二人の格闘の一部始終を見上げていた私には、彼らの姿がほとんど見えなくなった。その白い煙幕は濃霧のように道場全体に広がり、私は用心のため床に膝を着いて体勢を低くして白煙が収まるのを待った。

数分後、ようやく白い霧が晴れて行くようにぼんやりと周りが見えてきた。すると、コツコツと靴の音が聞こえ、壁側を見遣ると白い霞《かすみ》の向こうから人影が梯子を下りてきた。

佐分利は無事だったのだ。

近付いて来た佐分利に私は立ち上がって小さな声で言った。

「大丈夫か？」

佐分利は落ち着いた様子で頷き、笑みさえ浮かべた。

「俺は大丈夫だ。サルバトーレはもう姿を消している」

彼は視線を天井に遣ってこう言うと改めて天井に顔を向けた。

私も天井を仰いで佐分利の視線の先を見た。白煙が張られる前まで二人が死の格闘をしていた鉄骨の上は何事もなかったようにその痕跡さえ感じられなかった。サルバトーレは白煙が張られている間に天井裏の小窓から姿を消したのだろう。

このあと私は佐分利と馴染《なじ》みのバルへ行き、あの天井の鉄骨上でどんな状況が繰り広げられたのか聞いた。我々と旧知のバルの主人は気を利かせて奥のテーブルに案内してくれた。ついさっき目にしたばかりの二人の熟達の忍者の死闘の状況を私は佐分利に尋ねた。

「あの男は相当な使い手のようだな」

私はまずサルバトーレの忍者としての実力を佐分利に訊いて、佐分利のプライドをくすぐってみた。佐分利の剣士としての凄さには疑問の余地はないが、忍者としての力は私にも未知数だった。その彼があの男の実力をどう見たか、を訊いたのである。

「そう、彼は並外れたレベルの忍者だ」

と答えて佐分利はあの忍者から受けた驚きの印象を隠そうとしなかった。彼は気が高ぶったときに見せる彼の癖、つまり目をカッと見開いて、その目で私の目を見ながら話を続けた。

「鉄骨から落下しそうになった時のサルバトーレの身体能力には正直度肝を抜かれた。彼はあの瞬間ほとんど不可避と思われた落下をすんでのところで左手を目いっぱい伸ばして中指一本を鉄骨の縁に引っ掛けて瞬時に次の行動への体勢を整えた。そこには彼が統括する闇組織〈仕事人〉の〝暗い意思〟と思われる目に見えない力が働いていたのだろう」

纏繞《てんじょう》をほどく

日本の江戸時代に存在していたと言われる闇組織〈仕事人〉の元祖は時の庶民が被《こうむ》った理不尽な仕打ちに対する鬱憤を晴らす役割を果たしていた面があった。

依頼人から金銭を受け暗殺の仕事を請け負う形はその名前を引き継いだ今のヨーロッパに在る闇組織〈仕事人〉と同じだが、暗殺の仕事を請け負う側の社会的立場が昔と今では様変わりしていた。

今の〈仕事人〉という暗殺組織はヨーロッパ社会の中で庶民の共感を得られる立場には立っていない。依頼人の怨みを晴らす代償として金銭を受ける殺し屋組織は「怨み」と「人情」が表裏一体であった前近代社会にあってこそ庶民の憂さ晴らしの依頼先になり得た。

今日の社会はその舞台が日本であれヨーロッパであれ、普遍的な「正義」の価値観は「怨み」と「人情」という相反する感情を包含して容認する雰囲気はすでに無くなっている。それにも増して、闇組織自体に「怨み」と「人情」を一体として引き受ける覚悟が無くなっているのである。

我々はバルの奥のテーブルでつい先ほど繰り広げられたばかりの死闘を振り返っていた。佐分利は〈仕事人〉のような契約殺人組織が国柄や時代とともに様変わりしてきたことを前提にして次のように話した。

「サルバトーレは父親からヨーロッパをほとんどカバーする現在の闇組織〈仕事人〉の総元締の役目をつい最近譲り受けたばかりで、俺もその情報は摑んでなかった」

運ばれて来たエスプレッソに砂糖を小匙半分ほど入れそれをゆっくりとスプーンで掻き混ぜながら、話を続けた。

「鉄骨上の俺との闘いでサルバトーレが俺の目を狙って吹きかけてきた小さな針、そして俺の首筋に刺そうとした針、それらを見たとき俺の頭の中で縺《もつ》れていた謎の糸が一気にほぐれた。あの誕生パーティーでの殺害事件の犯人と推測されていた人物についての情報、覚えているか？」

私にこう質問を投げかけて、佐分利は充分に砂糖を掻き混ぜた小さなエスプレッソカップを口に運んだ。


私が答える前に佐分利は私の記憶を手繰り寄せるように言葉を加えた。

「グエル公園造園前の分譲住宅地造成当時の居住予定者の子孫が開いた誕生パーティーで起きた殺人事件を覚えているだろ？　あの事件でパーティーを途中退出した男についての情報だ」

私は自分の記憶を辿りながら佐分利に答えた。

「ああ、その男は確かまだ若くて、かなり高度なテクニックを身に付けた忍者だと。それは殺害された誕生パーティー主催者にも首筋の血管に正確に毒針を刺されていたことでも推測される。それ以上のことは……分からない」

佐分利は左の肘をつき拳で顎を支えるようにしてじっと私の返答を聞いていた。そして驚くべきことを告げた。

「その若い優秀な忍者が闇組織〈仕事人〉の新しい総元締と同一人物だとしたら」

と言いながら顎を上げて私の目を見据えるようにして私の反応を見た。

絡んだ糸を手繰り寄せる

私は自分の頭の隅にあった無意識の予感を佐分利から目の前に突き付けられたように感じた。佐分利の言葉に驚くとともに一方でそれを予期していた自分にも気付いた。

「そうだったか……言われてみればその二人は妙に符牒が合う」

私はこう答え、佐分利の次の言葉を促すように細かく数回頷きながら彼の目を見た。

佐分利は私の無意識の予感を実感に替えるかのように言葉を加えた。

「バルセロナの有力者グエル伯爵が当時新進気鋭の建築家だったガウディに設計を依頼した分譲住宅地建設で最初に起きた事件が一人の居住予定者の首吊り死だった。当時それは他殺の疑いもあったが、結局自殺ということで処理された。グエル伯爵の分譲住宅地プランがうまく進まない中、一般居住予定者のうち唯一実際に家を買った彼が縊死した。この事件は様々な憶測を生み、彼がグエル伯爵を脅していたというまことしやかな話も出ていた」

私は以前にその件は聞いていたが、ふと率直な疑問を佐分利に投げかけてみた。

「なぜグエル伯爵はその人物に脅されていたのか、何か弱みを握られていたのか？」

佐分利は待っていたかのように私の素朴な疑問に即座に答えた。

「当時のバルセロナでの噂によると、グエル伯爵を責任者とする実業グループは強引な商取引で利益を上げていたらしい。実際、あの分譲住宅の計画を進める中でもグエル伯爵グループと住宅地建設関連の取引相手との間で金銭的なトラブルが起こっていた。

このトラブルに後に縊死した人物が絡んでいて、グエル伯爵グループはこの人物が属する実業グループ側から訴えを起こされていた。それでもグエル伯爵側からは誠実な対応がなく、このバルセロナの有力者グエル伯爵はそれまでの地元市民からの信頼を徐々に失っていき、彼のグループの商取引の強引さも一向に改まる気配がなかった」

私は当時の地元の有力者であったグエル伯爵がなぜそんな悪評を立てられるような行動へ走ったのか不思議に思った。そこで、

「グエル伯爵は何か焦っていたのか？」

と疑問を口に出した。佐分利は軽く頷き話を続けた。

「確かに伯爵は資金繰りに躍起になっていた節がある。彼の夢はバルセロナを一つのキャンバスと見立て理想の絵を描いてみることだった。つまり、バルセロナを彼の頭の中にあった理想の芸術都市実現のための壮大な実験場と考えていた。その夢の実現にはいくら金

があっても足りないからね」

「なるほど」

と私はすっかり冷めてしまったコーヒーを口にし、佐分利の話の展開を待った。佐分利は自分の頭の中に絡んだ糸を少しずつ手繰り寄せるように静かな口調で言った。

「悪評の原因となった商取引上の強引さはグエル伯爵の指示じゃなかったようだ。彼はそれほど強引な人物ではなかったからね」

疎外感から怨念へ

「グエル公園ができる前の土地で起きた今から一二〇年ほど前の事件があの首吊り死事件だった。当時グエル伯爵が建設計画をした住宅分譲地で首吊り死したアルベルトは薬剤の卸問屋の番頭でグエル伯爵の幅広い商取引上のお得意様だった。

アルベルトはグエル伯爵の商取引の相手の中でもとりわけ信頼を置かれていた。アルベルトもまたグエル伯爵に土地の有力者として信頼を置いていた。ところが、そのお互いの信頼関係があるとき音を立てるように崩れた。

グエル伯爵がアルベルトを差し置いて或る時期から他の卸問屋と大きな商取引をするようになったのである。アルベルトは仕事上だけでなくグエル伯爵一族との長い親密な付き合いから一族の闇の部分も知り尽くしていた。グエル伯爵が取引相手を突然替えたことからアルベルトはグエル伯爵から見捨てられたような疎外感を抱き、その思いは徐々にのっぴきならない〝怨恨〟へと性質を変えていった」

私は佐分利の淀み無い話に引き込まれていたが、その話の次の筋書きを予想してこの事件の根幹に関わる質問を挟んでみた。

「アルベルトの縊死が自殺か他殺か分からないとしてもその死の原因が誰かの〝怨恨〟に拠《よ》るとしたら、その〝怨恨〟は一二〇年後の誕生日パーティーでの毒針殺害とどう繋がっているんだろうか？」

佐分利はカップの中のエスプレッソコーヒーに何気なく眼差しを落としながら私の疑問への説明をし始めた。

「その疑問を解くことが長い年月を隔てた二つの事件の核心を突くことになる。一二〇年前に縊死したアルベルトは薬剤の卸問屋の番頭だった。そして奇遇なことに、今度の誕生日パーティーで毒針を刺されて暗殺されたセルヒオも、薬剤の卸問屋の仕事に関わっていた。この奇遇こそが二つの事件に絡む〝怨恨〟の縺《もつ》れた糸を解く鍵となるかもしれない」

佐分利の言葉は私がこれらの事件を一つの繋がりの中で考える大いなる示唆となってい

た。その繋がりの糸の先を引いてみると、或ることが不意に腑《ふ》に落ちた。それを佐分利に確かめようと訊いてみた。

「闇組織〔仕事人〕の総元締サルバトーレは父親からその地位を譲られたばかりだと言うが、一二〇年前の彼の祖先もまた同じ組織の総元締だったのだろうか？」

佐分利は時を隔てた一連の事件を貫く一本の糸を引こうとする私の質問に、我が意を得たり、という顔をして言った。

「そこだね。非常に重要な糸を引っ張り上げてきたね。闇組織〔仕事人〕は一二〇年前はまだ無かったが、その時代のサルバトーレの祖先はやはり闇世界の中で頭角を現していた。彼は小さなグループを持っていたがイタリアマフィアの群雄割拠の凌《しの》ぎ合いでライバルのマフィアグループを次々と吸収して勢力を拡大していた」

闇の世界の繋がり

私は日本のヤクザのイメージからイタリアマフィアが麻薬売買で闇組織の勢力拡大を図っていただろうと見当をつけて佐分利に言ってみた。

「薬剤の卸問屋の番頭だったアルベルトは否応なくあの時代の麻薬組織の縄張り争いに巻き込まれていたことは想像できるね」

すると佐分利は「さすがだ」と大袈裟に眼を剝《む》いて当時のイタリアマフィアと薬問屋アルベルトとの麻薬売買における関係について言及した。

「アルベルトはまっとうな薬剤師として当時のバルセロナ上層市民の間でも信頼を得ていたが、商売を他のヨーロッパの国々にも広げて行くにつれ、闇取引のテリトリーに知らずに踏み込んでしまっていた。そこには闇の世界でうごめく麻薬組織の縄張り争いに巻き込まれる罠が当然のように待っていた。アルベルトとイタリアマフィアの接点がこの時期生じたのだ」


まるで映画「ゴッドファーザー」の回想場面のように私の頭の中でセピア色の或るシーンが浮かんでいた。そのイメージに急かされ私は佐分利の話にせっかちに口を挟んだ。

「その時期のサルバトーレの祖先とアルベルトとは直接の接触があったのか？」

佐分利はうっすらと生えていた顎の無精ひげを撫でながら静かに言った。

「二人の直接の接触があったかどうかは分かっていないが、サルバトーレの祖先が率いていたマフィアグループがアルベルトの死に関わっていたことは事実のようだ。そのマフィアグループはアルベルトがグエル伯爵率いる商取引グループの強引な商法を非難しグエル伯爵自身を脅したことに拠って動きだした。グエル伯爵陣営の一人がサルバトーレの祖先の知人であったことから、アルベルトにグエル伯爵への脅しをやめるようにサルバトーレの祖先に頼んで逆にマフィアを通してアルベルトを脅しにかかったわけだ」

私は自分の頭の中で縺れていた糸が次第に解《ほぐ》れていくような気がして言った。

「そこまで分かっているなら、アルベルトの縊死が自殺でも他殺でもマフィアからの脅しが原因だと言ってもいいいな」

「そう」

佐分利は二杯目のエスプレッソコーヒーを砂糖を入れずに一口飲んで話を続けた。

「アルベルトの縊死は当時は自殺という処理をされたが地元ではマフィアの仕業だという噂が絶えなかった。縊死当日にマフィアらしき数人の男たちがアルベルトの家に押しかけて来ていた、という話も出ていた。だがアルベルトの遺体から大量の麻薬が検出されたことから彼は麻薬中毒が原因で自ら命を絶った、ということになった。当時のバルセロナ警察の事件記録簿にそのことが残っている、とジェラード警部が知らせてくれた」

そう言いながら佐分利はスマホを触りメールをチェックし出した。

祖先たちの情報

佐分利は或るメールに添付されていたファイルを見せてくれた。そこにはアルベルトの家系図とそれぞれの人物についての情報と解説が記されていた。

アルベルトが縊死の状態で発見されたのは三十五歳の時で、その時彼の一人息子は九歳だった。この息子は成長するにつれ父親の死についての不審が増していった。そして彼が成人になってからは父親アルベルトの死についての情報を懸命に調べ上げた。その情報をメモしたノートは実に十数冊に及んだと言う。

この息子が収集した情報の中で興味深いメモがあった。それは現在のヨーロッパの闇組織〔仕事人〕の総元締サルバトーレの祖先とグエル伯爵陣営の一人との関係についてのメモだった。この二人はアルベルトがグエル伯爵率いる貿易グループの強引な商法への非難を面白く思っていなかった。


一五〇年前のサルバトーレの祖先マッテオとグエル伯爵陣営の一人ダニエルが知り合ったのは麻薬の闇取引の場だった。当時イタリアのシチリア島で小さなマフィアグループを率いていたマッテオは闇社会で勢力を拡大する機会を狙っていた。

そんなとき横流し目的の麻薬取引の会合でスペイン人のダニエルと出会った。ダニエルはグエル伯爵率いる商取引グループの重要な一員としてイタリアに来て通常薬品の卸問屋の取引を進めていた。しかし、ひょんなことから麻薬取引の会合に参加したのである。

グエル伯爵の母フランシスカは十八世紀後半にバルセロナへ移住したジェノヴァ商人の

一族出身であった。その伝手《つて》を頼って商取引の国際的な拡大を望んでいたグエル伯爵が彼が抱える商取引仲間の中でも信頼の厚いダニエルをイタリアへ派遣したのである。

佐分利が見せてくれたスマホのファイルの中の資料に拠れば、一五〇年前のサルバトーレの祖先マッテオは当時の小さなイタリアマフィアグループの頭領だった。マッテオはグエル伯爵の商取引グループのメンバーの一人としてイタリアに来ていたダニエルと、偶然出会っていたのだ。

「おお、これが本当だったら驚くべき偶然の繋がりが二人にはあったんだね」

私はスマホから目を上げて思わず声を上ずらせながら言った。私と一緒にスマホのファイルを見ていた佐分利も驚きを隠せない表情で、

「うん、これはすごい資料を送ってくれた」

と唸るように言った。彼はこの添付ファイルを今初めて丁寧に読んだようだ。

「一五〇年の時間を隔てた二つの異なる事件を一本の太い宿命という糸が貫いていた……」

佐分利は独り言のように呟いた。彼の頬は紅潮し目は針のように細くなり、その瞳は獲物を狙うヒョウのように光を放った。今回の事件の謎は比類なき直観力で数々の難事件を解決してきたこの探偵によっていよいよ解き明かされるのか？　そう思うと、私は自分の

動悸がはっきりと聞こえて来た。

宿命の一本の糸

こうした私の期待を察知したように、佐分利は知人から受けたメールの添付ファイルの情報から推測されることを述べ始めた。佐分利は自分の頭の中を整理するように言った。

「イタリアで出逢《であ》ったマッテオとダニエル、すなわち当時勢いのあった小さなマフィアグループの頭領とグエル伯爵の商取引グループで伯爵の信頼が厚かったメンバーの一人、この二人の関係がイタリアマフィアとグエル伯爵グループを関係づけ、その関係性がバルセロナの分譲住宅建設予定地の木で縊死したアルベルトとの関係性へと繋がった。

グエル伯爵の商取引上の良きパートナーであったアルベルトがグエル伯爵グループの強引な商取引のやり方に反感を抱き、グエル伯爵一族のプライバシーにまで踏み込んでその商取引の在り方を訴えたことから彼はグエル伯爵の怒りを買ったらしい」

「グエル伯爵はその怒りをマフィアグループの頭領マッテオと共有していたのだろうか？」

私は最も気になる点をこう呟いてみた。佐分利は私の疑問にすぐに反応してくれた。

「マフィアのマッテオと直接接触があったのはグエル伯爵の商取引グループの一人にすぎないダニエルだったが、ダニエルはグエル伯爵のアルベルトに対する愚痴を聞いていたので伯爵の怒りの気持ちを何らかの形でマッテオに伝えた可能性がある。

グエル伯爵の知らないところでマフィアグループと伯爵グループがアルベルトへの怒りを共有したのだろう。グエル伯爵自身は彼の怒りがそんな形で増殖していたとは思っていなかったはずだ。違法な取引の場で偶然に出逢ったダニエルとマッテオの間に奇妙な友情が育っていた。それはやがてダニエルの先走りを促しマッテオにアルベルトへの脅しを暗に依頼するという形に及んだようだ」

「しかし、アルベルトの縊死は当時自殺と判定されていたわけで、他殺と断定する証拠は出て来なかったようだね」

私はそう口を挟んだ後、ようやく一杯目のコーヒーを飲み干しウェイターに二杯目を頼んだ。佐分利は二杯目のエスプレッソにほとんど口を付けないまま話を続けた。

「マッテオが率いるマフィアグループがダニエルの意を汲んだ結果、アルベルトには陰に陽に恐喝めいた電話や手紙が届いていた。おそらくマッテオのグループのメンバーがそれらの脅迫に関わっていたと思われる。アルベルトの息子が残した資料によればアルベルトの縊死については首吊りに使った綱にアルベルト以外の人の指紋が残っており他人からの強制的な力が働いて自殺に見せかけたことが明確だと言う」

「なるほど……」

私はアルベルトの縊死が他殺だったことを確信した。

殺害動機

「しかし、その事件から一五〇年経たバルセロナで自分の誕生日パーティーで毒針を刺されて暗殺されたセルヒオはグエル伯爵がグエル公園造園前の分譲住宅地を造成した当時の居住予定者の子孫だった。セルヒオを殺害した犯人がマフィアのマッテオの子孫であるサルバトーレだとしたら、この事件は一五〇年前のセルヒオの先祖アルベルトの殺害容疑者が所属していたマッテオのマフィアグループとアルベルトとの因縁が関係しているのか？」

私は自分の頭の中の縺れた糸の端を引っ張りながらこう疑問を佐分利に吐露した。

アルベルトは一五〇年前グエル伯爵と建築家ガウディが進めていた分譲住宅地造成の計画で主催者二人以外で唯一実際に住宅の購買をした人物であり居住予定者だった人物である。

当時のマフィアグループの頭領マッテオの子孫である現在の元締めサルバトーレがアル

ベルトの子孫であるセルヒオを一五〇年を経て殺害する動機は一体何なのだろう、と思ったからである。

佐分利はスマホの画面を触って資料を探したあと、私に目を移して私の疑問に答えた。

「セルヒオが祖先アルベルトの縊死の真相の解明に本格的に動き出したことがマフィアの総元締サルバトーレにとって目障りだった。自分の祖先マッテオは任侠《にんきょう》的な大親分でイタリアの地元の人々にも畏敬の念を持たれていたことに傷がつく、と思ったからだ。小さなマフィアグループの頭領に過ぎなかったマッテオはやがてイタリアマフィアの間でも隠然たる影響力を持つ組織の頭領になって行った。彼は人情に厚く義理を重んじる大親分として地元の人々の畏敬と親愛を得ながら闇の組織の世界で存在感を増して行ったのである。言わば日本の清水次郎長のような任侠の大親分になったのだ」

マッテオは個人的にも日本の任侠やくざの大親分であった清水次郎長に畏敬の念を持っていたらしい。

清水次郎長という人物は、幼いころに養子となるが成長するにつれて暴れ者になって行きやがて博徒となった。その後、彼は無頼仲間の間で名を上げて現在の静岡県にある清水町に自分のヤクザグループの縄張りを持ち勢力を拡大していった。

次郎長はそのヤクザ人生の中で、喧嘩《けんか》っ早いが人情に厚く地元の人々に敬愛された任侠ヤクザとして知られたのである。

マッテオは自分も次郎長と同じく幼いころに養子に出され成長するにつれてマフィアの世界に入り込んで行った境遇が似ていることから日本の任侠ヤクザの大親分だった清水次郎長に親近感を抱いた。マッテオもまた人情に厚く、遠いアジアの極東で任侠道を極めた次郎長のような人生を歩むことを目標にしていた。

実際マッテオは地元イタリアのシチリア島で地震や水害が起きた時に、日本の次郎長が日本での自然災害時に被災者たちに救いの手を伸べたように、自分のマフィアグループや他のマフィア組織にも呼び掛けて多くの人々を自然災害の苦境から救った、ということが伝えられている。

任侠

「日本の反社会的組織『ヤクザ』の大親分であった清水次郎長が義理と人情に厚い任侠的人物で日本社会に敬愛されていたことが、イタリアの反社会的組織マフィアグループの頭領マッテオにとって自分たちの反社会的活動を正当化できるかのように錯覚する都合のいい例だった」

極東にある日本国の伝統的反社会組織「ヤクザ」の任俠精神に影響を受けたイタリアのマフィアグループの頭領マッテオの心の内をこのようにまとめた佐分利の話は理路整然としていて、私はそれを妙に感心して聞いていた。

「そうだったのね」

私の後ろから不意にその声が聞こえた。振り向くとマリアが悪戯《いたずら》っぽい目で私と佐分利を交互に見やり私の席のすぐ後ろに立っていた。先ほど佐分利がスマホを触ったときにマリアにこのバルへ来るようにメッセージを送っていたのだ。我々の反応を確かめるとすぐに彼女は私の横の席に腰を下ろした。

「ご苦労さん」

佐分利はマリアに声を掛けて右手を軽く上げた。マリアが紅茶の注文を終えたのを見届けてから彼女に訊いた。

「あの件はどうだった?」

マリアはまるで日本人のようにうんうんと頷いて答えた。

「忍術研究会の中心人物に確認した結果、あのバルセロナでの一連の辻斬り事件の犯人は〈仕事人〉の総元締サルバトーレの弟であることが分かったの。毒針事件の犯人はサルバトーレ自身であることもジェラード警部がその証拠を摑んでいるし、この両方の事件は

〈仕事人〉グループのトップである兄弟によって起こされたことは私たちの予想通りだったわ」

「そうか、それはでかした」

佐分利はマリアからの「確認情報」にホッとしたように大きく息を吸い込みゆっくりと吐き出した。バルセロナで最近続いて起こった陰惨な辻斬り事件と毒針事件を結ぶ太い糸がここではっきりと見えて来たのだ。

「サルバトーレとその弟が、日本のヤクザの任俠精神を口実にして殺害行為を繰り返すことは許されることではない」

こう語気を強めた佐分利はマリアからの「確認情報」を得たことで、彼の探偵としての事件解決への集中力が一気に増したようだ。

「まず、彼らの居所を突き止めなければならないが、これについてはマリアが参加している忍術研究会で得た情報を分析しておよその察しは付いている」

佐分利がこう自信を見せると、マリアもそれに応じて言った。

「忍術研究会の中心人物にそれとなく彼らの居場所を探った結果、有力な情報が手に入ったわ。彼らは一日に何度も居場所を変えるけれど、よく調べればその居場所のローテーションは把握できると思う」

マリアは自信ありげに佐分利と私のほうを見遣った。

雌雄を決する

佐分利、マリア、そして私の三人が今度の一連の事件に対する今後の対策をまとめ終えたのは日もすっかり落ちてからだった。途中、特別なメニューをサービスして我々の小腹を満たしてくれたバルの主人に礼を言ってその日の会合を閉めた。

翌日の早朝、私は事件への対策の詰めの打ち合わせのため佐分利の探偵事務所を訪れた。マリアはすでに到着していてソファに座って私に小さく手を振って迎えてくれた。佐分利は黒デスクの上に腰掛けエスプレッソカップを左手に持っていた。

「やあ」

と言って佐分利はいつものように右手を軽く上げてから、カップをデスクに置いてデスクから下りた。彼は私に近づき、スマホをズボンのポケットから取り出して、或るメッセージを見せてくれた。それはサルバトーレの弟からの「果たし状」だった。

メッセージを確認して目を丸くしている私を見て、佐分利は面白そうに微笑んだ。

その「果たし状」には次のように書かれていた。

《果たし状　明後日の二十三時に貴殿の剣道道場での勝負をお願いしたい》

送信日付は昨日だった。したがって、「勝負」は明日ということになる。

「で、受けるのか？」

私はすぐに訊いた。佐分利は真顔になって私の顔をじっと見て答えた。

「もちろん」

そこには彼の剣士としての自負が感じられた。またこの友人の危険な場面を見ることになるのか……私は佐分利がこれまで幾度も死闘を潜り抜けて来たのを見てきたが、それは私の肝を冷やすことも度々あった。

果たし状の文のあとに「レオナルド／サルバトーレの弟」と差出人の名前が記してあった。私はグエル公園で佐分利と闘ったあの男と同一人物なのか、佐分利に確かめた。

佐分利は口を真一文字に結んで首を横に振った。そして静かに言った。

「あの男より遥かに手強い相手だ」

その「手強い相手」についても既に佐分利は情報を持っていて、こう説明した。

「レオナルドは去年のヨーロッパ剣道選手権で準優勝した男だ。私は去年のこの大会には出ていなかったが、剣道仲間によると彼はその日大会関係者も目を見張るような相当な快進撃を見せたらしい。とにかく圧倒的な強さで決勝まで勝ち進んできて、決勝もあっさり勝つような勢いだった。だが、彼は決勝で竹刀《しない》を持たずに登場して相手選手を愚弄したということで反則負けを判定された」

「彼と対戦したことはあるのか？」

私は佐分利のレオナルドに対する警戒心が並々ならないことにちょっとした不安があったので、佐分利に確認したかったのだ。

「直接対戦したことはない。だが、彼の試合を見たことはある。剣士としての威圧感は並外れたものであることはすぐに分かった」

佐分利は警戒心を露わにして言った。

覚悟

私がソファに座ると佐分利は私のためにコーヒーを淹《い》れてくれた。アツアツのコーヒーを砂糖無しで一口飲んで、私はついさっき見たばかりの「果たし状」の内容を佐分利に確認した。

「武器の指定はあるのか？」

佐分利は黒デスクの前のアームチェアに深々と腰を沈めて私の質問に答えた。

「武器については特に何も指定してこなかった。俺は稽古用の木刀で相対しようと思っている。木刀なら相手が真剣で向かってきても対戦上での戦術にはあまり関係ないからね」

「でも、レオナルドが武器として真剣を持ってきて、それで木刀を切られたら？」

マリアは心配そうにそう言った。佐分利はハハハと短く笑って、

「俺の剣術はそんなへな猪口《ちょこ》じゃない。心配無用。なあ、高梨」

と私のほうに目を遣り余裕の笑みを見せた。


このあと、我々三人は明日のレオナルドと佐分利との決戦に向けて綿密な打ち合わせをした。レオナルドが道場に一人で来るとは考えられないし、たとえ佐分利がその決戦に勝利を収めたとしても、その結果を彼がそのまま受け入れるとも考えづらい。

少なくとも兄のサルバトーレは何らかの形で明日の決戦に絡んでくるだろう。それどころか彼らの闇組織〈仕事人〉のメンバーの何人かが押し寄せないとも限らない。こうした想定を前提とした対処を我々は具体的に準備しておく必要があった。

マリアと私は決戦の前に道場の隠れ部屋に潜んで決戦の様子を窺うことにした。もちろん、いざとなったら私とマリアの二人も出陣の準備は怠ってはならなかった。探偵事務所での打ち合わせの後、我々三人は佐分利の道場へ行き、決戦の場所と隠れ部屋の確認をした。

佐分利とレオナルドの決戦の場所は道場の左奥の一角にした。そこは隠れ部屋から覗き見するには恰好《かっこう》の場所であった。マリアと私が潜む隠れ部屋は道具部屋の上にあった。

佐分利はマリアと私を道具部屋の奥に案内し壁に立て掛けてあった梯子を登って行った。彼が道具部屋の天井の隅の天井板一枚を両手で押し上げると上の階に通じる抜け穴が空いた。そして、彼は我々二人を見下ろしニヤリと微笑んだ。

抜け穴に体を入れ隠れ部屋へ上がった佐分利に続いて我々二人も梯子を登りその抜け穴から上階の隠れ部屋に入った。その隠れ部屋は四畳半ほどの狭い畳部屋で佐分利の仮眠の部屋なのだろうと思った。道場側に小さな覗き窓があり、明日の決戦の様子をレオナルドに気付かれずに窺うにはまさにお誂《あつら》え向きの部屋だった。

気魄《きこん》

翌日、早朝から佐分利の道場ではマリアと私を含めた門下生たちがいつものように稽古にたっぷり汗を流し佐分利も立ち合い稽古を筆頭門下生らとこなした。道場の今日の稽古は午前中で終え、昼食を終えた佐分利はシャワーを浴び、あの隠れ部屋で小一時間ほど仮眠を取った。

夕方、我々三人は夕食を共にしながら今日の決戦へ向けての段取りを確認した。夕食後、一旦それぞれ帰宅し戦闘用の身支度を整えてから決戦の時間の一時間前に道場に集合して決戦相手のレオナルドを待つことにした。

私は忍術用の黒装束に身を固め鉤縄を腰に括り礫《つぶて》を懐に入れておいた。道場に着いてから覆面をつければ準備完了となる。集合の約束時間通りに道場に着くと、佐分利はもちろんマリアも先に着いていて私を待っていた。


佐分利とマリアは今日の決戦の場所に決めた道場の左奥の一角で私を迎えてくれた。その一角だけ天井からの灯りがスポットライトのように彼らを包んでいた。佐分利は洗いざらしの紺一重の剣道着に身を包み穏やかな笑みを浮かべて私へ右手を軽く上げた。

マリアは忍術道場でのいつもの深紅の忍者衣装ではなく真っ黒な忍者衣装を身に着けていて私に小さく手を振ってくりくりとした大きな目で私を見ながら挨拶した。彼女も私同様にあとは覆面を被るだけの服装で来ていた。

私たち三人は広い道場の一角で天井からのスポットライトを浴びながら幾つかのことを確認して短い立ち話を終えそれぞれの位置に着いた。佐分利は決戦の一角の壁際に腰を下ろしてレオナルドを待つことにした。マリアと私はあの隠れ部屋に潜み覗き窓から決戦の状況を見守る準備に入った。

やがてレオナルドが佐分利との決戦開始時間に指定した二十三時が近づいてきた。

マリアと私は隠れ部屋の中で忍者衣装の一部である覆面も付け完璧な戦闘態勢に入っていた。我々は小さな覗き窓からすぐ下の決戦場所を息を殺して見ていた。

道場は正面の門を開けっ放しにしてありレオナルドがこの場所に来るのに何も障害はないが、彼が正面からここに現れるのは寧ろ可能性は低いと我々は観ていた。サルバトーレの弟なのだから忍者としての訓練も積んでいるだろう。

我々はレオナルドが天井から下りて来て姿を現すことも頭に入れて道場の様子を慎重に窺っていた。

「時間だね」

スマホの時計を見ながら私が呟くとマリアは覗き窓に顔をくっ付けるように道場の様子を確認した。覗き窓の真下の壁際で腰を下ろしてじっと対戦相手を待っていた佐分利を包む空気だけ「気魄」が満ちていた。

剣客出現

「相手は本当に来るのかな?」

マリアはしびれを切らしてそう呟いた。私は黙って覗き窓の向こうの天井を指差した。

そこには黒い人影が僅かに蠢いているのがマリアにも分かったようだ。

その黒い人影は見る間にロープを伝って佐分利の待っている道場の一角に音もなく降り立った。佐分利はそれに気付きながらも身じろぎひとつしなかった。黒い影すなわちレオナルドは壁際に座っていた佐分利の正面から七メートルほど手前に立った。

佐分利は微かに笑みを浮かべ立ち上がった。佐分利の右手には愛用の木刀が握られていた。彼はレオナルドの立つ位置から五メートルほどの間隔まで静かに歩を進めた。

レオナルドは左手に刀剣を持っていた。彼は鞘から刀身を抜き、鞘を足元に置き左足でそれを彼の左方向へ遠ざけた。そして、改めて佐分利を正面から見据え、下段の構えで両手で刀身を前へ低く突き出すようにした。


レオナルドがジリジリと佐分利との間を詰めながら刀身の先を少しずつ上げて行き、中段の構えに成って行った。佐分利は最初に相手との距離を五メートルほどに詰めた後は、右手に木刀の先をだらりと下げたまま一歩も動かなかった。

佐分利はまるでレオナルドが打ち込みに掛かってくるのを誘うように両足を肩幅ほどに揃えて開いたまま、じっと相手の動きを瞳だけで追っていた。この佐分利の様子は対戦中の剣の構えとしてはほとんど無防備と言って良い。

レオナルドはマリアが予想したとおり真剣を持って来た。それは日本刀ではあったが実戦で使われたような威力は観た目には感じられなかった。おそらく美術品として飾られて来たものだろう。だが、真剣であることに変わりはない。

佐分利は相手の真剣での攻撃に木刀だけでどう闘うのか、それを想像すると、この闘いは私にとっては肝の冷える想いで見なければならない対決だった。二人の対決を私と一緒に覗き窓から見ているマリアの顔色も血の気が引いているようだった。

レオナルドは全身真っ黒な忍者服に身を包み黒い覆面で目以外を覆っていた。この男が本物のレオナルドなのかどうかさえも私には確信が持てない。だが、佐分利はかつてレオナルドの剣道の試合を見たことがある。

佐分利の人間観察眼の秀逸さは私にも分かっている。彼は一度見た人間を驚くべき観察眼で分析し見事に記憶に記す特技がある。その佐分利が何の疑念も見せないでこの男と対峙しているのだから目の前にいる男はレオナルドに間違いないのだろう、と思った。

レオナルドの攻撃を自ら呼び込むような姿勢をとっていた佐分利は、対峙する男に初めて口を開いた。

「名を名乗れ。俺は佐分利健だ」

落ち着いた強い響きの声がガランとした道場の一角に響いた。

男は覆面の口の辺りに不敵な笑みの凹みを見せてから、くぐもった声で言った。

「レオナルドだ」

戦術

両者睨み合ったまま数分が過ぎた……実際にはほんの数秒だったのだろうが私にはその静寂が耐えきれないほどの数分にも感じられた。すると、レオナルドが両手で構えて前へ突き出している剣先が微妙に揺れた。

その剣先の揺れが収まるのとほとんど同時にレオナルドは、

「おおっ」

と奇声を発しながら佐分利へ突進して行った。佐分利は相手の動きと呼応したように前を向いたままで素早く後退りして行った。

レオナルドは突進しながら剣を振り上げ佐分利の頭に打ち下ろそうとした。その瞬間、私と一緒にこの対決を隠れ部屋の覗き窓から見ていたマリアの口から絶望的な小さな悲鳴が漏れた。

ところが打ち下ろそうとしたレオナルドの剣は佐分利の頭上の手前上方で止まっていた。彼の刀身の先は雲梯《うんてい》に止められていたのだ。雲梯はトレーニングのために道場の四方を囲むように壁側に設置されていて、道場の勝手を知らないレオナルドが佐分利の戦術にまんまと嵌まった形になった。

佐分利は？　と私は思わず彼の姿を探した。佐分利はレオナルドが振り下ろそうとした剣の下には既にいなかった。彼は、真剣を振り上げたレオナルドの右の脇下に頭を突っ込む形で左足を大きく前に踏み込んだ低い姿勢を保っていた。その木刀は左上方へ振り上げられていた。

私はその瞬間の佐分利の動きをスローモーション動画を見るように自分の脳裏に再生して捉えた。するとレオナルドの口から、

「うっ」

と呻き声が漏れ、その大きな体が前に折り曲がるようにして崩れ落ち左膝を床に付いた。レオナルドが突進し佐分利も前へ踏み出し二人の体が交差する際に、下から左斜め上へ振り上げた佐分利の右手に握られていた木刀がレオナルドの左膝を強烈な勢いで打ち付けていたのだ。そして佐分利は間髪を入れず木刀を支えていた右手の肘をレオナルドの右脇腹へ食い込ませていた。正直、私の動体視力を超えたスピードで佐分利のレオナルドに対する一連の攻撃は行われていた。

レオナルドは左膝と左手を床に付いて前屈みになって頭を垂れていた。その頭の一メー

トル先にさっき佐分利の頭上に振り上げた彼の真剣が転がっていた。そして彼は右手を佐分利に殴打された右脇腹に当てがって悶絶《もんぜつ》していた。

その様子を見た佐分利はうずくまっていたレオナルドの頭上を軽々と跳び越え、転がっていた真剣を道場の左隅に蹴飛ばした。そして壁側の覗き窓を見上げた。私は佐分利と目が合うと軽く頷き、用意してあった捕獲用の紐をすぐさま窓から投げ落とした。

紐を受け取った佐分利は跪《ひざまず》いているレオナルドに駆け寄り信じられないほどの巧みさで彼を後ろ手にして縛り上げ、両足首を紐できつく結んでその場に横たわらせた。私は腰から鉤縄を外し覗き窓から垂らし、それを伝って道場へ滑り降りた。マリアも続いて降りて来た。

乱入者

マリアは道場の床に降り立つやいなや右腕を大きく振り上げ何かを天井目がけて投げつけた。その方向を見ると天井の鉄骨が交差している辺りで黒い影が微かに動いたのが見えた。マリアの投げつけた小さな黒い物は鉄骨に当たり跳ね返り甲高い音を二、三度鳴らして床に落ちた。マリアが投げつけたのは礫だった。

「ようこそ、サルバトーレ」

佐分利はその影に向かってドスの利いた太い声を響かせた。

「さっきの対決を見ただろう。これがレオナルドが望んだ〝果たし合い〟の結果だ。勝負の結果を受け入れて兄のお前も投降するのが〝任俠〟をモットーに掲げる組織〈仕事人〉の頭領たる振る舞いではないのか？」

佐分利の声は天井の広い空間に木霊《こだま》するように響き渡った。

サルバトーレは真っ黒な忍者服で身を包んでいたが覆面はしていなかった。レオナルドが敗れた場合の自分と佐分利との激しい格闘を想定しての服装の準備をしていたことは明らかだった。


レオナルドは天井の鉄骨に絡めた鉤縄を伝ってスルスルと滑るように道場の床に降り立った。彼は左手に刀剣を提げていた。じっと佐分利を見てから丁寧に言った。

「弟の非礼をお許し願いたい」

彼は佐分利に一礼をすると鞘から刀身を抜き中段の構えに入った。彼ら兄弟は何としても佐分利に一太刀浴びせたいのか、サルバトーレもまた真剣の先を佐分利に向けて来た。

「そうか、せっかくの投降のチャンスを見す見す自ら逃すということか」

佐分利はこう言うとサルバトーレとの距離を縮めながら木刀を相手に合わせて中段に構えた。

二人は互いの剣先を合わせるように尚もジリジリと摺《す》り足で近づいて行った。互いの剣先が今にも触れると思われる一歩手前で両者はピタリと接近を止めた。二つの剣先を挟んで木刀と真剣がほとんど一直線となって一本の線に見えた時、佐分利は左へ左へと少しずつ足を動かしていった。

するとサルバトーレも佐分利に合わせたように左へ動き始め、まるで剣先を軸にして時計の秒針が時を刻むように二人は動いて行った。その動きは次第に速度を速めて行き、まるで二つの剣先の接近点を中心にしたコンパスで道場の床に円を描いているようにも見えて来た。

二人の剣士の円を描くような動きがますます加速して行くかに見えたそのとき、佐分利は左への足の運びを僅かに遅らせた。そして次に左への足の動きをピタリと止めた。その瞬間、サルバトーレは円を描いていた自分の体の左側に佐分利の体が急激に接近して来たことに不意を突かれた。

佐分利はサルバトーレの左二メートルまで近づいたとき、大きく右に踏み込み低い姿勢のまま木刀を左横から右に水平に振り切りサルバトーレの左膝を払った。だが、手応えはなかった。サルバトーレは高く跳び上がりその攻撃をかわしていた。

激闘

サルバトーレは跳び上がりながら真剣を佐分利の頭上目掛けて振り下ろした。しかし、佐分利は空を切った木刀の刃の向きをすぐに返しサルバトーレの攻撃に備えた。サルバトーレが振り下ろした真剣の刃を佐分利は返した木刀の刃で危ういところで横から勢いよく叩き払った。

サルバトーレは握っていた剣を危うく落としそうになったが辛うじて持ち堪《こた》え、両足を大きく開き体のバランスを整えた。佐分利は横向きになった相手の剣を上から叩き落とそうとして木刀を振り切った。佐分利の木刀は確かに相手の刀身の峰を打ったが、強い手応えはなかった。

サルバトーレは佐分利の剣の峰への打ちつけを察知したかのように剣を下方へ回し、剣先を翻して下方から佐分利の足元を払った。佐分利は間一髪大きく右上方へ跳び上がり、相手の真剣は空を切った。跳び上がった佐分利が床に着き構えを整えたとき、両足二人の立ち位置は一連の双方の攻撃が始まる前とは左右が入れ替わっていた。

空を切った己の真剣の振りの勢いで、踏み込んだ右足が僅かにユラリとバランスを失ったサルバトーレを見て、佐分利は一気に攻撃に転じた。大きく左足を踏み込みサルバトーレの右膝の裏を目掛けて木刀の切っ先を打ち込んだ。

サルバトーレは素早く右足を引き佐分利の木刀の切っ先を辛うじてかわしたが、それが体の全体のバランスを大きく崩した。佐分利はまたも空を切って左に振り上げた木刀を刃の向きをそのままに強く引き戻しサルバトーレの剣を持つ手首を打った。

不意を突かれたサルバトーレはかわし切れず右手首を痛打された。佐分利はその機を逃さず相手の真剣を叩き落とそうとした。だがサルバトーレは辛うじて剣を握り直し姿勢を立て直した。二人は互いに距離を取り呼吸を整えた。再び最初の中段の構えを取り、二人はしばし時間を止めたように静止した。

佐分利は目を細め精神を集中して自分の気配を消していった。サルバトーレは佐分利の様子を窺いながらまだ乱れている息を静めるように深い呼吸を繰り返していた。二人が微動だにせずに対峙しているのを息を殺して見ていた私には、この間、絶え難いほど長い時間が過ぎたように思えた。

すると、サルバトーレの足元が微かに動き始め、左足を前へ右足を後ろへジリジリと広げて姿勢の安定を探っていた。その相手の動きを冷静に見ていた佐分利は左足をやや後ろに下げ身体の重心を後ろに移していった。

中段の構えで剣先を合わせるようにしていた二人の間隔は少しずつ縮まって行った。サルバトーレが攻撃の機を図りながら両足を前へ少しずつ摺り進めていたのだ。

佐分利が相手の動きを誘うようにさらに重心を後ろ脚に掛けた、その時であった。

「ウォ」

という短い叫び声を上げてサルバトーレが剣を振り上げた。

マリアの危惧

上段の構えのまま大きく前へ右足を踏み込んだサルバトーレの体はふわりと浮かんだように見えた。佐分利はそれとほとんど同時に左足で床を蹴り後方へ大きく跳んだ。サルバトーレの剣の切っ先が佐分利の鼻先を掠めるように振り下ろされた直後、両者は床に降り立ち深く膝を曲げて腰を沈めていた。佐分利は間髪を入れず、低い姿勢のまま相手との間隔をまた一気に詰め、その木刀を左下から右上へ鋭く半円を描くように振り上げた。

小手を狙ったのだ。サルバトーレは佐分利の小手への攻撃を用心していた。佐分利の木刀の切っ先を辛うじてかわし、真剣で木刀の先を強く切り込んだ。佐分利が振り上げた木刀の先端部分が切り離され宙を飛んだ。木刀の破片がカランと音を立て床に転がった。二人の決闘前にマリアが心配したとおりになったのだ。

その時、

「ケン！」

という甲高い声が佐分利の右後方から響いた。マリアの声だった。佐分利はその声のほうから放られた黒く長細い物を視界の右隅で捉え咄嗟に木刀から離した右手でそれを掴んだ。佐分利の愛刀の真剣だった。

マリアが万が一のため佐分利の探偵事務所の奥の部屋から持ち出していたのだ。佐分利は左手だけで木刀を相手に向けて構えたままサルバトーレから目を離さずに右手だけで鯉《こい》口《ぐち》を切って鞘から刀身を抜いた。

鞘が床に落ちた瞬間にサルバトーレが剣を振り上げながら猛然と突っ込んで来た。佐分利は左手で構えていた木刀を相手の喉目掛けて投げ込んだ。サルバトーレは仰《の》け反《ぞ》りながらそれを剣で払った。体勢の崩れた相手を見て佐分利は右手に握った愛刀で相手の真剣の側面を鋭く叩いた。

サルバトーレは剣を落とされまいと柄《つか》を強く握って抵抗した。彼の体が佐分利の攻撃の勢いに押されて右へ僅かに揺らいだ。その僅かな隙を佐分利は見逃さなかった。相手の剣の側面を叩いたばかりの愛刀を今度は左下から右上へ振り上げた。

サルバトーレは体の重心が掛かった右足を軸にして左足を後ろへ回すように半回転して佐分利の攻撃をかわした。佐分利の振り上げた真剣の切っ先は相手の胸元の服を掠《かす》り切った。サルバトーレは佐分利に対して半身になりながら左後方へ大きく跳んだ。

佐分利は相手に正対になるように体勢を構え直した。サルバトーレは明らかに息が上がっていて、摺り足で後退りしながら呼吸を整えた。二人はこの時初めてお互いの目をじっくりと合わせる数秒を経験した。すると佐分利の目が針のように細くなり、彼の集中力が極限に達したことを示した。

極限の技

佐分利は剣を下段に構え、前に踏み込んでいた右足を床を摺るように僅かに引いた。針のように細くしたその目はどこに焦点を当てているか皆目分からなかった。サルバトーレは佐分利の僅かな動きを注意深く見ていた。

佐分利は更に右足を僅かに引いたあと大きく後ろへ引いた。そして体の重心を右足に移した。構えていた剣の先は右下方へ傾き体勢は僅かに右に開いた。それを見たサルバトーレは右足を僅かに踏み込んで重心を前に移した。

その瞬間、佐分利は後ろに引いていた右足を激しく大きく前へ踏み出し、同時に剣を右下方から左上方へ強く振り上げ相手の剣を叩き上げた。不意を突かれたサルバトーレは剣を頭上に振り上げながら大きく後ろへ跳び上がった。

佐分利はすかさず左足を大きく前へ踏み込み、左上方へ振り上げていた剣を右へ水平に鋭く振った。

後ろ上方へ高々と舞い上がろうとしていたサルバトーレの体は、跳び上がる直前に体の重心が掛かっていた右足が僅かに後れていた。そのことを直感的に予想して剣を左上方から高い位置を保ったまま右方向へ水平に振られた佐分利の真剣はサルバトーレの右足首の側面を痛打した。

サルバトーレの跳躍力の凄さを幾度も見せつけられていた佐分利は、相手の跳躍が頂点に達する前にその足を狙って素早く攻撃を仕掛けたのである。右足首を痛打されたサルバトーレの体は跳躍の頂点に達する前に浮上の速度を失い落下した。

床に墜ちたサルバトーレは剣を持ったまま足首を押さえながらうずくまった。彼は佐分利を上目遣いでチラリと見て、意を決したように剣を床に置いた。佐分利との決戦における負けを認めたのだ。佐分利の剣にしたたか打たれたサルバトーレの右足首から血が流れてはいなかった。峰打ちだったのだ。

佐分利は真剣を使っている間中、常に峰打ちで相手に向かっていた。彼の腕ならサルバトーレの足首を切り落とすこともできただろう。いかに相手に深い傷を負わせないで降伏させるか、というのも優れた剣士の条件であることを父から言い聞かされてきたのだ。サルバトーレを打ち負かした佐分利のこの最後の剣の技は彼の剣士としての熟達ぶりを証明したものだった。

両手で右足首を押さえながらうずくまっているサルバトーレを、佐分利は警戒しながら見ていた。いつまた剣を取って攻撃を仕掛けてくるかもしれなかったからだ。佐分利は、用心深くサルバトーレに近づいて行った。

蝶《ちょう》

佐分利が近づくとサルバトーレは右足首を摩《さす》りながら痛みに堪えかねて、

「うぅ」

と唸り声を漏らしていた。その上目遣いの眼差しが佐分利の目と合ったとき、微かに何かを呟いた。

「見事だったな」

彼の負けを佐分利に告げたのだ。

「心配するな、足首は付いている。峰打ちだ」

佐分利はそう言うとサルバトーレの前に投げ出されていた剣を拾い上げた。それを見ていた私は、素早くサルバトーレに駆け寄り、用意していた細紐で彼を縛り上げた。

明らかにサルバトーレは動ける状態ではなかったが、念のため彼の両手を後ろ手にして縛り、その紐の残りの部分で左足首を括った。これまでこの男の恐ろしさを見てきたからだ。彼の右足首の負傷が本当なのかどうかさえ私は疑っていた。


このあと、佐分利はジェラード警部に連絡を取り、サルバトーレとレオナルドを引き取ってもらった。佐分利はジェラード警部にはこの日の決戦について仄《ほの》めかしておいたので、察しの良い名物警部は佐分利に「真剣を使うな」とだけ忠告していた。

警部は、過去の「サグラダ・ファミリアの晒し首」事件で佐分利が真剣を使い峰打ちで犯人の肋骨を数本折ったことを念頭に置いて言ったのだろう。佐分利自身は木刀で勝負がつくと思っていたが、木刀の先を切り取られ、マリアが機転を利かせて持ち出してきた真剣をやむなく使った。

峰打ちとは言え、この佐分利が木刀で決着を付けられず真剣を用いざるを得なかったことには、サルバトーレという男の凄みが窺えた。レオナルドの剣士としての実力を高く評価し、自慢の弟が佐分利に完敗したことがサルバトーレにとって耐えられず、兄として弟の仇《かたき》を取るつもりだったが、佐分利の人並外れた剣術の前に返り討ちに遭った。この凄まじい決闘を二番続けて一部始終見ていた私は、今更ながらこの佐分利という探偵の非凡さに目を見張った。

凄まじい決戦を終えたあとの道場は二人の敗者の姿も既になく、天井付近から放たれた照明も大半は空しく床の木目を浮き上がらせていた。その道場の一角の照明の下でスポットライトに包まれた孤独な詩人のように、勝者、佐分利が佇んでいた。

佐分利は愛剣を右手に提げたままゆっくりと壁側へ足を運ばせると、サルバトーレとの真剣での勝負前に床に置いた鞘を左手でそっと拾い上げた。そして、愛おしそうに愛剣をその鞘に収めた。

すると、さっきまでマリアと私が潜んでいた隠し部屋の覗き窓の縁から、ひらひらと小さな紙切れが一枚舞い降りてきた。隠し部屋に潜んでいた際に私がマリアに渡したメモ紙だった。マリアが窓際に置いたものが天井からの風で舞い落ちたのだろう。

それをチラリと見遣った佐分利は目の上で蝶《ちょう》のように舞う小さな紙片へ向けて一旦鞘に収めた刀身を「おっ」と短く声を出すとともに抜き払った。紙片は真っ二つに分かれ錐《きり》を揉むように床に墜ちた。それは敗者たちサルバトーレ兄弟が見せた僅かな綻びの糸のようでもあった。

佐分利は紙片斬りのために充分に沈めた姿勢をただすと、刀身をまたゆっくりと鞘に収めた。

そして、静かに息を整えた。

ふと見上げると、道場の上方の横窓では通り雨が激しくガラスを叩いていた。

5　人類への警告

奇妙な電話

サムライこと佐分利の探偵事務所に一本の奇妙な電話が入った。奇妙、と言うのは電話内容だけではなく、電話をかけてきた人物についても言えるものだった。事件捜査の依頼電話であったことは確かだが、その依頼内容が佐分利にとってもすぐには摑み切れないものだった。

電話をかけてきた人物が事件捜査の依頼主であるかどうかも不明なまま、その電話は向こうから慌ただしく切ったのである。

「で、その後、その電話の主から又かけ直して来たのか?」

私は佐分利からの連絡で剣道の道場から探偵事務所に直行して、その「奇妙な電話」の扱いについて彼と話していた。

「それを待っているのだが、同じ人物からの電話は今のところまだかかって来ていない」

佐分利は薄っすらと生えた顎の無精ひげを撫でながら、首を傾げて答えた。

数日後、佐分利から又電話がかかって来て、彼の探偵事務所へ急いで行った。

佐分利は、例の古い黒いデスクの上に今朝の新聞を広げて目を落としていた。私の気配に気付くと、目を上げて右手を軽く上げて「おっ」と言いながら手招きした。

私はすぐに佐分利に近づき、デスクの上の新聞を覗いてみると、佐分利の指す指の先には小さな記事が書かれてあった。そこには「バルセロナで変死」という見出しが付いていた。

「変死したこの女性が持っていたメモに俺の名前とこの探偵事務所の電話番号が書いてあったらしい。それで、今朝早くジェラード警部から、心当たりはないか？　という連絡を受けた。被害者の女性には獣に噛《か》まれたような痕が喉に残っていたと言っていた」

と言うと、佐分利は淹れたばかりのエスプレッソコーヒーを手渡してくれた。

私は佐分利から受け取った小さなコーヒーカップを口に持っていき、一口だけ口に含み、その芳醇《ほうじゅん》な香りと味をゆっくり確認してから、佐分利に肝心なことを訊いた。

「この〝変死〟事件と佐分利がこの前受けた〝奇妙な電話〟の内容とは関連があるのか？」

いつもの私のせっかちな質問に佐分利は僅かに苦笑いして、すぐに真顔で答えた。

「あのご婦人からの電話は、あの時は要領を得ない話で、しかも急に切られたことで不吉な予感ばかりが頭をよぎっていたが、ジェラード警部からの連絡で、全てがストンと腑に落ちた。まさに二つの件は直線で結ばれている」

佐分利はこの時、その小さな記事から展開したものが途轍もない重大な事件へ繋がる懸念が頭の中で渦巻いているのに翻弄されていたのかもしれない。この比類なき直観力の持ち主である探偵の目は、見る見るうちに深刻な眼差しに変わって行った。

不吉な予感

「電話を掛けてきたご婦人は、まず、『助けてほしい』、とはっきりした声で言ったが、そのあと急に声のトーンを下げて消え入るような声で、『自分は狙われている。二、三日前から窓から誰か覗いていて甲高い声で叫ぶんです。何と言っているか分からないけど、それは人間とは思えないほど恐ろしい声で、何度も叫ぶんです。あっ、また覗いている。私、逃げます。また連絡しますから』と一方的に喋って急に電話を切ったんだ」

佐分利はこう話しながら、出掛ける身支度をしていた。細い紺色のネクタイを普段着の青いシャツの首に締めて上着を羽織ったあと、僅かに残っていたコーヒーを飲み干した。

私も残っていた自分のカップのコーヒーを急いで口に注ぎ込んだ。こういう時の佐分利はすぐに現場へ向かうのが常であった。

佐分利は出掛け際にマリアに電話して、彼女に探偵事務所の留守番を頼んだ。我々はジェラード警部のいるバルセロナ警察へ向かった。どうやら警部とは、あの「変死」の現場検証に参加することを既に調整済みのようだった。

バルセロナ警察では、ジェラード警部は佐分利を見ると恰幅の良い体を揺らしながら我々に近づいてきてがっちりと握手した。挨拶もそこそこに佐分利と私はジェラード警部と共に「変死」事件の現場へと急いだ。パトカーの中でジェラード警部は自慢のダリ風口ひげを神経質そうにしきりに触り、事件の背景に潜む重大さを示唆していた。

「変死」事件のあった家の前に着くとすぐに、佐分利は何かに気付いたようだ。二階の窓際の壁付近を注意深く見ていた。警部に促されて佐分利と私は警部の後ろに付いて行き一階のリビングに入った。そこには特に乱された形跡もなく、我々は古木を利用したような洒落《しゃれ》た階段を上り、二階の寝室に入った。

犠牲者の遺体は既に検視に回されていたが、遺体が横たわっていたところが白くマークされてあり、その周りの物も事件当時のままの状態が保持されていた。遺体はベッドのすぐ横で脚をベッドの下へ潜り込ませたような姿勢で見つかったようだ。

その部屋の窓を見ると、窓枠ごと壊されベッドの脇に落下していた。

「尋常な力ではない」

そう呟きながら佐分利は窓枠やガラスの破片の散らばる窓際に近付いて行った。そして、その窓から顔を出して窓の周りを興味深く見ていた。

「何か分かったか？」

ジェラード警部は佐分利にそう声を掛けながら窓際へ行った。私も二人に続いて窓際へ歩いて行った。窓の外にはオレンジの木が伸びていて、その枝にはオレンジの実が幾つか生《な》っていた。よく見ると、地面にもオレンジの実が乱雑に転がっていた。

「やはりこの事件は人間の力を超えた者による仕業と見なければならないだろう」

佐分利の言葉にジェラード警部は顎に手を遣りながら細かく頷き同意を表した。

「警部、あそこを見てください。血痕を踏んだ足跡らしき汚れが屋根へと続く壁に点々と付いている」

こう言って佐分利が指差した先を、警部も私も窓から身を乗り出して見た。

犯人像

「警部、この事件の変死の死因は？」

佐分利の質問にジェラード警部は即答した。

「窒息死だよ。首を強く絞められた形跡があった。それも片手での犯行だ。被害者の喉には動物に噛まれたような痕があったが、それは致命傷では無かった」

佐分利は我が意を得たりというような納得顔をして言った。

「やはり、ね」

我々は部屋の状態と窓付近の外壁から屋根へと点々と続く血のような汚れを何枚かの写真に収めてから、場所を変えてこの日の調査結果を検証することにした。事件現場の家の近くのバルに入り二階の一番奥のテーブルを案内してもらった。二階には幸い他の客はいなかった。それでも、話の内容を盗み聞きされないように気を配りながらミーティングを始めた。

三人にコーヒーが運ばれてウェイターが階下へ降りて行ったのを確認してから、佐分利がこの事件の核心を突く発言をした。

「この変死事件の犯人は人間でないことは確かだね」

佐分利はこう言って横に座った私を見た。

「そう言えば、佐分利に捜査依頼の電話をして来たご婦人も、窓から覗いていた何者かが『人間とは思えないほど恐ろしい声で何度も叫ぶ』と言っていたそうだね」

佐分利は私の言葉を受けて、小さなテーブルを挟んで我々二人の遣り取りを聞いていたジェラード警部にその問題を投げ掛けた。

「警部の予想する犯人像は？」

ジェラード警部はコーヒーを一口飲んでから、一瞬、間を置いて佐分利のその直球の質問に答えた。

「君たちと同じ犯人像を予想しているよ。あの力ずくで窓枠ごと壊された状態や被害者の喉に残された噛み痕から見て、多分凶暴な獣だろう」

佐分利は警部の答えに頷いて更に具体的に言った。

「犯人はオランウータンだろうと踏んでいる。あのご婦人からの電話が来る二日前に、バルセロナ動物園から動物たちが脱走したというニュースがあった。あの件はまだ解決していないはずだ。あのニュースと今度の変死事件とはピタリと符丁が合う」


ジェラード警部と私の食い入るような目を交互に見て、佐分利は次のように話を続けた。

「動物園から脱走した動物たちの中にはオランウータンがいることが分かった。動物園の係員との電話で知ったのだが、脱走したのは世界で三種類あるオランウータンのうちボルネオオランウータンのオスだということだ」

私は例のごとく佐分利の話を遮るようにひとつ質問を挟みこんだ。

「そのオランウータンがご婦人を襲った獣だと推測する根拠は見つかったのか？」

「脱走したオランウータンと同一の個体かどうかはまだ分からないが」

と言いながら佐分利は上着の内ポケットからスマホを取り出して、さっき撮った写真の中から窓から屋根へと続く外壁に点々と付いていた血痕の写真を我々二人に見せた。そして、スマホ画面の血痕部分を拡大して、こう言った。

「ほら、この血の付いた足跡の形に特徴がある」

事件の背景

佐分利の差し出したスマホの画面を、ジェラード警部も私も身を乗り出すようにして見た。佐分利は拡大した血痕の付いた足跡のスマホ上の画像についてこう説明した。

「ゴリラやチンパンジーは歩くとき足の指は軽く握った状態で第一関節から第二関節の間を地面につける歩き方をする。これは『ナックルウォーキング』と呼ばれる。だが、オランウータンは足の指の第二関節から第三関節の間を地面につけて歩くことが知られている」

我々二人は思わずそれぞれ自分の手を軽く握ってその形を確かめていた。それとスマホの画面を見比べた。

「なるほど、これは第二関節と第三関節の間の跡だ」

と警部が言い、私も頷いた。

「オランウータンは人を攻撃するような激しい気性なんだろうか」

私は素朴な疑問を呟いた。

佐分利はすぐさま私の疑問に答えて言った。

「動物園の係員によると、オランウータンは普段は基本的に大人しいがオス同士で争うときは木を揺らし枝を折って相手を威嚇したり物を投げたり、時には相手に噛みつくこともあると言う」


この「変死事件」は容疑者と推測されるバルセロナ動物園から脱走したオランウータンが見つからなかったこともあり、事件解決の兆しは見えなかった。

その日から一週間ほど経った或る日の早朝、佐分利はその日の新聞の片隅に載っていた小さな記事に見入っていた。その記事には次のように書かれていた。

《バルセロナ市のシウタデリャ公園近くの自宅で四匹の飼い犬に襲われたフランシスコ・ガルシアさんが六日未明に死亡した》

佐分利は未解決のまま一週間が過ぎたあの「変死事件」の背後に何か恐ろしいものが存在する予感がしていた。それまでも動物たちが人間を襲う事件を耳にすることがあったが、最近はそうした事件の起こる頻度や深刻度が増してきていた。

「これは、人間と動物たちとの関係が変わってきている兆候かも知れない」

と佐分利は考えるようになっていた。

とりわけ、ペットたちによる飼い主への突然の攻撃が報告されるようになった最近の状況を佐分利は「これはやがて深刻な問題になる」と憂慮していたのである。

この日の夕方、佐分利の経営する剣道場で稽古を終えた後、佐分利と私は近くのレストランで会食した。食後の赤ワインを飲みながら佐分利は今朝目にした「飼い犬による襲撃死」の新聞記事を話題にした。

先日の「変死事件」にオランウータンが関わっていたと思われる形跡があったことを思い出して、私は佐分利が話題に持ち出した「飼い犬襲撃事件」に思うところがあって何気なく言った。

「そう言えば、二週間前にも或る家族の飼い犬に飼い主が噛みつかれて重傷を負った、というニュースをテレビで見た。こんな事件が続くと、ペットを飼っている人は何か不気味さを感じているだろうね。自分たちが可愛がっているペットが飼い主にいつ牙を剝《む》いて来るか、気が気で無いと思う」

佐分利はウェイターに赤ワインのお代わりを頼んで、私の話に反応して言った。

「そう考えると、今日ここに来るまでに見たカラスたちの様子も何か暗示的だね。民家の屋根が真っ黒になるほど群れてゾッとする鳴き方でざわついていて、あのヒッチコックの映画『鳥』を思い起こさせた」

動物たちの反逆

佐分利と私の危惧は日に日に現実味を帯びてきた。オランウータンが被疑者となっていた「変死」事件や「飼い犬襲撃」事件が世間の度肝を抜きまだ人々の不安が払拭されないうちに、動物による人間への襲撃事件が多発し、社会的不安にまで発展しようとしていた。

そうした中、「飼い犬襲撃」事件で飼い主を襲って死に至らしめた四匹のドーベルマン犬の頭部が鋭利な刃物で切り取られてシウタデリャ公園内の雑木林の枝に刺されたような形で見つかった。

その切り口が日本刀による切り口に似ているということで、日本刀での刃傷事件を扱った経験のある著名な日本人探偵である佐分利に事件解明の依頼が来た。彼を信頼しているジェラード警部の推薦があったのだ。

佐分利からの連絡で私も事件現場に同行した。切り取られた四匹のドーベルマンの頭部のうち一つは突き刺さっていた枝から抜き取られ検視官の手に委ねられたが、残りの三つは、我々が現場に駆けつけたときも発見された時のままの状態で枝に首の切り口が刺された状態が保たれていた。

「これは酷いな」

こう私が思わず漏らした言葉に佐分利が言葉を続けた。

「これだけ残虐な殺し方をしても、やった本人は、人間を殺したわけではない、と平気な奴もいる。だが、今回はちょっと事件の背景が特殊なようだ。名だたるジェラード警部までわざわざ足を運んでいるのだから」

佐分利と私の遣り取りを聞いていたジェラード警部が大きなお腹を揺すって我々に近づいてきて言った。

「そう。この事件は動物が絡んだ類似の事件が多発している中でも、何か象徴的なものを感じる。背景に重大な問題が潜んでいるという臭いがプンプンする」

佐分利は雑木林の枝に突き刺さったままの三つのドーベルマンの頭部と、検視官に見せられた、枝から引き抜かれたもう一つの頭部の写真を数枚撮った。とりわけ首の切り口を念入りに角度を変えて撮っていた。

事件現場の雑木林の周囲は一般市民が入れないように規制が敷かれていた。この西側にはサグラダ・ファミリアの設計で知られる若き日の建築家アントニ・ガウディも造営に参加した噴水広場があり市民の憩いの場となっている。雑木林の近くにはマンモスの石像が建っていた。佐分利はふと何かに気づいたようで、急にそのマンモス像の方へ近付いて行った。

「ジェラード警部、こちらへ」

すぐに佐分利が警部を呼ぶ声が聞こえてきた。私も警部の後に付いて佐分利の居る方向へ急いで行ってみた。するとマンモス像のそばで佐分利が上方を指差していた。その指の先にはマンモス像の牙があった。

残虐

マンモスの石像の左の牙には切断された小さな頭部が刺さっていた。それは一瞬、人間の赤ん坊の頭部に見えたが、よく見ると猿の類いのものだった。佐分利はジェラード警部と私がマンモス像の牙に刺された頭部を見て衝撃を受けているそばで無念そうに呟いた。

「オランウータンの子の頭部だと思う。バルセロナ動物園から逃げ出した動物たちの中でもまだ捕獲されていないオランウータン親子の二匹の子のうちの一匹だろう。かわいそうに……」

私はあまりの残虐さに思わず天を仰いで言った。

「許せない」

ジェラード警部も眉をひそめながら溜息をついて言った。

「犯人に必ず罪を償わせる」

ジェラード警部は部下を呼んでその頭部を牙から取り外させた。首に残っていた切り口はやはり鋭利な刃物で一気に切り取られたことが見てとれた。この事件は単なる動物虐待ということでは済まない、そう改めて思った。


マンモス像の牙に突き刺さっていた猿の類いの赤ん坊の頭部は佐分利が推定した通りオランウータンの子のものだった。

ドーベルマン犬四匹とオランウータンの子の頭部が鋭利な刃物で切り取られ、枝と牙に刺された形で発見されたというニュースはバルセロナはもちろんスペイン国内、ヨーロッパでも話題になり、市民は得体の知れない不安に突き落とされた。

この事件以後、特にバルセロナ市民は、自宅で飼っているペットの様子に神経質になっていた。ある家では今まで大人しかった飼い猫が飼い主の指に噛みついたり爪で引っ掻いたりするようになったと市役所に相談してきた、という類いのペットたちの異常行動の話は枚挙に暇《いとま》がなかった。

バルセロナ市の動物愛護問題の担当者は野良犬や野良猫の一斉捕獲に乗り出し、飼い犬の首輪とリールの緊急義務付けを発表した。

そんな不穏な空気の中、バルセロナ郊外の一軒家でオランウータンの関与が疑われる事件が再び起こった。

その日、佐分利と私、それにマリアも一緒にバルセロナから車で三十分弱の所にある町サンボイ・デ・リョブレガートへ向かった。この町にマリアの親戚が住んでいて、

「この町へは度々行っててよく知っている」

ということで彼女の参加となった。

佐分利の探偵事務所で留守番を頼まれることの多いマリアだが、佐分利が扱った過去の幾つかの事件における彼女の活躍は佐分利も私も認めざるを得ない。探偵としての勘働きや忍者としての実力は申し分がない。

黒の忍者衣装に身を包んだマリアは、長い金髪をポニーテールにして戦闘準備に万端の姿でパトカーに乗り込んだ。ジェラード警部は既に先に事件現場に着いていて、彼の部下の運転で我々はサンボイ・デ・リョブレガートの事件の起きた一軒家へ急いだ。

疑惑

事件現場の一軒家の前でパトカーを降りた我々三人を見つけたジェラード警部は、巨体を揺らして我々の方へ近付いて来て、握手で迎えてくれた。

その家は二階建てでとんがり帽子を被ったような赤い屋根が周囲の田園風景と妙に馴染んで御伽話《おとぎばなし》にでも出てきそうな雰囲気を醸し出していた。

ジェラード警部は我々を家の中へ案内し、遺体が発見された場所まで先導してくれた。この家に到着するまでにパトカーの中でジェラード警部の部下が事件のあらましを話してくれたのだが、遺体には首を絞められた跡が残っていて先日のオランウータン事件と酷似した殺人事件だと言う。

我々は二階の部屋の隅にあった急な階段を上り、屋根裏部屋に辿り着いた。外から見えたとんがり帽子の屋根の内側にその部屋があったのだ。狭いその部屋は壁を覆った書棚に囲まれるように古いデスクと背もたれの高い椅子が置かれているだけだった。

犠牲者の遺体は、我々のために事件があった時の状態のまま保たれていた。その遺体はデスクの横にうつ伏せの状態で顔をやや右の壁側に向けて横たわっていた。この家の主で動物生態学の権威でもあったと言う。

ジェラード警部は我々を手招きして遺体の首の絞められた痕を指差し、また喉元を懐中電灯で照らして鋭い牙で噛まれたような傷口を見せた。

「なるほど、あのオランウータン事件とそっくりな殺され方ですね」

佐分利はそう言って喉元の傷痕に顔を近付けてじっくり見ていた。

「あの事件と同じオランウータンだろうかね」

ジェラード警部が佐分利の意見を引き出そうとして問いかけた。

「それにしては二つの事件現場はちょっと距離的に離れ過ぎていますね」

佐分利はそう言いながらデスクの右側の窓際へ目を遣った。

窓ガラスは割れていて窓枠も壊されていた。私とマリアは窓際へ近付き割れた窓から外を見た。この家は雑木林に囲まれるように建てられていて、その周辺にはのどかな田園風景が広がっていた。


「壁にオランウータンの足跡らしきものが見えるか?」

と言いながら佐分利が窓際に近付いて来た。私は割れたガラスに注意しながら窓から身を乗り出して外壁に何か痕跡があるかどうか見回してみた。

「特にそれらしき痕跡は見えないね」

私の返答を聞くか聞かないかのうちに佐分利は私のすぐ隣に来て立っていた。そしてガラスのない窓から半身を乗り出し注意深く窓の周囲の壁を丹念に見回した。

佐分利は「やはり何も痕跡は見当たらないな」と独り言のように呟いた。

ジェラード警部は部下に幾つか指示をしてから窓際へやって来た。佐分利は警部が我々と同様に窓から外の様子を見回したのを見計らって、警部に質問をした。

「この事件の犯人をオランウータンだと言ったのは誰ですか？」

警部は意外な質問に困惑したように答えた。

「それはこの事件を電話で警察に通報した人の言葉のはずだが」

と言ってそばにいた部下の顔を見た。

偽装工作

「事件を警察に通報した人は『人がオランウータンに襲われて倒れている』ことと事件現場の住所だけ伝えて自分の身元も言わずに電話を切ったそうです」

実直そうなジェラード警部の部下はそう言って警部と佐分利を交互に見た。

「被害者の喉の傷口はオランウータンの噛み傷ではなく鋭利な刃物の先でえぐった痕だと思う」

佐分利のこの言葉に警部も頷いた。

「それに」

と佐分利は現場の状況への印象を言った。

「この事件はどうも偽装工作の匂いがする。窓の壊れ方などの現場状況は確かに先日のオランウータン事件に酷似しているが、いかにもわざとらしい」

と窓際の床を指差した。

「窓枠は壊され室内に散乱しているが、ガラスの破片は少ない。これは室内から窓を壊して引っ張り込んでわざわざ床に散らばせたのだと思う」

「そう言えば窓付近の外壁にもオランウータンの足跡らしきものが見当たらない。喉元から出た血を踏んだ猿の足跡のようなものは窓際で途絶えている」

こう私も率直な疑問を付け加えた。


「この家のご主人を殺害したのは人間だと思う」

今まで皆の発言を黙って聞いていたマリアがポツリと言った。我々はその若き「くノ一」（女忍者）の顔をまじまじと見て、その発言の真意を探った。

「犯人は天井から屋根に出てこの窓とは反対側の外壁を伝って逃げたのよ」

こう言ってマリアは窓と反対側の壁の左隅上方の一角を指差した。そこには天井板があるだけで屋根へ通じる出口があるとは思えなかった。

マリアは指差した天井の一角の下まで行って立ち止まり、我々のほうを見たかと思うと、次の瞬間、消えた。我々が唖然として顔を見合わせていると本棚の奥から再び姿を現した。

「ここの本棚が回転扉になっていて奥の本棚の列との間に人一人通れるくらいの空間がある。その上に屋根へ抜け出る天井板が仕掛けられていた、と言うわけなの」

マリアはそう言うと、我々を手招きした。

マリアが立っていたすぐ前には部屋の壁を覆うように並んだ本棚があるだけであった。ジェラード警部と佐分利そして私の三人が見つめる前で、マリアは目の前の本棚の一部に右手を当て軽く押した。

すると、ちょうどドアの幅半分に当たる本棚だけが回転して開き、更に押すと裏側の本棚に入れ替わるようになっていた。

「忍者屋敷の回転扉と同じだね」

佐分利が私を見ながら言った。ジェラード警部は興味深そうに本棚に目を近づけて見た。

「さあ、入ってみましょう」

マリアはそう言って、入れ替わった本棚をもう一度押してドアを開けた。マリアの後に続いて我々もその隠し扉から入っていった。扉を抜けると、人一人が通れる幅の通路があり、マリアが上へ指差す先には天井板が一枚だけ周りの板との隙間があるのが見て取れた。その下には梯子が掛かっていた。

マリアは我々のほうを振り向いて軽く頷くように我々に合図をしてから、その梯子を上り始めた。

真相への確信

マリアが天井の抜け穴から上って行ったのを見ていた我々三人も梯子を上って行った。我々が上がった所はとんがり屋根部分の三分の一ほどの高さの所で、あくまでもとんがり屋根の内側だった。屋上だと思っていたが上がった所から細い通路が作られていて、その周りは壁で覆われていた。まだ外部には出ていなかったのだ。

人一人が通れるその通路はとんがり屋根の半周分ほど続いていて、そこからは螺旋階段で更に上へ行けるようになっていた。マリアの先導で我々は螺旋階段を上って行った。半周ほど上っていくと小さなドアがあった。マリアが試しにノブを回すとドアが開きかけた。

佐分利がマリアの肩に手を掛け、自分に任せるようにと目で合図した。佐分利は開きかけたドアの隙間から中の様子をそっと覗いた。そして我々のほうを振り向き小さく頷いてから静かに僅かにドアを開いた。するとすぐに何か異臭が鼻をついた。

僅かに開いたドアの隙間から佐分利はよく通る太い声で丁寧に言った。

「どなたかいらっしゃいますか？」

しばらく返事を待っていたが、部屋の中からは異臭が漂うだけで返事はなかった。

佐分利は後ろを振り向いて軽く左手で我々に動かないように合図をした。そしてドアを更に開け部屋に身を差し入れた。

彼は薄暗かった部屋の明かりを点け、一通り部屋の様子を窺ってから我々三人を手招きした。部屋に入ると異臭の正体がすぐに分かった。動物生態学者の研究室に相応《ふさわ》しく部屋のあちこちに剥製が置いてあり、ホルマリン漬けの昆虫等が棚に並んでいたからである。

小さな窓の近くには小振りなデスクがあった。デスクの上を見て佐分利はすぐに気付いたことを口にした。

「デスクの上にあったノートパソコンが失《な》くなっているようだ。パソコン用のコードだけが抜かれた状態で乱雑に残されている」

ジェラード警部もデスクの半開きの引き出しを指差して言った。

「誰かが慌てて何かを探したようだな」

どうやらこの自宅の秘密研究室に賊が忍び込んだようだ。動物生態学者であるこの家の主はオランウータンに殺されたのではなく、彼の秘密を得るためにこの家に忍び込んだ賊によって殺されたと思われる。

佐分利の探偵としての経験とマリアの忍者としての勘がうまく嚙み合って、我々はここまで辿り着いた。偽装工作されたこの事件の真相に我々は確信に近いものを得たのだ。

「おそらく、賊はご主人の動物生態学者としての最近の思想を快く思わず、その思いがいびつな憎悪となって今回の犯罪に及んだのだろう」

佐分利は床に散乱した書類を見ながらそう呟いた。

「この動物生態学者は最近その思想をまとめた著書を出していて話題になっている」

ジェラード警部も床から拾い上げた書類を見て言った。

警部の言葉を受けて、佐分利はこの殺害された学者がつい最近新聞に寄稿した記事について言及した。

「彼は人間とペットとの関係を根本的に考え直さなければならない、と独自の思想を述べていた」

盗まれた思想

「これを見て！」

動物の剝製が並んでいる部屋の隅の辺りからマリアの声がした。急いで彼女の声のほうへ行ってみると、マリアは猿の剝製を指差していた。その剝製は両足首から下の部分を切り取られて壁に寄り掛かるように立っていた。

「これは酷い」

私は思わずそう呟いた。そこへ佐分利とジェラード警部も駆け寄って来た。佐分利は「なるほど」と言ってその猿の剝製の足元に顔を近付けて見た。

「賊はその猿の足の部分に犯行現場にあった血痕を付けて、オランウータンが窓まで歩いたかのように見せかけるため、床にその血痕を付けた足跡を残した」

佐分利がこう推理すると、マリアは、

「そうに違いないわ。犯行の後、切り取った足はどう処理したのかしら」

と改めて部屋の棚を見回した。

「あれじゃないのか?」

警部が部屋の一番隅にある小さな棚を指差して言った。

その棚の奥のほうには茶色い塊が押し込んであった。警部が白い手袋をはめてからそれを棚から下ろしてテーブルの上に置いた。

「ほら、この足の裏に血痕が付いている」

と警部はその切り取られた猿の足を我々に見せた。

「これは鑑識に回せば我々の推理が正しいことが証明されるだろう。バルセロナ動物園から脱走したオランウータンはとんだ濡《ぬ》れ衣《ぎぬ》を着せられるところだったな」

佐分利はそう言いながら部屋の小さな窓に目を遣った。

「犯人は窓からでなくドアの外の通路から逃げたと思う」

すかさずマリアが言った。佐分利が窓へ視線を投げた意味を素早く酌み取って反応したのだ。

「さすがはマリア。すでに犯人の逃亡方法という次の問題に頭を切り替えている」

佐分利が珍しくマリアの勘の良さを褒めた。マリアは佐分利の言葉に少し照れた表情をしたが、すぐに真顔になり、ドアのほうへ歩いて行った。

そして彼女は我々三人を手招きし、ドアの外にある螺旋状の狭く急な階段を先導して上って行った。

誤判断

螺旋階段を何周か上り我々は踊り場に辿り着いた。するとマリアは壁の下方にある小さな隠し扉を開け外を窺った。扉の隙間から外光が差し込んできた。どうやら我々はとんがり屋根の頂上の内側にいるらしいと分かった。

マリアは腰に括り付けておいた鉤縄を取り、鉤縄の鉤をその小さな隠し扉の内側の壁に引っ掛けた。そして躊躇《ちゅうちょ》なく、鉤縄の紐部分を持って扉の外へ出て、スルスルととんがり屋根を滑り降りて行った。

とんがり屋根の下およそ六、七メートルの所には普通の傾斜のなだらかな屋根があり、マリアはそこまで辿り着くと上にいる我々に向けて手を上げた。そして次の瞬間、今度はその紐を手繰ってアッという間に隠し扉の所まで上って来た。

マリアは扉の内側に戻ると、啞然として見ていた我々を前にして呼吸の乱れもなく言った。

「犯人は忍者の心得のある者だと思う」

私はマリアの忍者としての質の高さに改めて感心した。佐分利はマリアのパフォーマンスに満足げな顔をしていたが、すぐに何かに気付いたように呟いた。

「あのオランウータン事件の私の判断は間違っていたかも知れない」

私は佐分利の呟きを聞き逃さなかった。


佐分利は隣に立っていたジェラード警部に囁くように言った。

「オランウータン事件を改めて捜査させてください」

警部は佐分利の言葉に一瞬戸惑いを見せたが、すぐに大きく頷いた。

佐分利は警部と小声で何やら話した後、

「さて、我々はそろそろ引き揚げよう」

とマリアと私に言って目配せした。

我々は事件現場の家をあとにして、マリアの案内で地元の町サンボイ・デ・リョブレガートの古いバルに入った。

「先日のオランウータン事件の再調査をするらしいね」

私は先ほど耳にした佐分利の呟きについて彼に差し向けた。運ばれて来たエスプレッソコーヒーを旨そうに一口飲んでから佐分利は低い声で次のように説明を始めた。

「あのオランウータン事件については自分の判断、すなわち、あの家のご婦人を殺害したのはオランウータンだと判断したことに薄々懐疑的になっていたんだ」


テーブルを挟んで佐分利の向かい側に座ったマリアと私は佐分利の言葉に思わず顔を見合わせた。佐分利は説明を続けた。

「あの時私に電話でご婦人自身の身に迫った危機を知らせた状況が私のあの事件についての解釈に先入観を与えたのかも知れない。当時バルセロナ動物園からオランウータンが脱出したというニュースが話題になっていたし、血痕の付いた動物の足跡が事件現場に残されていたことが判断に影響したのだと思う」

佐分利は苦々しい気持ちを隠そうともせず下唇を軽く噛んだ。

「あの事件現場を見た我々みんながそうだった」

私が出したこの助け船にもかかわらず、佐分利は厳しい表情を崩さずに更に話を続けた。

「犯人はオランウータンだと言ったあとにすぐ自分の判断を懐疑的に思えてきた。それが頭に残った状態で悶々としていたが、今日のマリアの示唆で自分のあの判断が誤りだったことが分かった」

点から線へ

バルを出たあと、我々はサンボイ・デ・リョブレガートに住んでいるマリアの親戚の運転する車で周辺を見て回り、その車でバルセロナに戻ってきた。

その日から一週間ほど経った日の早朝、佐分利からの電話連絡で私は佐分利の探偵事務所へ向かった。オランウータンが絡んだ一連の事件の解明が進まない中で、私もちょうど佐分利に事件の進展具合を確かめようとしていたので、急いで駆けつけた。

探偵事務所ではいつものように、佐分利はエスプレッソコーヒーの小さなカップを右手に持ち、古びた黒いデスクに新聞を広げていた。マリアは既にソファに座って私を待っていた。

「進展はあったか？」

軽く手を上げて挨拶したあと、マリアの隣に座るなり私は佐分利に訊いた。佐分利は待っていたとばかりに私の質問に深く頷きながらデスクに腰掛けた。

「バラバラに見えた点が一本の線になった」

と意味深長な表現で彼の再調査の成果を報告した。


佐分利は食い入るように聞き入るマリアと私に「点と線」の話を丁寧に説明してくれた。

「〝点〟とは我々が知っている最近の四件の事件を指す。すなわち、まず、ご婦人が私に電話してきた、あの〝オランウータン事件〟、次に、新聞記事で知った〝ドーベルマン犬事件〟、三件目が〝シウタデリャ公園の晒し首事件〟、そして最後が今度の〝サンボイ・デ・リョブレガート事件〟だ」

こう言うと佐分利はコーヒーカップを口元に持っていき、僅かに傾けて一口飲み、静かにそれをデスクに置いた。そして話を続けた。

「〝サンボイ事件〟でのマリアの忍者としての勘は俺の探偵としての推理に大いに刺激を与えてくれた。〝オランウータン事件〟の犯人は再捜査の結果、私の誤判断だということが分かった。今度の〝サンボイ事件〟と同じやり口でオランウータンが犯人であるかのようにカモフラージュしたことがはっきりした」

マリアは佐分利が自分を佐分利探偵事務所の一員として一人前の戦力であることを認めてくれたことに嬉しさを隠しきれなかったが、私の前で誉められたのでちょっと照れていた。

私もマリアの上気した顔を見ながら言った。

「マリアの今回の活躍はまったく目を見張るものがあったね」

一週間前は後ろに束ねていた金髪をこの日は解いていたマリアは、微笑みながら我々の称賛に応えてこう言った。

「あの日は私も何かの役に立とうと思って準備していたの。二人にこんなに誉められるなんて光栄。これで私もちょっと自信がついたわ」

「さて」

と佐分利は〝一本の線に繋がる一連の事件の点〟の話を続けた。

「〝オランウータン事件〟のあと我々はニュースで〝ドーベルマン犬事件〟を知っていたが、あの事件とオランウータンとの関係を認識させられたのが〝シウタデリャ公園の晒し首事件〟だった」

動物虐待

佐分利は既にタバコをやめていたが、手持ち無沙汰なのか、時折無意識に胸ポケットに手を入れてしまい、苦笑いする。この日も胸ポケットへ手を入れそうになり、それを見てクスリと笑ったマリアに照れ笑いして、その手をコーヒーカップへ向けた。

彼は既に冷めてしまったエスプレッソの残りを口に流し込んで話を次のように展開した。

「〝シウタデリャ公園の晒し首事件〟では、我々は四匹のドーベルマン犬と一匹の子猿の頭部が切り取られて木の枝とマンモスの石像の牙に刺された凄惨な光景を見せつけられた。あの〝シウタデリャ公園の晒し首事件〟での動物虐待の事件が、人が動物に殺されたと思われた〝オランウータン事件〟、それに〝ドーベルマン犬事件〟とどういう関係が考えられるのか、ジェラード警部と我々がじっくり話し合う間もなく、今度の〝サンボイ・デ・リョブレガート事件〟が起きた」

私は佐分利の話に頷きながらも、ふと湧いてきた疑問を彼に投げ掛けた。

「オランウータンの赤ん坊とドーベルマン犬四匹を同一人物が短期間に捕らえるのはほとんど不可能に近いのではないか」

私の疑問をじっと聞いていた佐分利はその答えを丁寧に示し出した。

「大型犬であるドーベルマン四匹を一度に捕らえるのは確かに不可能に近い。だが、犯人が大型犬の扱いに慣れている場合は事情が違う」

こう言うと佐分利は腰掛けていたデスクから窓のほうへゆっくりと歩いて行った。

そして、窓際まで来ると我々のほうへ向きを変え窓を背にして話を続けた。

「ジェラード警部に許可を得て私も捜査したのだが、〝ドーベルマン犬事件〟はやはり我々が想像していた通り、飼い主を殺した犯人はどうやら人間のようだ。その有力な容疑者は大型犬の繁殖と育成を手掛けているブリーダーだ。ブリーダーといっても実質的にはブリーダーたちのブローカーだろう。大型犬の扱いに慣れているこういう専門家にしてみれば、犬たちに飼い主の遺体に噛み付かせたあと犬たちを手懐けて捕獲することなど朝飯前かも知れない。そういう人物なら、親から離れたオランウータンの赤ん坊を捕らえることも苦もなくできるだろう」

〝サンボイ・デ・リョブレガート事件〟から一週間ほどで以前に起きた事件との関連を捜査し直した佐分利の集中力に私は舌を巻いた。

マリアは佐分利の話に黙って聞き入っていたが、サンボイでの自分の忍者としての検証行為の経験をもとに発言した。

「オランウータンを殺人事件の犯人として仕立てるには、本物の犯人は壁をよじ登ったり屋根の上に上がったりする身体能力が不可欠。そういう観点から考えると忍者のような身体能力を持った人物が犯人像として浮かび上がるの」

マリアの発言に大きく頷いた佐分利は更に続けて説明した。

「俺もそう思っている。おそらく真犯人は忍者としての修行を積んだ者だろう。それで、バルセロナやサンボイ・デ・リョブレガート、あるいは、その付近の町にそうした犯人像に該当するような人物がいないかどうか調べた。その結果、サンボイ・デ・リョブレガートのすぐ近くのサンタ・コロマ・デ・セルベリョという小さな町にその犯人のイメージにぴったり合う人物が住んでいることが分かった」

コウモリ

こう言ったあと佐分利は一瞬口をつぐんだ。そして、

「ところで」

と、我々へ視線を向けたまま、右手の親指を立て、それを彼の背後の窓へ向けて声を潜めて意外なことを言い出した。

「さっきから我々の様子を覗いている者がいる」

　このとき佐分利が背にしていた窓に正面を向くようにソファに座っていたマリアと私は、佐分利の親指が指す方向の窓の外を見た。窓の外では木枯らしが雑木林を吹き抜け色付いた葉を散らしていた。

　風に揺れる木々の様子を見ていると、一か所だけ風に抗している太い枝が目に入った。そこにはコウモリのような黒いものがぶら下がっていた。

「あっ」

と思って隣に座っていたマリアを見ると彼女もそれに気づいたようだった。

　我々の気付きを知ったのか、その「コウモリ」はスルスルと中央の幹へ動き我々の目から隠れるように太い幹の後ろへ消えた。

　体の正面をやや窓側へ向けて横目でその様子を見ていた佐分利は、木の背後に消えたコウモリのような忍びの者の動きに注意を払っていた。すると佐分利はいきなり我々に「伏せろ！」と叫び、窓の下へ体を沈ませた。

　次の瞬間、ガシャンという乾いた音と共に窓ガラスを突き破って何かが探偵事務所の中に投げ込まれた。それはソファと黒デスクの間の床に転がって行った。

　ソファに座っていたマリアと私は佐分利の声でとっさに手で頭を防御しながら前の床へ伏した。佐分利は投げ込まれた物の行方を目で確認したあと、立ち上がり窓の横に身を隠しながら外の様子を覗き見た。

窓の外は何も起こらなかったように雑木林がただ木枯しに吹かれて揺れていた。あの「コウモリ」の姿はすでに消えていた。

「大丈夫か?」

こう言いながら佐分利はマリアと私のほうに駆け寄って来た。我々の無事を確認すると、彼は事務所に投げ込まれ転がって行った物を拾いに行った。投げ込まれた物は礫《つぶて》を紙で覆って端をねじったものだった。その〝投げぶみ〟にはスペイン語で次のように走り書きされてあった。

《サン・ボイ事件から手を引け》

その日の夜、佐分利の経営する剣道道場で練習生や弟子たちの見守る前で、佐分利とマリアそして私の三人の立ち合い稽古を総当たりで披露した。

探偵事務所での「投げぶみ」の件があったばかりなので、この三人の立ち合い稽古は自ずといつもよりも厳しいものが感じられた。とりわけ佐分利の気魄は鬼気迫るものがあり、その「気」にマリアも私も引き込まれる形になったのだ。

我々の立ち合い稽古の気魄の激しさに、正座をして見ていた練習生や弟子たちもただ事でない雰囲気を察して、張りつめた表情になっていった。

稽古が終わり道場には我々三人だけが残った。着替えを終えた佐分利は道場の壁に掛けてあった木刀を一本取り木刀袋に入れた。

三人で道場の戸締まりを確認して入口のシャッターを下ろして自宅へ帰ろうとしたその時であった。シャッターの前で佐分利がマリアと私にそこから動かぬように我々に掌を向けた。

女武芸者

佐分利は道場の周辺に目を凝らした。辺りは既にとっぷりと陽が落ち闇を深めていた。濃紺の空には雲の合間に楕円形《だえんけい》の月が顔を出していた。佐分利は左手に提げていた木刀袋から素早く木刀を引き出すと道場の斜め向かいの闇に向かって走り出した。

すると、佐分利が走って行った方向に夜の闇よりも更に黒い人影が動いた。闇の暗さに慣れてきた私の目に映ったのは黒ずくめの人物が佐分利を待ち構えるように仁王立ちしている姿だった。

黒ずくめの人物は右手に棒状のものを提げていた。佐分利が五メートルほどまで距離を縮めた時、この人物が甲高い声で叫んだ。

「待っていたよ、サムライ」

女の声だった。

今朝、探偵事務所へ投げ込まれた〝投げぶみ〟にはマリアと私が見た文面のあとに続きのメッセージが書いてあったらしい。その内容がこの対決の予告だったのだろう。

その女は眼以外の全身に黒の忍者装束を身に着け、佐分利と対峙していた。女の右手に提げていた棒状のものは木刀であった。佐分利との一対一の対戦への準備は万端のようだった。

そう言えば佐分利は私との立ち合い稽古のあと、

「このあとの決闘の良い体慣らしになった」

と口にしていた。この女との対戦を頭に置いての今日の厳しい稽古だったのだろう。

対決の場所は街灯との距離が遠く、月明かりの下で女は木刀を両手で持ち、〝晴眼の構え〟をした。佐分利はまだ右手に木刀を提げたままで彼女に言った。

「佐分利健だ。私に決闘を申し入れたのはあなたか?」

女はそれには答えずジリジリと佐分利との間合いを詰めて行った。佐分利は女の動きに合わせるように後退りして行った。

女の眼には月の光が鈍く反映し、黒覆面の間から辛うじて見える眼の周りは青白かった。

マリアと私は彼らから少し離れたところで様子を窺っていた。

女が佐分利との距離を縮める足を止めたとき微かに彼女の体が揺れた。佐分利はその機を逃さず一気に前へ突き進んだ。女も佐分利の動きを察知して左に佐分利を見る姿勢で前へ大きく踏み込んだ。

木刀の柄《つか》の端を右手で握り切っ先を斜め前に下げるようにしていた佐分利は、女と交差する瞬間に、木刀を右下から左上へ払い上げるように鋭く振った。

女の小手を狙ったのだ。しかし二人が交差する直前に女は〝晴眼の構え〟から〝下段の構え〟へ切り替えた。佐分利の振り上げた木刀の切っ先は木刀を両手で握っていた女の手を外れ刀身の根元を叩いた。交差して体の位置を入れ換えた両者は大きく息を吐いて相手の眼を見た。

女は〝下段の構え〟のまま佐分利の動きを見ていた。佐分利は女の剣術の実力に驚いたが、気を引き締めるように柄を両手で握り〝晴眼の構え〟に切り替えた。両者がその姿勢のまま対峙し暫く凍りついたように一歩も動かなくなった。

勝負の決着

先に動いたのは女だった。女は木刀をすっと上げ〝上段の構え〟に姿勢を移した。と同時に足先を滑らすように再びジリジリと間合いを詰め始めた。今度は佐分利も後退りせずに僅かに足を前へ進めて行った。

二人の距離が三メートルほどまで近づいたとき、女は一気に踏み込んで来て〝上段の構え〟から木刀を佐分利の頭上へ振り下ろした。佐分利は〝晴眼の構え〟から木刀を頭上に振り上げ女の打ち下ろした木刀を打ち払おうとした。

しかし、女の振り下ろした木刀の切っ先の軌道は佐分利の頭上から斜め右下へずらされ、佐分利の防御の打ち払いは空を切った。女は、無防備となった佐分利の右脇腹目がけて斜め下から切り返すように木刀の切っ先を振り上げた。

とっさに佐分利は右足で地面を強く蹴り左前方へ跳んだ。女の振り上げた切っ先は佐分利の右脇腹のシャツを掠《かす》ったが肉を打つには僅かに届かなかった。

女の「二段攻撃」の二の手を辛うじて避けた佐分利は素早く体勢を整えた。女は斜め右上へ振り切った二の手が空を切り、その勢いで反転した彼女は、左前に跳んで右後ろへ向きを変えた佐分利と正対する体勢になっていた。

女のその「二段攻撃」は「燕返《つばめがえ》し」を彷彿《ほうふつ》とさせた。天下の剣豪であった宮本武蔵とその最強のライバルだった佐々木小次郎との有名な「巌流島《がんりゅうじま》の戦い」で小次郎が披露した

「燕返し」とこの女が佐分利に仕掛けた「二段攻撃」はそっくりだった。

佐分利は改めて正対した女の前で突然両手を広げた。右手には木刀が握られていたが左手には何も持っていなかった。武蔵の二刀流の構えをすることで、「燕返し」を見破った、というメッセージを女に示したのだ。

佐分利の予想外のパフォーマンスに対して明らかに戸惑いを見せた女は〝晴眼の構え〟で木刀の切っ先を佐分利の心臓へ向けた。


佐分利は女の戸惑いが自分に向けた木刀の切っ先を微かに震えさせているのを見逃さなかった。

「おー」

という太い声とともに佐分利は右足を女のほうへ踏み込み、胸元に突き付けられた相手の木刀の切っ先を、右手に握った木刀で鋭く下へ叩いた。女の木刀の切っ先が下に向いたのと同時に左足を大きく踏み込んで左の拳を女の鳩尾《みぞおち》にめり込ませた。

女は体をくの字に折り、ゆっくりと崩れ落ちた。佐分利は女の手から離れた木刀を拾い上げ、女の様子を注意深く見ていた。マリアと私がその場へ駆け寄ろうとしたその瞬間、佐分利の足元で「バム」という鈍い音とともに白い煙が立ち上がった。

月明かりも白煙で遮《さえぎ》られ、女と佐分利の姿は全く見えなくなった。暫くしてから白煙の幕が引き始め、決闘が繰り広げられた場がぼんやりと見えてきた。そこには女の姿はなく、ひとり佐分利が両手に木刀を提げて仁王立ちしていた。

秘密結社

佐分利によると、女が佐分利の拳の打撃を鳩尾に受けて崩れ落ちてすぐに煙幕が張られ全く視界ゼロの状態になった、と言う。たぶん女の仲間が強力な煙玉を使い煙が消える前に女を背負って逃げ去ったのだろう。

佐分利も煙の中で人の動く気配を感じたが、あっという間にその気配も消えたらしい。かなり熟達した忍者が女の仲間にいるのだろう。

我々は行き付けのバルに入って今起きたことの検証をした。

「今回の一連の事件は組織的な犯罪の匂いがする」

佐分利がこう切り出した。

「そもそも俺と決闘をしたあの女は剣術の世界では知られた人物だ。数年前の欧州剣道選手権大会の女子の部で彗星《すいせい》の如く現れ優勝したが、その後の消息は不明だった。彼女は私にも仕掛けた佐々木小次郎の剣法〝燕返し〟を現代のヨーロッパに甦《よみがえ》らせて当時の剣術界では話題になったものだ。だが、俺の勘では、彼女はその後、犯罪組織に組み込まれてしまったようだ」

佐分利の説明を聞いて、私は大きな壁を前にしたような感覚を持って呟いた。

「とすると、我々は得体の知れない犯罪組織を敵にまわしている、ということか」

マリアは運ばれてきたカフェ・コン・レチェ（ミルク入りコーヒー）のカップを両掌で包むようにして一口飲んで言った。

「私たちは裏社会にある秘密結社のようなものを相手にしているのかもしれない」

佐分利は我々二人の懸念をじっと聞いていた。そしてこう付け加えた。

「二人の懸念は当たっていると思う。我々が解決しようとしている事件の背後には魑魅《ちみ》魍魎《もうりょう》の世界が待っている気がする。さっき私と戦った女も犯罪組織に雇われたひとつのコマに過ぎないだろう。我々が捜査している一連の事件の背後には同一の犯罪組織が存在している。二人とも知ってのとおり、一連の事件には動物が関わっている。当然、背後には動物関連の組織の存在が推測できる」

そう言うと佐分利は内ポケットから手帳を取り出してページをめくった。そして或るページをマリアと私に見せた。

「これがその組織だ」

と言って佐分利が指差したところには〈動物取り扱い業ＡＺ〉とメモしてあった。

「かなり具体的だね」

私がこう言って隣に座っているマリアを見ると、彼女は頷いてから佐分利に訊いた。

「これは犯罪集団の隠れ蓑《みの》でしょう？」

佐分利はマリアの的確な指摘に満足げに笑みを浮かべて答えた。

「さすがは我が探偵事務所の誇る探偵マリアだね。そのとおり。動物取り扱い業とは名ばかりで実態は別だと思う。大型犬のブリーダーたちのブローカーだと理解していい。今回は具体的にはドーベルマン犬とオランウータンに関連した動物取り扱い業のブローカーというところまで、一連の事件に関与した犯罪組織を絞れるだろう」

綻《ほころ》び

数日後、一連の事件の関連性が見えてきたにもかかわらず、思いの外解決への進展がはかどらない状況に焦りが見えていたジェラード警部から佐分利に電話が来た。佐分利が警部に調査を依頼していた〈動物取り扱い業ＡＺ〉についての情報を入手したから、すぐにバルセロナ警察まで来てほしいという連絡だった。

「待っていたぞ」

ジェラード警部は検視室の奥でいつものように手を軽く上げ、佐分利と私に挨拶した。佐分利からの連絡で私も急遽《きゅうきょ》佐分利と共にバルセロナ警察の検視室へ赴いたのだ。

「検視官から知らされて私もさっきここに来たのだが、他の事件での遺体の身元を調べたら〔動物取り扱い業AZ〕の社員だった。それで、至急来てもらった」

「その事件というのは？」

と佐分利が問い掛けると警部は自慢のダリ風の口髭を撫でながら次のように答えた。

「今日の未明にバルセロナで起きた事件だが、この〝仏さん〟には数匹の大型犬による噛み傷が残されている」

警部はそばに横たわっていた遺体を横目で見て、佐分利に遺体に近づくよう促した。


その遺体には動物に噛まれたような傷痕があちこちに残っていた。佐分利はそれらの噛み傷を丹念に見たあと、ジェラード警部に怪訝そうにポツンと言った。

「どの噛み傷も浅いですね。噛み傷が致命傷になったとはとても思えない」

「そう」

警部は佐分利の指摘に答えた。

「どの噛み傷も致命傷になっていない。直接の死亡原因は絞頸《こうけい》つまり首を絞められたことによる」

頷きながら聞いていた佐分利はあのオランウータン事件やドーベルマン犬事件を頭に浮かべて言った。

「なるほど、やはりね。犯人は我々の推理を見くびっている。とっくにばれているトリックを使って得意そうにしているマジシャンみたいだ。但し、一連事件で我々が推測しているようにホシは個人ではなく組織だろうが、彼らの目論見は既に破綻している」

「犠牲者の身元が〔動物取り扱い業ＡＺ〕の社員だと分かったのは我々の捜査にとって大きい意味がある。我々が別途捜査中の一連の事件に関連付けることができるからね」

と私も佐分利の考えに同意した。


「この遺体に残っている歯形はあの〝ドーベルマン犬事件〟の犠牲者の体に残っていた歯形と一致した」

と警部が言うと、佐分利は、

「犯人が犬たちを完全に支配下に置いて噛ませたのだろう」

と反応した。

「ところが両事件の遺体に残っていた歯形は四匹の犬のではなく、全てたった一匹の犬の歯形だということが分かった」

警部がこう言うと、佐分利と私は意外な事実に驚き、思わず顔を見合わせた。佐分利は腕組みをして僅かに頷き次のように推測した。

「なるほど、これで一連の犯行の過程に無理がなくなった。おそらく犯罪組織の一人が自分の飼い犬に命じて遺体に噛みつかせたのだろう。四匹のドーベルマン犬は既に犯罪組織に確保されていて、二つの事件の遺体に付けられていた噛み傷には関係ないのだろう」

「だが」

と私は素朴な疑問を口にした。

「一連の事件が同一の組織の犯行だとしたら、なぜ〝シウタデリャ公園の晒し首事件〟であんなふうにドーベルマン四匹と猿の赤ん坊の生首を晒すことまでしたのか？」

反動物愛護団体

佐分利は私の疑問に率直に答えた。

「歪んだ世界観からあのような暴挙に出たのだろうね。彼らは表向きは〈動物取り扱い業ＡＺ〉を看板に掲げているが、実態は反動物愛護団体だ。つまり、動物愛護団体の活動や動物愛護運動を支持している人々に異議を唱え、更には動物愛護者の気持ちを逆撫でするような運動をしている団体だ」

「なぜ動物愛護に反対するのだろうか？」

私のこの独り言に佐分利は敏感に反応して次のように説明した。

「動物愛護は時には行きすぎる行動に発展することがある。例えば飢えている人間が存在するのに犬や猫に人間よりも良いものを食べさせたり、犬猫に高価な衣服を身に着けさせたり、動物園から動物たちを逃がしてやったり……」

ここまで聞いて私はあることを思い出し、それを言わずにいられなかった。

「例えばバルセロナ動物園からの動物たちの脱走事件だね」


佐分利と私はジェラード警部と今後の捜査について確認してからバルセロナ警察をあとにした。

帰る途中で佐分利は私をある場所に誘った。そこは倉庫のような建物が並んでいて、辺りは閑散とした空き地が広がっていた。佐分利は建物の一つに近づき、小さな窓から中を覗いた。

「何があるんだ?」

私は彼の耳元で訊いた。佐分利は人差し指を彼の口もとに立ててその指を窓へ向け、私に覗くように促した。

窓から中を覗くと、そこには大型犬たちが鎖に繋がれている光景があった。

「ここは犯罪組織の隠れ蓑と思われる〈動物取り扱い業AZ〉の拠点だ。数日前に調査を依頼してあった知人からこの場所についての報告があってね。ここなら彼らの表の商売にも裏の犯罪活動にもうってつけの場所だろう。人家からも離れているし動物たちの鳴き声や臭いも遮断されている」

佐分利がそう小声で私の耳元で説明したとき、我々の周りをいつの間にか大型犬が五匹ほど取り囲み、唸り声を上げ出した。

すると、佐分利は手に持っていたレジ袋から取り出したものを犬たちに投げつけた。それは生肉だった。ここへ来る前に佐分利がスーパーへ寄って何かを買っていたのは、このためだったのだ。

犬たちは佐分利から投げ与えられた肉を咥《くわ》えて建物の裏へ去って行った。

その窓から右へ少し離れたところに佐分利が何かを見つけた。そこには狭い戸のようなものがあった。彼がその戸をそっと右へずらしてみると、そこは引き戸になっていて鍵がかかっていなかった。

彼は僅かに開いた隙間から用心深く覗いてから、ゆっくりと戸を人一人入れるほど開けて顔を半分入れて中の様子を窺った。

やがて彼はその隙間に体を差し入れ建物の中に入った。私も彼に続いて入って行った。

不意打ち

そこは事務所のようだったが誰もいなかった。その奥にドアがあり、佐分利が僅かに開けて覗いてからその部屋に入った。私も続いて入ってみると、動物の剝製がずらりと並び、ホルマリンの匂いがした。

実験室のようだった。私はサンボイ・デ・リョブレガートで起こった事件で見た実験室を思い出した。

佐分利が何かを見つけた。それは鉄格子の檻《おり》のようなもので、中には黒茶色のものがうずくまっていた。

「たぶんバルセロナ動物園から脱走したオランウータンだ」

佐分利はこう言うと檻に近付いて行った。私も檻の中を覗いてみた。そこには母子のように見えるオランウータンが二匹いて、我々に気付き不思議そうな眼差しを向けていた。

「無事で良かった」

私は思わずそう呟いた。小猿は二匹の子猿のうちの一匹だろう。他の子猿は頭部を切り離されシウタデリャ公園のマンモスの石像の牙に突き刺されていた。

佐分利も私と同じように安堵の表情を見せた。だが次の瞬間、彼のその表情が急に険しくなり、私の肩を強く押し彼自身も後ろへ体を弓のように反らせた。

それと同時に身を避けた我々の間に何か光る物が飛んで来て壁に突き刺さった。ナイフだった。佐分利に押されて後ろに倒れた私は危ういところでその刃から免れた。

「来たな」

太い声が聞こえた。声の聞こえた方向へ目を遣ると、薄暗い天井の一部が吹き抜けになっていて、螺旋階段で繋がっている上の階からその声は聞こえて来たようだった。

「お前らのことは調べがついている」

その声は水中で話しているようなくぐもった声で、人をイライラさせる声質だった。

「とうとう尻尾を出したな、我々もお前たちの組織について答えを出している。一連の残虐な事件でお前たちが犯した罪を償ってもらおう」

佐分利はよく通る野太い声ですかさずこう応じた。

螺旋階段の上方からの声の主が一段また一段とゆっくりと降りて来た。その男は右足を六段目に置いて止まり、吹き抜けの薄暗い空間に姿を現した。

全身を黒い忍者服と眼だけ出した頭巾で包んでいたその男は、口元を覆った黒い布を微かに波立たせて言った。

「さて、どうかかな。まずここから出られるかどうかを心配したほうがいい」

それを聞いていた佐分利は不敵な笑みを浮かべた顔を上げた。そしてあっという間に螺旋階段の下の所まで行き階段を上り始めた。

あまりに不意を突く佐分利の動きに、頭巾の男は気圧されたように六段目に置いた右足を五段目に上げた。男の両足が平行に揃った瞬間を佐分利は見逃さなかった。

一気に怒濤のように階段を駆け上がると右足の先で男の左足の脛《すね》を蹴った。この間、数秒の出来事だった。

男は微かに、

「うっ」

と呻き体のバランスを失った。佐分利は右手で男の左手首を摑み下へ強く引っ張った。男は堪《たま》らず前のめりになり佐分利の体に倒れ掛かった。

格闘

佐分利はのし掛かってきた男を右に半身になってかわし、摑んでいた男の左手首を更に下へひねって引っ張った。

男の体が螺旋階段の下方へ転げ落ちた……かのように見えたが、そのとき男は右足で強く段を蹴り前へ一回転した。男の体は螺旋階段を飛び越え階下の床に着地したのだ。

私は男の並外れた身体能力に驚いたが、佐分利は男の床への着地の前に既に階段を駆け降り始めていた。男が螺旋階段の下に着地して両膝を沈ませたあと立ち上がりの際に佐分利の方を振り返った。

その瞬間、階下へ駆け降りてきた佐分利は男にその勢いのまま体当たりした。男は避けきれずよろめいたが、辛うじて後ろへ小さく跳んだ。

男の口を覆う黒い布の波立ちから、息が荒くなっているのが分かった。佐分利は階段を駆け降りてきたばかりとは思えぬ落ち着いた姿勢で男と対峙した。

「ディエゴ。ディエゴ・サンチェス。しばらくだったな」

佐分利は男の名前をこう呼んだ。すると男は明らかに動揺した様子を見せた。黒い布で覆われた顔の中で唯一表情が窺える眼に、不意を突かれた動揺が現れていた。

「三年前、バルセロナで行われた［ヨーロッパ忍術選手権大会］で優勝したお前の名前はよく覚えているよ。特にその特徴ある空中前転の見事さは忘れられない。俺は決勝でお前に敗れた友人への応援で会場に来ていたんだ」

佐分利の言葉を無視するように男は無言で拳法の構えをしてジリジリと佐分利との間をつめて来た。〝天無武闘流《てんむむとうりゅう》〟の構えだった。

佐分利は男が攻撃の体勢に入ったときには、既に左足を前に出し左の掌を相手に向け右手は胸元に引いて男の動きを牽制《けんせい》する姿勢を取っていた。

ディエゴは右足を大きく前へ踏み出し腰を低く構えた。そして大きく息を吸い込んだその瞬間、

「おお」

と甲高い叫び声を上げながら、左足を佐分利の頭に目がけて振り上げた。

佐分利は咄嗟に左足を軸に体を右回りに半身になって男の攻撃をよけた。男は空を切った左足の勢いで僅かにバランスを崩した。佐分利は右足を左足の横に平行につけるとすぐに左足で男の右の脛を強く蹴り上げた。男は軸足になっていた右足への攻撃を避けきれず、堪《たま》らず右膝を床に着けた。

佐分利は間髪を入れず男の首元へ左肘を打ち込んだ。その瞬間、男は右手で首を防御しようとしたが間に合わなかった。男は佐分利の強烈な肘打ちを首に受けて呻き声を漏らした。だが、意外なことにダメージを受けたはずの男は首を左右に傾げてからすぐに反撃の姿勢をとった。

男のその様子を見て、佐分利はちょっと驚いたが、自分の肘打ちにかなり手応えがあったので徐々にその効果が現れて来るだろうと思い直し男の反撃に備えた。

男の右の拳が佐分利の右下腹に打ち込まれようとした時、佐分利はそれよりも一瞬早く男に抱きつき自分の体を男に密着させていた。

忍者対剣士

思いがけなく佐分利に抱き付かれた男は、佐分利に打ち込もうとした右の拳を佐分利の密着した体に遮られた。佐分利は左足首を男の右膝裏に掛けて男の両胸を強く押した。男は堪《こら》えきれず後ろに倒れ、佐分利はそのまま男を押さえ込みにかかった。

すると男は佐分利の眉間に自分の額を打ち付けた。その痛打で佐分利が頭を上げた隙をついて男は佐分利と体を入れ替え、逆に佐分利の上に覆い被さろうとした。

佐分利は右肘で男の顎を打ち込み、両者の体に隙間が出来た瞬間に体を左に開き男の体の覆いから逃れ、素早く立ち上がった。

男も立ち上がり佐分利に対峙した。息を整えつつ、男が言った。

「サムライ、噂通り、なかなかやるな。だが、俺と素手でやって勝てるかな？」

と微かに笑い口を覆っていた黒布を震わせた。

佐分利は男の言葉が終わると同時に一気に男との距離を縮めた。そのとき男は佐分利の動きを察知していたかのように高く前へ跳び上がり、佐分利の脳天目掛けてその右足先で攻撃を仕掛けてきた。

だが、佐分利は男の跳躍より少し遅れて真上へ跳び上がっていた。男が佐分利の脳天に攻撃をしようとしたときには既に佐分利の体は男の体と平行の位置まで並んでいた。男の下降と佐分利の上昇の中で、両者の体が擦れ違う瞬間に、佐分利が右足先を男の鳩尾に強烈に食い込ませた。

男は床に着地するや否や両膝を着き腹を押さえてうずくまった。男が着地してすぐに佐分利も着地した。佐分利が男から目を離さずに右手を上げて私に合図をした。私は急いで自分の腰に括り付けていた細紐を外し佐分利に向けて投げた。

佐分利は私から受け取った細紐を素早くうずくまっている男の体に巻きながら男の背後へ回りその両手首を背中で縛り上げ、男を前に押し倒しその両足首も縛り上げた。

私も男のそばへ行き、念のため男の体を更に別の細紐で締め上げた。私が息を呑んで見守っていた忍者と剣士である二人の死闘はこうして剣士の勝利となって、けりがついたのである。

「手強い相手だった」

佐分利は大きく息を吐いてそう呟いた。

「怪我はないか？」

そう言う私の心配を一蹴するように彼は親指を立てて笑みを浮かべてから電話を掛けた。ジェラード警部へ連絡したようだ。

「男の仲間はどこにいるんだろうか？　これだけの広い倉庫だと警備員もいそうだが」

私の疑問に、佐分利も頷いて周りに目を遣りながら言った。

「ここの従業員は我々の対決の間にたぶん裏口から逃げたのだろう。この男、ディエゴ・サンチェスの忍者仲間の隠れ家《が》は既に突き止めている」

「それにしても、お前の拳法、すごかったな。どこでそんな技を身に付けたんだ？」

こう私の驚きを素直に吐露すると、佐分利は照れ臭そうに説明した。

「親父の友人に古武道の〝柳生心眼流〟の名人がいたので日本で指導を受けたことはあるが、以後は自己流で体得したものだ。言わば実践で体が覚えた拳法だ」

しばらくすると、ジェラード警部が数人の警官と共にやって来たので、細紐で縛り上げられた男を引き渡した。

隠れ家

数日後、佐分利の探偵事務所で先日の倉庫での襲撃事件について佐分利と私、それにマリアも加わって分析していた。マリアは、なぜその日その倉庫へ行く際に自分を誘ってくれなかったのか、とぼやいていたが、すぐに我々の報告に持ち前の好奇心を見せて事件の分析に参加した。

「ディエゴ・サンチェスという男は忍者としてすごいの？」

こう言って、マリアは自分がディエゴと闘いたかった、という気持ちを隠そうともせずに佐分利に訊いた。佐分利はちょっと肩をすくめ答えた。

「ヨーロッパ忍術選手権で優勝するほどの腕だからね。今のマリアが彼と闘ったら、まあ良い勝負だったかな」

佐分利はそう言って、私に目を遣って救いを求めるような苦笑いを見せた。

「そうだね。あの男は忍者として凄みがあったことは確かだ。素手の闘いでは佐分利でも相当手を焼いたほどの手練れだ。ただ、胆力の差で佐分利が僅かに勝っていた」

佐分利と私の説明にマリアは頷いて聞いていたが、自分があの男、ディエゴと勝負したかったと悔しがった。

佐分利は「さて」と言って、一連の事件を解決するための我々の次の動きについて言及した。

「ディエゴが我々の手に落ちたことは彼の忍者グループにショックを与えただろう。リーダーを失ったグループ内には混乱が生じているはずだ。彼らを一掃するのは今を置いて無い」

こう言って、佐分利はいつものように黒デスクの上のエスプレッソコーヒーの小さなカップを口元へ運んだ。

私は佐分利の並々ならぬ決意を感じ取って軽く身震いした。エスプレッソを一口飲んでカップを静かに置いてから彼は椅子から立ち上がり、窓際へゆっくり歩いて行った。そして、重要な話をするときはいつもするように、窓のカーテンの隙間から外をチラッと見て我々の方へ向き直り静かに言った。

「明日、彼らの隠れ家へ行くぞ」

翌朝、我々三人はサンボイ・デ・リョブレガートへ向かっていた。マリアの母親の車でサンボイに行き慣れているマリアの運転で走り、サンボイに着くまでにこの日の「隠れ家」捜査での三人の役割について短いミーティングを終えた。

「マリアのお母さんは洒落ているね。こんなカッコいい真っ赤なポルシェに乗っているなんて」

私の素直な感想にマリアは即座に答えた。

「この車、見かけより相当ポンコツなの。いつエンストするか分からないよ」

暫くはこんな他愛もない会話で和んでいたが、やがて目的地が近づいて来ると三人とも次第に探偵としての緊張感を漂わせて来た。

サンボイに着き車をマリアの親戚に預けた後、我々はタクシーで或る村へ行った。そこはサンタ・コロマ・ダ・サルバリョという村だという。村に入ってすぐ、細い小道に入ると、私はアントニ・ガウディの地下聖堂で知られるコロニア・グエルに居ることを知った。

コロニア・グエル

小道に入ると、まずその入り口の左手に工場が現れこのコロニーの世界が徐々に見えて来た。

コロニア・グエルは、スペインの実業家エウセビ・グエルがサンタ・コロマ・ダ・サルバリョに繊維工場の労働者たちのために造ったコロニーである。グエルは、労働者の共同体が暮らせる広域な土地に教会、学校、病院などを建造する壮大なプロジェクトを立ち上げたのである。

教会建設を依頼されたアントニ・ガウディとその弟子たちが総出で建設作業に当たった。また、コロニー内の主要な建物の建築のためにモデルニスモ建築家のフランセスク・ベレンゲーやジョアン・ルビオなどを登用したため、このコロニーには多くの興味深い建物が建てられた。

三人でコロニー内を歩いている間、建築家である私がいちいち立ち止まり、興味深く独特の建築物を見ていたのを横目で見て、佐分利は苦笑いしていた。

有名なガウディの地下礼拝堂のそばを通り過ぎて、我々は更に小道の奥へ入って行った。


やがて視界の先に渡り廊下のある旧校舎が現れた。佐分利はそれを指差し声を潜ませ「あれだ」と言って、マリアと私を振り返った。

この日のマリアは、こういう事件捜査のときにいつも着る上下黒の忍者着姿で来たが、頭巾は被らず母親譲りの金髪を後ろに束ねてまとめていた。いざという時の戦闘準備は出来ていた。

校舎の二つの建物を繋ぐ渡り廊下の右側に近付くと、佐分利はその建物の裏へ我々を案内した。そこには雑草に覆われた空き地が広がっていた。

佐分利は空き地に入り慎重に歩を進めると、ある地点で足を止めた。そして雑草を少し搔き分けると、そこにマンホールのような円形の鉄盤が現れた。

彼は我々に目で合図してから、その鉄盤をゆっくりと開けた。そこに開いた暗い空間を覗いて彼は中に立て掛けてあった梯子に足を掛け慎重に暗闇の空間を下りて行った。

我々二人も、下から照らす佐分利の腕時計に仕込まれた懐中電灯の光を頼りに穴の中へ入り、梯子を降りて行った。

梯子を降りると、そこは物置のようなスペースで、段ボール箱がいくつも積み重ねられていた。狭い空間に下り立った我々三人は佐分利の腕時計に仕込まれた懐中電灯を頼りに次の空間への出口を探した。

スマホの懐中電灯機能で床を照らしていたマリアが「アッ」と小さく声を出してそこへしゃがみ我々を手招きした。彼女の膝の前の床には更なる地下へ通じる鉄盤があった。

我々はその鉄盤を持ち上げ、そこに現れた穴から始まる螺旋階段を下りて行った。

我々が降り立った所は小さな事務所のような部屋になっていた。佐分利はその部屋にあった唯一のドアに近づき僅かに開け、そっと覗いた。天井からいくつかの裸電球がぶら下がっていたのが見え、それらが広い部屋を照らしていた。佐分利はドアの隙間へ半身を入れ、慎重に入って行った。

密輸

佐分利がその部屋に入ると同時に、部屋のあちこちから奇妙な声が聞こえ始めた。動物の鳴き声だった。マリアと私が続いてドアの隙間から入って行った。

その部屋に入った私が用心深く周りに目を遣るのを見て、佐分利は私の肩に手を置いて言った。

「大丈夫。この時間は誰もいない。朝と夕方の決まった時間に飼育係が動物たちに餌をやりに来るだけだ」

どうやら彼は事前にこの隠れ家の情報を入念に調べていたようだ。

部屋には幾つものケージがあり様々な種類の動物が入れられていた。我々が部屋に入った瞬間は動物たちも鳴き声を上げたりざわついていたが、すぐに落ち着きを取り戻したようだった。

佐分利が何かに気づいたように部屋の隅にある一つのケージに近付いた。我々二人もすぐに彼の後に付いて行った。すると、そこにはオランウータンが二匹いた。ここに移されていたのだ。

「やっぱり」

と私は思った。あのオランウータン親子は無事でいたのだ。

我々は他のケージも見て回った。見たこともない種類の猿をはじめ、トカゲ、ヘビ、コウモリなど様々な動物たちがケージに入れられていた。

「これらは密輸など不法な手段で売買されている動物たちだ」

佐分利はこう言ってそれらの動物たちを次々と写真に収めていった。我々はほんの数分の間に、ケージだけでなく、その部屋の様子を隈無《くまな》くスマホで写真に撮った。

「さて、今日はこれで引き揚げよう」

佐分利は腕時計を見て、こう言った。この日の「隠れ家」調査は一旦終了して、後はこの地下室から地上に戻るだけになった。

我々は先ほど下りて来た螺旋階段を上り物置部屋に出た。更にそこから梯子を上って行けば地上に出られる地点で、佐分利が小声で、

「ちょっと待て」

とマリアと私を梯子の下で待つように言って、人差し指を口元に当てた。

そして佐分利は梯子を一歩一歩慎重に上って行った。地上への出口である鉄盤に手が届く所まで上った佐分利は、鉄盤をゆっくりと持ち上げた。

穴からの出口を塞いでいた鉄盤の片側が僅かに開いたとき、佐分利の鉄板を押し上げる手が止まった。

佐分利は一旦息を止め次に大きく息を吸い込んだ。そして膝を曲げ腰を深く落とし、頭の上で両手で鉄盤を支えた姿勢で一気に腕を伸ばして鉄盤を撥ね上げた。そして開いた穴の縁に素早く手を掛け梯子に掛けた両足を強く蹴った。

佐分利の体は穴の上へ勢い良く浮き上がり、地上に出た両足で地面を更に強く蹴りやや前の空間の地上高く跳んだ。

佐分利のこの一連の動作は数秒のうちに遂行された。地上に跳び上がった佐分利の足下に何かが鋭く振られた。それは長い棒だった。地上で数人の忍者姿の人物たちが佐分利を待ち受けて攻撃を仕掛けて来たのである。

跳び上がった佐分利は穴の少し前に着地し、直ちに後ろに体の向きを変え忍者たちと対峙した。地上では、五人の忍者たちが佐分利を見据えて既に攻撃の構えをしていた。

忍者一味

佐分利は地下へ通じる穴から距離を置くように雑草の生える空き地の中央へ移動して行った。穴の下に残されたマリアと私の安全を考慮したのだろう。

佐分利と彼を取り巻く忍者たちが穴から遠ざかったことを確認して私は慎重に地上に出た。続いてマリアも穴から出た。忍者の一人が我々に気付いて近付いて来た。マリアはすでに手に持っていた礫《つぶて》をその忍者へ鋭く投げた。

不意を突かれた忍者は、地を這うように飛んで来た礫をよけ損ない、それは彼の左膝の下にめり込んだ。忍者は「うっ」と呻き、その場にうずくまった。

空き地の中央付近で佐分利を取り囲んでいた他の四人の忍者たちは仲間に異変が起こったことに気を取られ、一瞬、佐分利への注意が逸《そ》れた。佐分利はそれを見逃さなかった。長い棒を持った忍者に脱兎《だっと》の如く駆け寄り前へ垂らしていた棒の先を蹴り上げた。棒はその忍者の手から離れ、宙を舞った。佐分利は一回転して落ちて来るその棒を右手で摑むとそのまま高く飛び上がり忍者の脳天を攻撃した。

するとその忍者は堪《たま》らず膝を地面につき、顔を地面に伏して倒れた。武器としての棒を手にした佐分利を見て、佐分利を囲んでいた他の三人の忍者たちは、背中に斜めに背負った忍刀を抜いて刃先を佐分利に向けた。

忍刀は厳しい訓練を受けた忍者でなければ扱えない。背中に背負っている鞘から刀身を抜くには卓越した技量を要する。彼らは、左手で鍔元《つばもと》（刀身と鍔との相接するところ）を摑み、素早く右手で柄《つか》を持ってそのまま右手を前に押し出す形で抜いた。これら一連の動作を瞬時に行い、彼らが優秀な忍者であることを無言で示した。

佐分利は彼らの抜刀の手際良さを見て、集中力を一気に高め戦闘モードに入った。忍者たち三人は佐分利を囲むようにちょうど三角形になる位置で中段で剣を構えて、ジリジリと佐分利との距離を縮めて行った。

佐分利は、集中力が最高潮に達したときにいつもするように目を針のように細め、背後の忍者の気配をも感じ取れるように五感のセンサーを最大限にまで研ぎ澄ました。

一方、マリアの投じた礫を膝下に受けた忍者はかなりの損傷を被《こうむ》ったようで、それ以後戦闘の陣から外れた。マリアの礫の投擲《とうてき》の正確さに今さらながら舌を巻いた。

佐分利は残る三人の忍者の包囲の中で戦闘への集中力を保っていた。徐々に対戦距離を縮めて行っても微動だにしない佐分利の落ち着きに三人の忍者は焦りの様子が見えて来た。

三人の忍者の焦りを見抜いた佐分利は、左足を軸にして右に体を反転させ、真後ろに近付いていた忍者へ右足を大きく踏み出した。真後ろから不意を突こうとしていた忍者は佐分利の動きに慌てて思わず右足を後ろへ一歩下げた。

佐分利は中段に構えていた棒の先をその忍者の目へ向けた。そして棒先を一旦上へ振り上げ怒濤のように前へ踏み込み、相手に息もつかせず忍者の差し出す忍刀を棒で上から強く叩き付け続けて棒先を左へ払った。忍刀は忍者の手から離れ宙を舞って荒れ地に落下した。

絶体絶命

その忍刀を拾い上げたのはマリアだった。私とマリアは、怪我で戦列を離れた二人の忍者を細紐で縛り上げて近くの木に括り付けておいた。残りの三人の忍者のうち一人は今しがたその武器である忍刀を失った。

佐分利に忍刀を叩き落とされた忍者が懐に手を入れた瞬間、マリアの右腕が鋭く振られた。マリアの手から放たれた礫がその忍者の左ふくらはぎに正確に食い込んだ。忍者は痛打された箇所を押さえてしゃがみ込んだが、その姿勢のまま懐から何かを摑んでマリア目がけて投擲した。

それを察知したマリアは垂直に跳び上がり足元に飛んできた黒い物を辛うじてかわした。その黒い物は荒れ地の草を削り数メートル先で地面に突き刺さった。手裏剣だった。

マリアはすぐさま反撃に出た。マリアの手から次に放たれた礫はしゃがんでいた忍者の腰を強烈に捉えた。

佐分利は素早くその忍者に近づき、棒でその脳天を鋭く打ち下ろした。忍者は堪《たま》らず仰向けに倒れた。

これで五人の忍者のうち三人は戦列から離れた。佐分利と闘える忍者は二人だけになった。だが、この二人が思いのほか手強い相手だった。

二人の忍者は佐分利を挟んで息を合わせたように徐々に時計回りに歩を進め、ちょうど佐分利を中心として回る時計の針を思わせる戦法を展開してきた。

佐分利の視界の左右に見えていた二人の忍者は佐分利を真ん中に時計の針の先端のように回り、次第にその速度を増していった。それは、二人のはずの忍者が三人、四人にも見えてくる錯覚をさせる忍法「分身の術」だった。

佐分利は彼らを目で追うことはせず、棒を中段に構えたままの姿勢で微動だにしなかった。目を極限まで細めてただ視界に交互に現れてくる二人の影と彼らの足の運びの微かな音を一致させることに集中した。

忍者の一つの影が視界から消えて佐分利の真後ろに回ったタイミングと草を擦《かす》った風のような音の一致を確信したその瞬間、佐分利は右足を軸にして体を左に反転させ、左足を大きく踏み出し棒を右から水平に鋭く振った。

佐分利の背後から忍刀で切り付けようとした忍者は、佐分利の左への反転からの不意の攻撃を防げなかった。時計回りで佐分利の周りを駆け、まさに佐分利の真後ろに来た瞬間に、忍刀を両手で振りかぶり無防備になっていた忍者の左の脇腹を、佐分利の強く振った棒が痛打した。

続けて佐分利が棒を振り上げて忍者に脳天に打ち下ろそうとしたその時、後ろからもう一人の忍者が佐分利の背中を突き刺そうとした。佐分利の死角を狙われたのである。その絶体絶命の佐分利を救ったのはマリアだった。

「ケン！」

甲高い声を上げると同時にマリアの手から礫が放たれた。猛烈な勢いで飛んできた礫は佐分利を襲おうとした忍者の背中の真ん中に的中し、めり込んだ。佐分利は自分の背後に近付いていた忍者に気付き体を左に開いて避けてはいたが、危機一髪の危うい状況だった。

自分の背後の忍者がマリアの礫で痛打を負ったのを察知した佐分利は、目の前の忍者の脳天へ棒を打ち下ろした。

激闘

佐分利の視線は残る一人の忍者へ向かった。マリアによる礫の攻撃を背中に受けた忍者は一瞬うずくまったが、佐分利の攻撃を避けるためすぐに立ち上がった。

忍者は数歩後退りし忍刀を中段に構えた。佐分利は忍者に正対し棒を下段に構えた。その時、一陣のつむじ風が佐分利の足元を吹き抜け忍者の前で舞い上がり一枚の枯れ葉が忍者の顔を撫でた。

枯れ葉が顔に纏《まと》わりつくのを嫌がり忍者が顔を僅かに横に振った。その瞬間、佐分利が猛烈に前へ歩を進め棒を下から振り上げた。棒先が忍者の刃先を捉えて忍刀は忍者の手を離れたかと見えた。しかし忍者は辛うじて剣を保持し、大きく後ろへ跳んだ。

太陽がいつの間にか雲間から現れ、二人が対峙する荒地に日が差してきた。その日差しが佐分利の背後の斜め上から差したとき、佐分利の構える棒の影が荒地にくっきりと姿を現した。

忍者は左足を前に出し、右肩の前に柄《つか》をつけて刀を直立させる「八相の構え」をとった。あらゆる方向の状況に対応する攻撃的構えだ。右手は鍔元を握り左手は右手と離して柄尻《つかじり》を握った。柄を握る自分の左手が佐分利の下段の構えの棒先を見る視界を遮らないようにするためだ。

佐分利は最後に闘いに残ったその忍者の、剣客としての伎倆《ぎりょう》の高さに警戒した。下段に構えた佐分利の棒が更に地面に近づき、いよいよその影が濃くなった。

その棒先を注意深く見ていた忍者が、棒と影が一体となって棒の本体そのものが伸びたような錯覚を覚えた。佐分利が忍者の意識が棒先に集中したのを察知して僅かに棒先を揺らした作戦が、忍者の錯覚を誘導した。

忍者は佐分利の巧みな錯覚誘導術に気付き、己の錯覚を振り払うように小刻みに顔を横に振った。忍者の一瞬の焦りを見抜いた佐分利は、素早く棒先を上げて忍者の目元へ向けた。

忍者は佐分利が目の前に突き出した棒先に気圧《けお》され、後退りしながらその棒先を忍刀で払おうとした。だが、佐分利の錯覚誘導術に嵌まり遠近感覚が麻痺《まひ》した忍者の振った剣は空を切った。彼は網膜に残った棒先の幻影を切ったのだ。

佐分利は動揺した忍者の目の前へ尚も棒先を近付け、右足を大きく踏み込んで眉間めがけて突き出した。忍者は上半身を後ろへ大きく反って棒先を避けた。佐分利は棒を袈裟懸けに振り下ろし無防備になった忍者の剣を持つ右手を鋭く叩いた。

忍者は堪《たま》らず忍刀を手から離した。次の瞬間、佐分利は前へ大きく跳び上がり、後ろへ反った忍者の上からその眉間に一撃を加えた。

忍者は佐分利の体の下で呻き声を上げたが、なおも右の拳を佐分利の顔へ突き上げた。佐分利はそれを辛うじてよけ、左手で相手の手首を摑みひねり上げた。そして忍者を腹這いにさせ彼の首元へ右肘で強烈な痛打を与えた。

追い詰められた闇組織

忍者たちとの熾烈《しれつ》な闘いはようやく決着が着いた。私とマリアは佐分利の痛打を受けて戦意を失った忍者たちを細紐で残らず縛り上げた。

そのあと、ジェラード警部とその部下たちが到着して、まだ地下の隠れ家に潜んでいた残党を一網打尽にした。

隠れ家の捜査も一段落して、ジェラード警部とがっちり握手した佐分利は五人の忍者との激しい闘いを終えたあとの疲れも見せず、余裕の安堵の表情さえ浮かべた。

「さて、我々は先にお暇《いとま》しよう」

こう言って佐分利は、何かこの事件の核心を摑んだような晴れ晴れとした顔で私とマリアを見た。

我々はコロニア・グエルの独特の美しい建物に目を遣りながら、今朝来た細道を戻って行った。コロニア・グエルを出てからはタクシーでサンボイ・デ・リョブレガートに戻り、そこからまたマリアの運転する真っ赤なポルシェでバルセロナに戻った。

翌日の昼下がり、佐分利から連絡があり、マリアを入れて三人で佐分利の馴染みのバルでワインを楽しんだ。もちろん会合の目的は、前日のコロニア・グエルの隠れ家捜査についての総括だ。

佐分利はタパスのボケロネス（イワシの酢漬け）を旨そうに味わい、赤ワインを一口飲んでから口を開いた。

「〔動物取り扱い業AZ〕を隠れ蓑とした犯罪組織は思ったより大きな組織だ。きのうの隠れ家捜査でますます彼らの組織の闇の深さが分かって来た」

私は好物のハモン・セラーノ（生ハム）をつまんで赤ワインのグラスを傾けていた。マリアはプルポ・ア・ラ・ガジェーガ（タコのガリシア風）をつまみにして白ワインを飲み、久しぶりにリラックスした様子を見せていた。

「それにしても、昨日の佐分利の闘いは見事だったな」

私は改めて佐分利のサムライぶりに感心したことを口にした。

「いや、危なかったよ。マリアの礫投擲の助けがなければどうなったか分からない」

佐分利はこう言ってマリアを見た。

マリアは佐分利の誉め言葉に照れくさそうに微笑んだが、すぐに真顔になって言った。

「あの時のケンは私の礫の助けがなくても危険を避けられたと思う。でも、夢中で投げた礫が役に立って嬉しいわ」

このマリアの反応に、佐分利はマリアに小さくサムズアップを示して片目をつぶって見せた。

「ところで」

と言って、佐分利はテーブルの向かいにいた私とマリアを交互に見ながら、前日の捜査の話を始めた。

「コロニア・グエルの隠れ家の捜査では思ったより収穫があった。地下施設を徹底的に捜査したジェラード警部によると、あの地下事務所から今回の一連の事件の計画と実行後の結果が記されたノートが発見されたそうだ」

「やっぱり、あの一連の事件には動物虐待の問題が共通して絡んでいたのね」

マリアは佐分利の報告に頷いた。そして彼女の懸念を率直に口にした。

「あのオランウータン母子の健康状態は大丈夫だったのかしら？」

謎解き

「オランウータンは母子とも元気だそうだ」

佐分利はこう答えて穏やかな目をした。だが、すぐに厳しい目になり、

「犠牲になったもう一匹の子の無念は晴らさなければ」

と言って唇を噛んだ。

あの〝シウタデリヤ公園の晒し首事件〟でマンモスの石像の牙に刺されたオランウータンの子の頭部、その悲しげな目を私は思い出して思わず呟いた。

「あの子の無念を我々は決して忘れてはいけない。同時に晒し首にされた四匹のドーベルマンの恨みも必ず晴らしたい」

佐分利は私の感情移入した呟きを聞いて、感情の高ぶりを抑えるように言った。

「その気持ちは私もマリアも共有している。この一連の事件の捜査を登山に例えれば、我々はようやく八合目まで登ったところにいる」

　彼は赤ワインを一口飲んでから、これまでの一連の事件のその後の経過を一つひとつ確かめるように話し出した。

「まず、〝オランウータン事件〟についてだが。この事件の中で我々が抱いていた疑念は、ジェラード警部からの報告で解消されると思う」

　その「ジェラード警部からの報告」を早く知りたがっていた私とマリアを焦《じ》らすかのように、佐分利はタパスのボケロネスを口に入れ旨そうに味わってから赤ワインの入ったグラスをゆっくり口元に運んだ。ワインを一口飲んで、その赤紫の液体を見つめながら彼はようやく口を開いた。

「〝オランウータン事件〟で亡くなったマダムの死因が絞殺だったことは我々も知っていた。マダムの喉には動物に噛まれたような痕があったが致命傷ではなかった。では致命傷の絞首は果たしてオランウータンがやったのか、というのが我々の疑念だった」

　確かに佐分利が言ったように、我々はオランウータンをマダム殺害の犯人だと割り切ることに何か疑念を抱いていた。オランウータンはそれほど狂暴な動物ではないと聞いたからだ。

「マダムが殺された部屋の窓から屋根へと続く外壁に点々と付いていた血痕がオランウータンの足跡だということを我々は確認した。あの殺害現場にオランウータンがいたことは事実だった。しかし……」

と佐分利が説明を続けた。

「しかし、オランウータンはマダムに致命傷を負わせてはいない。最終的にマダムを殺害した犯人は別に存在する。その犯人はオランウータンにマダムを襲わせマダムを気絶させ、オランウータンが窓から去ったあと、細紐でマダムの首を強く絞めた。そして、オランウータンにマダム殺害の罪を着せた」

佐分利の説明の途中で、私はひとつの疑問を呟いた。

「その犯人はまるでオランウータンのマダムへの襲撃を予定していたかのように、その機会を利用してマダム殺害を実行した。それには何か裏があるのではないか？」

佐分利は私の呟きに大きく頷き、すぐに次のように答えた。

「そのとおり。犯人はオランウータンにマダムを襲わせ、その後自分がマダムの首を絞めた。そして、犯行を完遂した後も殺害現場から自分の痕跡を消す、という念の入った事後処理をした。明らかに殺害の行動に慣れたプロの殺し屋の手口だ」

犯行の背景

マリアはグラスの細い脚を持ち上げ白ワインを一口飲み、佐分利の目を見て彼女の直感を述べた。

「犯人はこの事件のあとでオランウータン母子を監禁した〝闇組織〟の一員で、マダムは犯人が彼女を殺害しなければならない何かを知っていたのだと思う」

マリアの直感的な推理を受け止め佐分利はその理由を述べた。

「マリアの推理は当たっている。マダムは〝闇組織〟の領域を侵す行動をしていた。バルセロナ動物園からオランウータン母子が脱走した際、母親がちょっと目を離した隙にマダムは二匹の子オランウータンを捕らえた。彼女は二匹の子猿たちをいずれ高額で売る目的で家の中で監禁していた。そして、彼らを売るためにあちこちに商談を持ちかけているうちに〝闇組織〟の存在を知った。〝闇組織〟と商談を進めながら彼らの秘密も握っていき、それをネタにマダムは商談を有利に進めようとしたんだ」

佐分利の説明にマリアは興味深そうに耳を傾けていた。

私は彼の説明の中で気になった点を訊いてみた。

「犯人はどうやってオランウータンにマダムを襲わせたんだろうか？　そんなことができるんだろうか？」

佐分利は私の疑問に顎の薄い無精ひげを撫でながら答えた。

「犯人は〈動物取り扱い業ＡＺ〉の中でも中心的存在だと思う。動物の行動をコントロールする術《すべ》を知るプロのはずだ。犯人はバルセロナ動物園から逃げた母オランウータンを既に捕獲していた。彼はマダムが二匹の子オランウータンを自宅に閉じ込めていたのを知って、母オランウータンにマダムの家を窓から覗かせ、二匹の子オランウータンの姿を見せ鳴き声を聞かせた。犯人の思惑どおりに母オランウータンは子供恋しさに窓を壊し家の中に入り込みマダムを襲った。母オランウータンが二匹の子オランウータンをマダムから奪い返して窓から壁の樋《とい》を伝って屋根に上ったところで彼の仲間に母子共々捕獲させたのだろう」

佐分利の説明を聞きながら、私は、母オランウータンがマダムから二匹の子オランウータンを奪い返して彼らを片手で抱いてもう一方の手で外壁の樋を伝って屋根へと上って行った姿を想像した。あの日窓際から屋根までの外壁に点々と残されていた血痕は、その母オランウータンの必死の逃走の足跡だった。

「その二匹の子オランウータンのうちの一匹の頭部がシウタデリャ公園のマンモスの石像

の牙に刺さっていた……」

マリアがまるで私の頭の中のイメージを見たかのように呟いた。

佐分利はマリアの呟きを受けて、更に説明を続けた。

「〝シウタデリャ公園の晒し首事件〟は犯人たちの残忍さが端的に表れていた。一緒に晒し首にされていた四匹のドーベルマン犬たちの犠牲も痛々しい限りだった」

こう言って彼は〝ドーベルマン犬事件〟の説明に及んだ。

動物たちの敵

「ジェラード警部から依頼されて〝ドーベルマン犬事件〟の現場を検証した際、〝オランウータン事件〟に対する感情と同様の嫌悪感を抱いた。つまり、この二つの事件の背景には〝動物たちの敵〟が存在することが感じられた。

するとその後すぐに〝シウタデリャ公園の晒し首事件〟によって、両事件には同一の犯罪組織が絡んでいることが明確になった」

佐分利はこう言うと、グラスに僅かに残った赤ワインを飲み干した。私はシウタデリャ公園の木の枝に刺されて晒されていたドーベルマン犬たちの頭部の無惨な状態を思い出した。犬たちの何かを訴えるような恨めしげな眼が私の頭の中で再生された。

するとと、私の思いを汲み取ったようにマリアが怒気を込めて言った。

「あんな残虐な晒し首をした犯人たちの狙いは何だったんだろうか。あまりにも挑発的な行為で、彼らは自分たちの存在をアピールしているとしか思えない」

犯人の残酷性に怒りを示すマリアの発言に、佐分利が次のように答えた。

「彼らは動物たちへの残虐性を示すことで自分たちのメッセージを出しているのだろう。〝反動物愛護〟というメッセージをね」

私は佐分利が言及した〝反動物愛護〟という奇妙な心理状態について呟いた。

「犬や猫の糞尿《ふんにょう》に悩まされる近隣の人々が飼い主の責任を問うニュースなどはよく耳にするが、〝反動物愛護〟とは極端な思想だ。また、飼い犬に服を着せて人間の子供のように可愛がることに違和感を覚える人々がいることも確かだ。しかし、そこから〝反動物愛護〟という思想に至り、動物を虐待したり、ましてや殺害する行為に発展することにはあまりにも飛躍があるのではないか」

こんな率直な疑問を披露した私に、佐分利もマリアも頷き同感を示した。

佐分利は彼ら〝反動物愛護〟組織の心理を次のように分析してみせた。

「犯人たちの動物に対する残虐な犯行の動機は端的に言えば彼らの現実への鬱憤晴らしと

言っていい。誰でも、思うように行かない現実に直面し自分の中のその苦々しい想いを扱いかねるときがある。その鬱憤を己の中に投影させて昇華させることができないとき、それを他者への怨恨に換えて発散させる者もいる。しかも自分より弱い立場の対象にその怨恨を抱く。そして、その対象に全く自分勝手な動機で残忍な仕打ちをするに至る」

自分が現実に挫折したことによって溜まった鬱憤を自分より弱い立場の存在、つまり動物たちを攻撃することによって晴らそうとした、ということか。私は佐分利の説明の途中でいつものように端的な疑問を呟いた。

「挫折感から生じた鬱憤を人間にではなく動物に対して向けたのは、理由があるのだろうか」

動物への怨恨

私の疑問に対して佐分利は少しの間沈黙してから口を開いた。

「彼らが自らの鬱憤を晴らす対象を動物にするのは、様々な要素が絡んでいるのだろうが、〝反動物愛護〟の思想が影響していることは確かだろう。この思想は一種の差別主義思想だ。つまり、彼らは動物たちを自分たち人類より下方に位置付け、人類より劣等にある動物たちが自分たち人間より恵まれた一生を送るべきでないと思い込んでいる」

ここまで聞いていたマリアがまるで私のようにせっかちに口を挟んだ。

「人類としての優越感が動物たちへの差別意識となり、更に醜い〝怨念〟に変わる思想のメカニズムが、私には理解できない。それは思想というよりも単に彼らの劣等感の歪んだ姿に過ぎないいんじゃないかしら」

マリアはそう言うと白ワインの二杯目をウェイターに注文した。この日のマリアは、大の動物好きなこともあって、動物虐待への怒りを抑えられない様子だった。

普段は冷静で穏やかなマリアだが、酷《むご》い事件を語るときの彼女は、持ち前の正義感が炸《さく》裂《れつ》する。黒のセーターと黒のスラックスで包まれたこの日の彼女は母親譲りの金髪がより輝いて見えた。この若き「くノ一」の凛《りん》とした横顔を見ながら、私は彼女も一人前の探偵に育ってきた、と思った。

佐分利も私と同じ感慨を抱いたらしく、私と眼を合わせてゆっくりと頷いてからマリアに答えた。

「十代の頃から探偵事務所の手伝いをしてもらってきたマリアももう一人前の探偵だね。我々探偵は社会的公正さと人間としてのあるべき方向に敏感でなければならない。マリアは既に充分にその資格を有している。マリアの怒りはもっともなことだ」

こう言って佐分利はウェイターが新たに持ってきたグラスの赤ワインを鼻元まで持ち上

げその薫りを嗅いだ。そして、それをそっとテーブルに置いて言った。

「その怒りを事件解決へ向けて我々の力にしよう。さて、次に我々が最も卑劣だと感じざるを得ない事件の話に移ろう」

佐分利が次に話し出したのは〝サンボイ事件〟だった。バルセロナ市の近隣に位置するサンボイ・デ・リョブレガートで起きたあの奇妙な殺人事件について、彼は淡々と述べ始めた。

「〝サンボイ事件〟は〝オランウータン事件〟と同様に犯人がオランウータンであるかのようにカモフラージュしたことが分かっている。〝オランウータン事件〟では実際にオランウータンが事件現場にいたが、〝サンボイ事件〟ではオランウータンは全くそこにはいなかったことがはっきりした」

佐分利の説明を聞きながら私は、サンボイで殺害された動物生態学者の秘密研究室を、ジェラード警部を含めて我々が捜査した際のことを思い出した。

マリアの発見で研究室に並べられていた剥製のなかで猿の剥製が両足首から下の部分を切り取られていたのを見た。そして切り取られた猿の足の部分も発見され、犯人がその猿の足の部分に犯行現場にあった血痕を付けて、オランウータンが窓まで歩いたかのように見せ掛けた、と我々は結論付けた。

犯人の愚かな考え

「言葉を発しない動物に罪を擦《なす》り付けるなんて最低ね」

マリアは〝サンボイ事件〟の犯人に対して憎しみさえ口にした。

佐分利はマリアの気持ちを汲み取って〝サンボイ事件〟の核心を次のように話し出した。

「犯人の目的はあの動物生態学者の命よりも、その研究内容の抹殺だった。この学者は人間とペットとの関係を根本的に考え直そうとした」

「その学者は〝人間とペットとの関係〟がどうあるべきだと考えていたのか、そこが分からない」

私は思わずこう口を挟んだ。

佐分利はグラスを口元へ持っていき赤ワインで喉を潤してから説明を続けた。

「そこが問題なんだ。だが、犯人が〝反動物愛護〟の考えを持っていることは明らかだから、その方向で彼らが反発する思想を推測すると、あの動物生態学者の思想は〝人間とペットとの関係〟がもっと近くなるべきだという内容なのだろう。それは人間がペットの世界にもっと近寄るのか、それともその逆に、ペットにもっと人間の世界に近寄らせるという内容なのか」

佐分利の自問のような問い掛けには既に彼の中には答えがあるのだろう。彼はマリアと私の顔を交互に見てからその答えを披露した。

「人間は生物のピラミッドの中で最優位だという驕《おご》りがあるから、動物たちを人間の方に近寄らせる。飼い犬や飼い猫に服を着せて喜んだり人間の動作のような芸を仕込んだりするのはその最たるものだ。動物を人間の見栄や癒しの対象としか見ない人々もいる。

そうした人間のエゴに嫌悪感を抱いたときに〝反動物愛護〟の思想が芽生えることが考えられる。もちろん、人間のエゴに嫌悪感を抱くことが動物虐待に飛躍するのは愚かな考えであり糾弾されるべきだが、人間の驕りが動物たちの本来あるべき姿を見えなくさせていることも事実だ」

マリアは佐分利の説明に深く頷いてから呟くように言った。

「犬や猫は人間の良きパートナーになっているけど、彼らはそれで幸せなんだろうか」

マリアが言いたいことは佐分利も私も分かっていた。犬や猫は人類のパートナーとして歴史的に深い関わり合いを持って来た。

犬が家畜となったのは一万五〇〇〇年前頃だと言われている。犬は集団生活をすることから人に慣れやすく、狩猟の際には獲物を捕まえたり追いかけたりさせるために家畜化したと考えられる。

日本においても一万年前頃の縄文早期の遺跡からは丁寧に埋葬された犬の骨が見つかっている。狩猟で生活をしていた縄文人は犬をとても大切に扱っていたことが分かる。

一方、猫が家畜化されたのは人類が穀物を栽培する生活になってからだ。保管している穀物を食い荒らすネズミを退治するために猫を飼うようになったと考えられている。エジプトでは紀元前四〇〇〇年の遺跡から猫の骨が発掘されているから、このころには家畜化されていたと思われる。

マリアの呟きに佐分利は少しの沈思のあと言った。

「犬や猫にとって野に戻すことが幸せなのか……難しい問題だね」

人類への警告

この日のバルでの会合で、我々が最近バルセロナとサンボイで捜査した四件、すなわち〝オランウータン事件〟〝ドーベルマン犬事件〟〝シウタデリヤ公園の晒し首事件〟〝サンボイ事件〟の四件の事件には〝一本の糸〟が貫かれていることが明確になった。〝一本の糸〟とは犯行の背後にある共通する思想である。

その思想は〝反動物愛護〟とも言うべきもので、近年の〝動物愛護〟に強い敵意を持った思想である。その敵意が憎悪となって陰惨な動物殺害や殺人事件として表面化したものが最近我々が手掛けた四件の事件であった。

我々は会合を終えてバルをあとにした。昼下がりに始まった会合が終わったとき、外は陽が傾いていて西の空は茜色に染まっていた。三人で佐分利の道場へ向かう途中、マリアが前方の建物の屋根を指差して小さく叫んだ。

「あれを見て」

その古い倉庫のような建物の屋根には灰色のものが犇《ひし》めいていた。

その灰色は微かに蠢《うごめ》いていて、そこからは呻き声のようなものが聞こえてきた。灰色の正体は鳩の大群だった。普段見慣れていたはずの鳩が茜色の空を背景にこれだけ犇めいているのを目の当たりにすると、何故か背筋に冷たい戦慄が走るのを感じた。

その屋根の下に目を移すとひとりの老婦人が広場のベンチに座っていた。老婦人は持っていた紙袋に手を入れ何かを取り出した。そして握った手を開き大きく上へ振り上げた。すると、老婦人の上方に振り撒《ま》かれたそれを目掛けて屋根の上の鳩の大群が一斉に舞い降りた。老婦人はこの時間にいつものように広場に集まる鳩に餌を遣ったのだが、この日は鳩たちの数が異常だった。

鳩たちは羽ばたき音を立てながら広場を埋め尽くした。鳩の呻くような鳴き声が、血の色に染まった空に不気味に鈍く響き渡った。

　広場は恐怖さえ感じるほど大量の鳩たちで一面灰色に染まった。ベンチに座って鳩たちに餌を撒いていた老婦人の肩には数羽の鳩が止まっていた。老婦人は体を硬直させたように身動きひとつしなかった。

　我々三人は広場を埋め尽くす鳩たちを刺激しないように息を殺して老婦人のいるベンチへ一歩一歩進んで行った。ベンチに近付いたマリアは老婦人に手を差し伸べ、抱えるように老婦人をベンチから立ち上がらせた。老婦人の肩に乗っていた鳩が驚いたように羽ばたき舞い上がった。すると他の鳩たちも一斉に舞い上がり、鳩たちに覆われた広場の空は一瞬夕立前のように暗くなった。

　我々は老婦人を広場の出口まで連れて行き、後ろを振り向いた。いつの間にか鳩たちはどこかへ飛んで行き、広場はまたいつもの長閑《のどか》な夕暮れの佇まいに戻っていた。

「たった今我々が見たゾッとする光景は、〝人間と動物の共存〟への奥深い示唆を考えさせるね。そして我々が出会《でくわ》したあの四件の不幸な事件とともに〝自然からの人類への警告〟として暗示されたような気がする」

　佐分利はマリアと私の顔を見ながらポツンとそう呟いた。

その翌日、バルセロナ警察のジェラード警部から佐分利の携帯にメッセージが入っていた。

あの「サグラダ・ファミリアの晒し首事件」でアンヘラ嬢を殺害した事件で逮捕された犯人のホセにようやく判決が下された、という内容だった。通常の殺人罪よりかなり重い判決だった。

さっそく佐分利からその内容を伝えられた私は、安堵とともに、得体の知れない一種の〝懼《おそ》れ〟とも言うべき何かが心の奥に巣食っているのを感じた。

考えてみれば、これまで佐分利と共に関わってきた数多くの事件の背景には、人間の「怨恨」というものが隠然として在った。

人間同士の〝怨恨〟はやがて〝憎悪〟となり数々の悲惨な事件を起こしてきたが、動物たちの人間に対する〝怨恨〟があるとすれば、それはやがて我々人類に向かってどのような〝憎悪〟となって表れるのだろうか。そのとき人類は彼ら動物たちの声を聴いて共存する道をどのように見つけられるのだろうか。ガウディが危惧した〝怨恨〟というものの底知れぬ恐ろしさに、人類はどう向き合っていくのだろうか。

そんなことを考えながら、私は自分の心の奥に潜んでいる〝懼《おそ》れ〟をじっと見つめるように、ここ数年の佐分利と共に関わってきた事件を思い出していた。

ふと窓を見遣ると、外は冷たい雨が浮世絵のように斜めに白い線を引いていた。

（了）

この作品はフィクションです。登場人物、団体名等、すべて架空のものです。

著者プロフィール
天野 修治（あまの しゅうじ）

札幌市出身
バルセロナ在住

［主な著書］
・La esencia del japonés（2008）
・La esencia del japonés - edición revisada（2017）
・Essence of Japanese（2018）
・Samurái de Barcelona（2021）
・La esencia de los japoneses（2021）

バルセロナの侍 サグラダ・ファミリアの秘密

2024年11月15日　初版第１刷発行

著　者　天野 修治
発行者　瓜谷 綱延
発行所　株式会社文芸社
〒160-0022　東京都新宿区新宿1－10－1
電話　03-5369-3060（代表）
03-5369-2299（販売）

印刷所　株式会社フクイン

ISBN978-4-286-25202-5